河出文庫

花物語（上）

吉屋信子

河出書房新社

はしがき

返らぬ少女《おとめ》の日の
ゆめに咲きし花の
かずかずを
いとしき君達へ
おくる。

この短い言葉の、序文を、私は花物語第一巻を、世に送り出す時、その巻頭にしるした。

花物語は、その第一巻に続いて、第二巻、第三、第四、第五巻までも、書きつづけられつつ、世に送られたので。

それから、ながい年月が流れた。

そして、今日まで、この物語が、多くの少女の瞳に、読まれて来たということは、私自身意外なほどに、嬉しく胸をうたれずにはいられない。

思えば、私にとって、《返らぬ少女《おとめ》の日》が、生涯に二度と戻らぬごとく、この物語集も、私には、二度と持ちがたい《思い出》の、大切な著書になった。

私が、今日の日のごとく、《女の小説家》として、世に立つことになった、その大きな原因は、この《花物語》のゆえだった。

いわば、この著書こそは、私にとって、生涯への出発点、わが文筆生活の、なつかしき、《揺籃《ようらん》》だったとは。

私の文学への曙は、この物語から明け初《そ》めたのであろうに。

そして、この著書のなかの、一頁ごとにこそ、私の一心に今日まで、歩みつづけて来た、文学への、小さな幼い足跡が、過去の日記に、はさまれた花片《はなびら》の一つ一つのように、残されている。

あわれ、かくもなつかしき大事な花物語よ！（おまえは、ふたたび、改刷の新しき活字を盛って、世の少女《おとめ》の人の手に甘えて、ゆけるのか！）

おまえを愛し、おまえを忘れぬ著者の、私の瞼《まぶた》の裏には、なにか、しっとりと、涙がにじむようなのを、おまえは知っているのね。

その、わたくしの心を、よく知るおまえは、いまの、うら若い少女《おとめ》のひとに、わらわれぬよう、しっかりと、ありし日の物語を伝えておくれ！

昭和十四年新春

――日支事変勝《かち》いくさの第二年目――

吉屋信子

花物語（上）

目次

花物語（上）

鈴蘭《すずらん》

初夏《はつなつ》のゆうべ。

七人の美しい同じ年頃の少女がある邸《やしき》の洋館の一室に集《つど》うて、なつかしい物語にふけりました。その時、一番はじめに夢見るような優しい瞳をむけて小唄のような柔らかい調《トーン》でお話をしたのは、笹島ふさ子さんというミッション・スクール出の牧師の娘でした。

——私がまだ、それは小さい頃の思い出でございます。父が東北の大きいある都会の教会に出ておりましたので、私も母といっしょにその町に住んでおりました。その頃、母は頼まれて町の女学校の音楽の教師をつとめておりましたの、その女学校は古い校舎でして種々《いろいろ》な歴史のある学校だったそうでしたの。

母はうす暗い講堂で古い古い古典的《クラシック》なピアノを弾き鳴らして毎日歌を教えていたのです。授業が毎日の午後に終りますと、母はそのピアノの蓋をして鍵をかけ、銀の鍵を自分の袴の紐に結びつけて、家へ帰るのでした。

ある日のこと、校長室へ母は呼ばれました。白いひげのふさふさとした校長は、変な顔をして申しました。

『貴女《あなた》はあの講堂のピアノの鍵をお宅へおもちになりますか？　たしかに』

と、母は『ハイ持って帰ります』と返事をしました。そうしますと校長は、ますますけげんな顔をして、『ハハア、たしかに鍵は貴女より外《ほか》の人の手に渡さないのですか』といいます。母はおかしく思いまして、

『私より外誰もピアノの鍵は持ちません』

といいました。

校長は首を曲げて、何か考えておりましたが、やがて母に話しました。

『実は、あの講堂のピアノのことで不思議なことがあるのです。毎日放課後、生徒が皆校内から帰ってしまって校舎の中は静かになってゆく、寄宿舎の生徒が自修を始める、すると、どうです、人っ子ひとり居るはずのないあの講堂から、妙《たえ》なるピアノの音が響き出るのです。はじめは寄宿舎の生徒たちも、誰かが鍵を先生から拝借して弾いているのかと思ったのですけれども、あんまり毎日の宵ごとに続くので怪しんだのです。それで今日鍵のことを念のためにお伺い致してみたのです。放課後みだりに講堂で勝手にピアノを鳴らさせるのも、校則にはずれますからな』

と、遠まわしに校長は母をうたがっているらしいのです。母は放課後はたしかに銀色の鍵を自分で持ってかえります、どんな生徒の手にも秘密で貸してやるような、不公平なことはした覚えがないのですもの、その校長の話を聞いた時、どんなに不快に思ったでしょう。

これは誰かが講堂に忍び入るのであろうか？　でも鍵は私の手許に有るのにどうしてピアノが弾けよう、母は考えると、わからなくなりました。けれども、どうしてもピアノの鍵をあずかっている責任者として、自分のうたがいをはらさねばなりません。

母は、どうしてもその不思議なピアノの音をたしかめようと決心しました。そして、その日の夕《ゆうべ》、私をつれて忍びやかに女学校の庭に入りました。私と母は講堂の外の壁に身をひそめておりました。それは夏の日でしたから、庭のポプラやアカシヤの青葉が仄かな新月に黒い影を落として、水をうったように校庭は静かでした。私は母の手に抱きよせられて息をこらしていました。ああ、その時、講堂の中で、静かにピアノの蓋のあく音がしました、そして、やがて、コロン……コロン……と、水晶の玉を珊瑚の欄干から、振りおとすようないみじくも床しい楽曲の譜は窓からもれ出でました、それを聞いた時、母の顔色は颯《さつ》と変りました。その楽曲は海杳《うみはるか》な伊太利《イタリー》の楽壇に名高い曲だったのです。やがてピアノの調《しらべ》はやみました。小窓が音もなく開くと見る中《うち》に、すらっと脱け出た影、黄金の髪ブロンドの瞳！　月光に夢のように浮き出た一人の外国少女の俤《おもかげ》！　私は思わず、『あっ』と声をあげようとしました、母はあわてて私を抱きしめて注意しました。かの外国の少女は思わぬ物蔭に人の姿をみとめたので吃驚《びっくり》したらしくちょっと立ち止まりましたが、やがて夕闇の空の彼方に儚なく消えゆくように姿を見失いました。

母は黙って、ただ、ため息をつくばかりでした。

母は翌日校長にたずねました。

『あの講堂のピアノは学校でお求めになったものですか？』

その時校長は申しました。

『いいえ、あのピアノは、よほど前のこと、伊太利《イタリー》の婦人で当地へ宣教師として来ていたマダム・ミリヤという夫人が病気でなくなられた後、記念として寄付されたものです』

母は、これを聞いて、ほほえみました。……翌日の夕、いつもよりは、はるかに高らかに哀れふかく、かの講堂のピアノはあやしき奏手の指によって鳴ったのを、母は校庭で聞きました。

あくる朝、母が登校して講堂に譜本を持ってはいりますと、ピアノの蓋の上に、香りもゆかしい北国《ほっこく》の花、気高い鈴蘭の一房が置いてありました。そして、その花の根もとには赤いリボンで結びつけられた一つの銀の鍵がございました。その下に、うす

桃色の封筒がはさんでありました。母は轟く胸を、おし静めてひらきますと、鵞《が》ぺんの跡の匂い高く綺麗な伊太利《イタリー》語で、

感謝をささぐ。

昨夜われを見逃したまえる君に。

亡きマダム・ミリヤの子。オルテノ。

と、しるされてあったばかりでした。母はその時鈴蘭の花に心からの接吻をして涙ぐみました。

そして、その日かぎりもう永久に、夜ごとに鳴りし怪しいピアノの音は響くことはありませんでした。

後で聞けば、その近き日に故国に帰るため、その町を立ち去った異国の少女があったと伝えられました――。

『伊太利《イタリー》……。古き芸術《たくみ》の美術の都――に、優しきかのピアノの合鍵の主オルテノ嬢を、私は今もなお偲びます――』

ふみ子さんのお話はかくて終りました。息をこらして聞きほれていた他の少女たちは、ほっと一度に吐息をつきました。床置電灯《フロア・スタンド》の光が静かにさすばかりで、誰ひとり言葉を出すものもなく、たがいに若い憧れに潤んだ黒い瞳を見かわすばかりでございました。

月見草(つきみそう)

『私は、あのおゆうさんのことを』と、下町好みの華美(はで)なモスリンの袂(たもと)を手さぐって、静枝さんはかわいい唇を開きました。一座の少女達はつつましく耳をかたむけるのでございました。

『——おゆうさんとは、七つの春から踊りのお稽古で仲よしの相弟子でしたの、(ながさき)こう呼んで、舞扇の緋房(ひぶさ)に紅さしゆびをからませては優しく涙ぐむのがくせでしたわ、そのひとは。

それは——月見草が淡黄(うすき)の蕊(はなびら)をふるわせて、かぼそい感を含んだあるかなきかの匂いをほのかにうかばせた窓によって佳き人の襟もとに匂うブローチのように、夕筒がひとつ、うす紫の窓に瞬いている宵でしたの、おゆうさんのまだ見ぬ(ながさき)の悲しい物語を、私が聞いたのは。いっそおゆうさんの話をそのままに伝えましょう。

——私の母は長崎の蘭医の娘だったので、と母は亡くなる少し前からはなしたの、それはねえ、海が紫の絹糸を引いたように遠くかすんで、オランダ船《ぶね》が、もの悲しい笛を鳴らして、流離の海路の旅を愁《うれ》う、船唄のように響くのだったよって、オランダ船が赤い帆柱を立てて港へ入って来たとき、浜へ出て行くと、大粒の朝鮮卵が籠からこぼれるほど盛ってあったり、異国のお酒をいっぱい入れた土瓶《どがめ》が、船子《かこ》たちの飲むにまかせて砂地に据えてあるのに、名も知らぬ蔓草が巻きついて、小さな白い、ほろろさびしげな花が咲いていたりしてね。母さんはそのころ、いつでも紅《あか》い八つ口に手をさし入れて、薬草蔵の欄干によっては、じいっと海を見つめているのがくせだったよ。

ある時ねぇ、浜へ出て砂地にたたずんでいたら、誰か眼かくしを後ろからするのだったゆえ、

(いやよ、だあれ)

と、やっとのことで手をふりほどいて後ろをふり向くと、まあいつの間に来たのか、白いひげのたれた、もの優しい顔のお爺さんが黒い法衣《ころも》のような着物をきて、にこにこ笑って立っていたので、母さんは恥ずかしがって逃げようとしたら、

(いい子じゃ、逃げるでない)

と言って、いきなり母さんを抱きあげる。恐ろしうなって、ほろほろと泣いたら、白いひげのお爺さんは、

(わしが悪かったの、泣きよるな)

となまりのある言葉で、こう言うて優しく背《せな》をなでて、黒い着物の袖から金色の——それはお祭のからくりで見たような佐倉宗五郎《さくらそうごろう》のしばられた磔刑《はりつけ》の木のような形した——ものを出して、母さんの小さい掌《て》に握らせたというの、母さんがその黄金《こがね》作りのものを手にして濡れた涙の瞳に沖を見やれば、波のかなたを染めて流れる入日にまぶしく、きらきらと金の十字が光ったのを忘れないって、こういって吐息をついて黒繻子《くろじゅす》の襟かけた胸もとに、細い指を組んだ母さんの瞳はやっぱり、いつものように涙に濡れていたの。あの白いひげのお爺さんには、もうそれきり会えなかったのよ、母さんはそれから口にも言えないいろいろな悲しいことの為に、東や西の国々の街から街へさまよって、はかない浮草のような身になってしまったのでした。いつでも、このような待宵草《つきみそう》咲く夜には、

(おゆう、港の灯《ひ》が見えるよ)

と、母さんはね、私を高く抱きあげるのだったけれど——私はいくら眼をひらいて向こうを見ても、やっぱり灯は見えずに、白い空の雲と星ばかり眼にしみました。

……、おゆうさんの話といえば、ただこれだけのことですけれど、なぜか私はいつまでもあのしみじみとぬれて咲きそぼつ月見草の風情のやさしい人の面影を忘られませんの、(港にとぼる灯)を見るとておゆうさんは十七の夏長崎へ昔の人買船《ひとかいぶね》を慕う

ていったきり、別れる宵、また会う日までのしるしにと、桃割《ももわれ》に結んだ黒髪からぬいて、私のひざへそっとおいた薬玉の簪《かんざし》は、いつまでも私の手箱の中に秘められて月見草さく宵ごとに、こうして私の涙をさそいましょうものを——』

と、語りおえた静枝さんの双《そう》のひとみに露は結ばれました。さても物語のヒロインは今宵をいずこの空に?……

白萩《しらはぎ》

『私のストーリーは、さびしい花のことなの』と語り始めたゆかりさんは絵筆をもつ少女でした。

『――あのう、私の絵に描く花は、きまっていましょう、そら、あの白い萩の花ばかり、(もっと見栄えのする華美《はで》なダリヤでも描いてみたら)って先生は仰《おっ》しゃるけれども、私はどうしても萩ばっかりと思いつめてしまったのですもの、なぜってそれは忘れられないことがあってから――。

病気の保養のために私が日光に行っていた頃、つれづれに読んでいた英詩集の中の一節に、I will leave it to Chance.(運命にまかせましょう)という句があったのですわ、私そのころ、女学校は病身で退学するし、自分の行く末はもう暗闇で、心細くて頼りない佗しさ悩ましさに愁いていた時ですから、もうたまらなくこの言葉がめちゃくちゃに気に入っちまったの、しまいには口癖になって、何かって言えばすぐに、I will leave it……と無意識に言い出してしまうほどになりました。

　ええ、それは初秋《はつあき》の頃でしたわ、日光《あすこ》は紅葉《もみじ》で有名な所ね。私も中禅寺へ行って見ようと思って、一人でふらふら歩いて行ったら、神橋《みはし》の袂《たもと》で右と左と道を間違えて、とんでもない山の方へ行ってしまったのよ、途中で草を刈っている子供に（中禅寺湖はまだこれから遠いの？）と聞いたら（この道は霧降《きりふり》の滝へ行くんだよ）と言うのよ、これはしまったと思ったけれども、路を間違えたのも、やはり運命だと思って前へ歩き出したの、進んでゆく山路《やまみち》には紅葉が紅鹿子《べにがのこ》の袖をかざしたように綺麗でしたわ、それに人っ子ひとりいなくていい気持。そのうちに大きな杉林の中をぬけて人里離れた山奥へ迷いこんでしまいましたの、もう夕暮ちかい頃、さすがに心細くて気が沈みました。でもどこか人家の見える所まで行き着こうと歩きました。

　野路《のみち》は、さやさやと秋草が山の風になびいて昼も虫が鳴いています。妙に淋しくって、あの山岳の憂鬱とでもいうのでしょう、私ひとりでに涙がわりなく袖ににじんでしまいましたの、（ああさびしい）こう心の底から、しみじみと思って歩みもにぶりがちな時、ふと行く手の小さな草葺《くさぶき》の屋根が見えました。力をえて行き着くと小さな門です、門からぐっと奥の両側にまあ、白萩の花の小路《こみち》がつづいていますの、門をくぐって入ると双《そう》の袂にさらりと花がさわって、枝がたおやかにゆらぐと、ほろほろと散ります、露か葩《はな》か涙か、私は恍惚《うっとり》として思わず、またそら、I will leave it……と吟《うた》ってしまいました。

そのとたん、鈴の音が銀色に花の寮から響きわたりました。おやと思うと向こうから萩の花の間をぬってお女中が一人小走りに私の方へ来るじゃありませんか、そして私の前へとまって丁寧にお辞儀をして申すのです、（姫様《ひいさま》がお待ちかねでいらっしゃいます、さあこちらへ）と私を招きいれるのです。私はびっくりしたの、気味が悪くなったの、そのくせ夢遊病者のようにお女中の案内に引かれて、幻にかけた夢の浮橋を渡る心地で萩の小路を奥へと進んでゆきました。萩の小路の終ったところに、清げに小さい庵《いおり》がありました。黒塗りの扉には、小さい銀の小鈴が、萩の小枝につないで紅紐で釣ってありました。さっきの音はこれかと思うと、扉の内から（ふさの、お客様はまだ？）って、そりゃ好《い》い声なの、そしてさびしげな……（はっ、只今お連れいたしました）とお女中はかしこまって扉を開きました。

ああ、それが夢でなくて何でしょう、その扉の後には羽二重のうら紫の法衣《ころも》の袖をたさぐって、すんなりと美しい気高いさびしい俤《おもかげ》の浮きでた、若い私と同じ年頃の尼様が立っていたのです。やさしく（ようこそ）と大理石《マーブル》のような頬に仄かなえくぼをきざむのです。その気高い姿に導かれて奥の間へ私は入りました。

部屋の中の黒檀の経机の上にのせてあった金泥に紺の文字あざやかに、聖《きよ》い経巻《きょうかん》と、青磁の香炉から仄かにのぼる名香の薫とを、おぼろにみとめただけ、後は夢心地でしたの、美しい紫の法衣のひとは、白水晶三つおきに連ねた紅珊瑚珠の華奢な数珠の輪を白く細やかな指にめぐらして、香の煙りのただよう中に優しい声をつたえました。(さぞ吃驚《びっくり》遊ばしたでしょうね、おゆるしあそばして……。私あのう、ただもう、お声を萩の花蔭からうかがった時、おなつかしくってどうしてもお引き止めしたくなりましたの、こうした我儘《わがまま》をかなえて下さって嬉しゅう存じますわ)私ははっと胸が轟きました、あの萩の花蔭に囁いた言葉は外でもないI will leave it to Chance. だったではありませんか、清らかな声はまた続きました、(運命にまかせましょう)って仰《おっ》しゃって下さいましたのね、ええわかりました、そのお言葉をうかがってすっかり胸の悩みが消えましたの、あの黒髪を剃《おろ》した十二の春、京都の寺院で御門跡《ごもんぜき》のお経をうかがった時のように、しいんと心に浸みました、どんなにあの嬉しかったでしょう。貴女《あなた》お礼を申し上げます)その時さきのお女中が、濃紫《こいむらさき》の袱紗《ふくさ》に包んだ抹茶の碗を捧げて私の前に現われました。ちらと見たその碗に染ぬきし紋はたしかに京の公卿《くげ》の紋《もん》所《どころ》なのです――。路を教えられて庵《いおり》の門を出た時は、萩の枝には露が結んで夕闇にゆらいで空の月影に波うつのでした。別れる時、初めて私は口を聞きました、(お姿を描かせて下さい)と。そのひとはさびしくうなずきました、――いつになったら、あの気高い姿を絵絹に表わすことができるのでしょう……』とゆかりさんは語り終ってそっと涙ぐむのでした。

野菊《のぎく》

（それは、私のこと——）

と、つゆ子さんの細やかな声はふるえていました。気の弱い優しい、その面《かお》には、恥らいの色さえ浮んでいるのでした。

『——私はあの、小さい頃は須磨《すま》で育ちましたの。お父さんとお祖母様との三人きりの小さい家は、あの浦の近くにございました。あすこはよい地《ところ》ね。でも、私には寂しかったのですわ。昼は夢のように沖に浮いていた白帆も夜となれば影をひそめて、ただ打ちよせてはあえなく砕ける波ばかり銀糸の乱れるようにさゆらいで、遠いかなたの水平線に幽愁《ゆうしゆう》を漂わせて淡い新月の出る宵などは、私はもの悲しい思いにつまされるのでした。だってものごころづいて母を知らない子だったのですもの、淡路こいしやと啼いて通う浜千鳥の声をきけば、（千鳥や千鳥わたしは母が恋しい）と心で言うて泣きました。なぜ母がいないのか父も祖母も聞かしてくれなかったのですもの。忘られない――それは秋の半頃、私は夕暮、浜辺に近い草原へ出て一人ぼっちで遊んでおりましたの、そこには野菊がたくさん、うす紫の小さい花を咲かせていましたから、私はその花をたくさん摘みました。その時どこからか白い兎がぴょいぴょいと可愛い耳を振り立て、野菊の叢をわけながら飛んで来るのです、そして後から茶目吉《ちゃめきち》らしい男の子が五、六人、棒ちぎれを持ってその兎さんを追いかけて来るのでしょう、(お嬢ちゃん助けて下さい)というように、その兎さんは鮭卵《すじこ》のような、うす赤い円《つぶ》らな瞳を見張って私の顔を見上げるの、私はもうもうその白兎がいとしくていとしくてならなくなったゆえ、紅い友禅の袂をこう合せて(兎さんやお泣きでないよ)といって抱きあげると、兎さんは嬉しそうに、おとなしく私の小さい胸の中に、乳房にすがる赤ん坊がすやすやと眠るように静かにじいっとしていました。

(やい、今の兎を出せ)

と男の子供が大声で言って私の前へ立ちましたけれども、つゆの命にかけても白兎は渡されないと幼い心に思いつめたから、私はききません。

(いやよ、この兎さんはあたいのもの)

(よこさないか、ぶつぞ)

(打つならお打ち、兎さんの代りにあたいのことを)

と、俠《きゃん》な舞台を須磨を背景にして演じていたのですよ。いばったくせに男の子は、驚いて行ってしまった。私はほっと息をついて兎さんをそっと両の袖の間から取り出して草の上へおろすと、およそ身も魂も溶けいるほどの喜びに踊り狂うよう、白兎は野菊の花の中に跳ねまわる――。

（あら、いたのかい）

こう、さえざえとした声が、ふいに私の後ろからしました。吃驚《びっくり》してまた白兎を両袖の裏にかくそうとすると、

（まあ、可愛い方、ありがとう、その兎さんはこちらの）

という、その声の主は草の中に立って居ました。まあ、いつの間にか忍びよったのでしょう。そのひとは、あの頃流行ったS巻に黒髪を結んだ、細面《ほそおもて》の綺麗な奥様だったのですわ、やせて背の高いどこか愁い顔の姿でした。

（それは、ここの別荘へ飼っておく兎なのですよ、先ほど逃げ出してしまって、ずいぶん探させたこと、にくらしいッ）

と笑みを含んだ眼元に兎を優しく睨んで、細い腕に抱きあげて頬ずりをするのです。

（ほんとに嫌なお前だねぇ。もしもこの小さいお方がお袖にかばって下さらなかったら、お前さんはもう二度と邸《やしき》へ帰れなかったのだよ、こら、お礼を申し上げないか）

と、いとしい我子に言うように無心の兎に言い含める姿のなつかしさは、母のない私に、ひとしおの思いをつのらせましたの。

（小母《おば》さんのお家へお遊びにいらっしゃいね。あなたおいくつ）

と優しく聞いて下さるの、私ははにかんで左手の指を楓の葉のように拡げて、それに右手の人差ゆびを一本添えて見せて笑ったの、

（六つ、まあお利巧さんね、お名はなんというの？）

（すずもと、つゆ）

と私は小ちゃい声で、その美しい方の袖に顔をかくして囁くように言いましたの。その優しい小母さんは、その時はっと顫えたのです。たしかに顔の色も変って……。でもしばらくの間に非常な努力をもって何気ない風に取り澄して、

（まあかわいいお名ね）

と言いましたけれども、その声はもの悲しく、おののいていましたの。

（おつゆ、おつゆ）

と祖母の私を探し求める声が、ゆうぐれの、うす暗《やみ》の中に聞え出しました。やさしい小母さんは、それを聞くと慌てて、（さよなら）といいながら私の手首を赤くなるほど、じいっと握って顔を暗の中にそむけたまま野菊の草原を立ち去ろうとしました。（小母さんいってはいや）と、私は泣きすがるように、片手に握っていた摘んだ野菊の花の束をつぶてのように、その美しい夫人の後ろ姿へ投げかけたのでございます。ちらっと暗の中に振り返ったそのひとは、ひらりと胸から裾へ袂へ、紫の波と散りみ

だれる野菊の花を双手《もろて》にうけて、すんなりと立って、紫の雲の上へ立たせ給う観音さまの御像《みぞう》のように、美しい顔のみ白く、くっきりと浮いて、秋風ふく草間の半身は朧に消えるようでした。

ああ、この夢のような美しい幻影を私は幾年《いくとせ》胸に秘めて懐かしんだことでしょう。貧しい不遇な彫刻師の父は胸を病んで、一人子に別れて淡路の島へ渡ったきり、もう父はこの地上の人ではなくなりました。あとに残された老いた祖母と小さい私は、はるばる都へのぼって叔父の家に肩身のせまい寄人《かかりうど》の身となりました。父にも母にもあまりに幸うすき私も、祖母の慈愛の力ではぐくまれてゆきました。でも一つ年を重ねるごとに、私は寂しさを知る心を強くするのでしたもの、いつにおろかはありませんけれども、あのものわびしい秋の夕暮時の思い悩ましさは、どんなに私の涙をそそったでございましょう。

やがて乙女の春を迎えて、私はK女学校に入学しました。毎日帰りの電車は九段坂下でおりて、ぶらぶら坂を上がって、あの銅像の立つ芝原《しばはら》の小径《こみち》をたどって、神社の静かな境内をぬけて、市ケ谷の伯父の家まで帰るようにしていました。その頃からただ一人で物思いをしながら静かな路を歩むことが好きでした。

それは秋の半《なかば》の或日、ある社の中の桜に病葉《わくらば》が舞い散る敷石の上を靴を鳴らしてゆくのが嬉しくて、私はやはり坂を上がってゆきました。その日は風が強かったのです。

袂も袴も風に吹きなびかれて乱れました。双《ふたつ》の袂がはたはたと風に乱れた時、袂の先へ入れておいたハンカチがひらりと風に吹きとばされて、くるくると空中を高く舞い上りました。あら、と手でとろうとしても、意地悪く強いつむじ風がくるくると高いところへ持ちあげていってしまうのです。通りかかった暁星《ぎようせい》小学の半ズボンの可愛い子供たちが、（やあ飛行機ッ）と言って、はやし立てるのですもの、私きまりがわるいわ。すると向こうの坂の上からとっとと二頭の揃ったセピヤ色の馬の鬣《たてがみ》を風にそよがせて、黒塗の馬車が走り下りるのです。風の中に舞い踊っていたハンカチは、折しも坂の途中を風を切って行き過ぎようとする馬車の窓へ颯《さつ》と吹き入れられましたじゃありませんか。あのインキのしみで汚れた安いハンカチの片隅には、所持品に姓名をしるす校則のため、麗々しく学年級と私の名があざやかに記してありましたの。私ははずかしくなって知らぬふりをして歩き出すと、その時、馬車の窓からやさしい声がひびきました。

（おつゆちゃん）

私がふらふらと馬車の窓際へ近よった瞬間、はっと胸が轟きました。

馬車の窓の中には、たおやかな身をよせた、あでやかな貴婦人があのハンカチをきちんと四つに畳んで膝の上に置いて端然としていました――。

おお、その貴婦人の姿こそは、幾年の幼き昔、須磨の浦辺《うらべ》の夕暮の野菊の原に私を抱《いだ》いた美しいひとの面影ではありませんか！——貴婦人のあでやかな唇はかすかにふるえました、葩《はなびら》のように。しかし言葉はもれ出でませんでしたの、ただ恐ろしいほどメランコリーな沈黙の中に畳まれたハンカチが私の手に渡されようとしました時、夫人はわが指先に燦然と光っていた一つの銀色の指輪をぬいてハンカチの上に添えたのです——。

馭者の振る鞭がひゅっと鳴ると馬車はゆるぎ出しました。砂烟《すなけむり》をたててやがて彼方へと走り去りました。

私は佗しい晩秋の夕陽の中に立って我をわすれて茫然と佇みました。ハンカチと共に私の掌に落ちし指輪は白金《プラチナ》の台に巧みな透彫《すかしぼり》の野菊が一輪浮いておりましたの……。言葉を終りて物語りし人は指先をひそかに、たさぐれば薬指のあたりにこのあわれ深きローマンスの秘密をこめし指輪は、おぼろに冴えゆく暁の明星のように閃《ひらめ》きました。

仄かに儚《はか》なげに——。

山茶花《さざんか》

いま語り出したのは級中第一の詩人とうたわれたる瑠璃子さんでございます。

『私の胸に咲く思い出の花は山茶花』

あの、つつましく単純な優しさをもつ花よ。おお、私にはその葩《はなびら》の一つ一つが床しくも美しい抒情詩を囁くように思われるものを――

かえりみれば、幾年《いくとせ》のその上《かみ》、いたましくも、まだ年若くして逝きし眉うるわしき一人の姉が私にありました。

その姉は山茶花の花を好みました。それに、また写真にたいへんな趣味をおぼえて、すねたり泣いたりして、おねだりした苦心の功を奏して小さなアトム新式のリリプトカメラをお父様に買っていただいてからは、日曜日にはお天気さえよければ、野山を駈けまわって、空にうかぶ流れ雲、あるいは暮れゆく村の家々の煙の跡、畑の案山子《かかし》に照る夕陽の影、または野路の小草《おぐさ》のその上にしばし羽根を休めんとする赤とんぼの刹那の小さな姿まで見逃さじとレンズにおさめては喜ぶのでした。かくて一日を送って疲れを帯びて家へ帰れば、夕御飯もいただくことを忘れて暗室代用の押入れの中に今日の収穫のあとを尋ねるのでした。時にはせっかくの苦心も水の泡となって、乾板の上にぼやけた村雲形《むらくもがた》の跡を残すのみで美景を逸したことなど、うらめしい数々はあったのでしょう。

けれども、やはり姉はカメラを片時も離さなかったのでした。

ある初冬《はつふゆ》の日曜日、姉は晴れた空模様を幸いと、群青色の袴の裾も軽く編上げの靴紐をかたく結んで、肩には例の大事なカメラを黒革張りのサックに収めてさげたいでたちの有様は、どんなに姉にとっては幸福に輝いた朝であったでしょう。思えばその得意のスタイルをこそレンズの前に立たすべきものではなかったでしょうか。

私の家のあった町から程遠からぬ所に、小さい湖水が澄んだ瑠璃色の水をたたえて静かに眠っていました。そこは景色のすぐれたところだと土地の人々には知られていました。

姉はその湖畔の初冬の寂しみある景色を慕って写真機をもって行ったのでございます。

それは山茶花咲く頃の薄日の影なつかしい午下《ひるさが》り、ようやく写真機を肩にした少女は湖畔のあたりに姿を現わすことができました。

その湖に来て見れば想像したよりも、はるかに情味深く趣きのある景色でございます。

後ろには南画に描かれたように落葉林を生《お》う山を控えて、その姿を隈なくさかさにうつし、あまれる水面には行く雲の形を心のままに、白く、うす紅く浮べて水底に沈められた大形の友禅模様のごとく見えるのです。

そして水の汀《みぎわ》や、あちこちには淡黄《うすき》に霜枯れた蘆《あし》の、笙《しょう》の笛を立てたように水の上に、きわ立ってのびていますの。

冬の湖の静寂はかすかなメランコリイを感じさせて冷たく澄み渡って、姉の心に映じたのでございましたろう。

写真をうつしに来たことさえも打ち忘れて、湖畔に佇んでいました。姉の立つ上の空は、海はるかな南の島をこがれし渡り鳥が群なして、湖面を斜めに羽音そろえて一列に飛び去るのでした。その小鳥の裏がえす羽根は西にかたむきかける入日に颯《さ》っと閃いて銀杏《いちょう》の落葉の舞うようでした。ただぼんやりとこの様を仰いでいた姉は、ふと耳ちかく水掻く音を聞きました。驚いて水の面を見やれば、汀ちかく一艘の小舟に幼い女の児が綺麗な袖をかざして、みどりの波を漕ぎ分けて、しだいに汀へと進んできました。その小舟は姉の立っている湖畔につきました。舟中《しゅうちゅう》の女の児は、幼気《あどけ》ないうちにも怜悧《りこう》な眼《まな》ざしを向けて、姉に言葉をかけた。

『乗って下さいな』と、

びっくりして舟の中の児《こ》を見ると、紅染の縮緬《ちりめん》ずくめの衣裳をつけて、金糸の帯を祇園の舞妓のように、だらりと結んで眼もさめるような、あでやかな姿です。寂しい渋味の多い湖水を背景に舟の中に絵から抜け出たような美しい女の児！　まあ、それは何という奇異な光景でしたろう。姉はその時この女の児を湖水の主が仮りに姿を現わしたと思ったのですって、その児は白い小さい手に姉を招いては、『乗って下さいな』と呼ぶのでした。姉が落着いてよく見れば、ほんとに可愛い女の児に違いありません、それでやっと唇を開きました。

『なぜ、私を舟に乗せるの？』

『そのわけは乗って下されば申します。お願いがひとつございますから』

この答えは、あんまり意外でございました。姉は不思議に思いました。こうした場合にも好奇心の誘惑は起りました。とうとう姉は小舟にひらりと乗りこんでしまいました。すると女の児は細い腕に力をこめてあちらの湖畔へと小舟を漕ぎかえすのです。櫂を動かすたびに千羽鶴の前簪《まえかんざし》の銀ビラが、さらさらとゆらぐ可憐な姿は古風な境涯に生い立った児らしいのです。やがて船はとある汀に着きました。ひらりと地に上がると、いきなり女の児は姉の袴にすがりつきました。

『母様の病気を治して下さい』

と言いました。姉は呆れてしまいました。

『あなたは女のお医者様でしょう。だって薬箱を持っていらっしゃるもの』

と女の児が言いそえたときはじめて了解できました。無邪気な誤解の罪は黒革の写真機入れのサックにあったのです。姉はその児に優しく言い聞かせてやりましたら、怜悧《りこう》な児は間違いを知ってはにかみました。

『町の病院へ行って、ほんとのお医者さんを呼んでおいでなさいね』

と教えると、その児は涙をいっぱいためた眼をあげて首を横に振りました。

『いえ、いえ、町のお医者様はいくらお願いしても来ては下さいません』

『まあ、なあぜ』

と、姉が問うたら、女の児はたゆたいながら消え入るような声に、

『ここは、あの××村です』――。ええッ、姉の体はふるえました。しばらく灰色の沈黙がつづきました。その瞬間の後、姉の胸にはこの可憐の児に燃ゆるような哀憐の情を覚えました。

『私がお医者さんを呼んであげますよ。きっと』

と、その児の双手《そうしゅ》を握って誓いました。

短い冬の日はもう黄昏《たそがれ》てしまいそうです、かたむく日ざしに驚く姉を再び小舟にのせて甲斐甲斐しくかの女の子は櫂を握りました。この哀れな人々の住む永久に呪われ

た村を離れ去る時、姉は船から振り返って見ますと、湖畔の奥はるかな土地におそう夕暗《ゆうやみ》の中を、純白と淡紅の花が山のように咲き乱れて、暗《やみ》をあざむく花明りが灯したようでした。

『おお、たくさんな花』と、思わず叫ぶと『山茶花に私の村は埋もれています』と答える声が船中に有りました。

あわれ、山茶花咲く村よ。見捨てられし村落よ。と姉はきよい同情の涙にくれました。湖畔で船と別れた姉はかの女の児との約を果すために家路を急ぎました。その日は写真は一枚もうつしはしませんでしたけれども、姉の心には未だ見ざりし此世の哀れな様を写し視ることができたのですもの。そして幸いな事には私たちの父は、その町で医院を開いていました。姉はその夜父の袖に泣きすがって願ったのです。昔ふうな根も葉もない愚な迷信で人の嫌う部落の人々を診察し投薬することは医院の名にもかかわるほどの問題でしたけれども、姉の切なる祈りはとどいて、父は深夜ひそかにかの山茶花咲く村へ往復しました。七夜ばかりであの児の母の病は治りました。秘密のなかに行われたこの情《なさけ》の行為は私の一家の外知る者はなくてすみました。

姉は十七の年、この世からあえなくも逝きました。熱情《パッション》を盛った若き霊は天に昇ったでありましょう、つめたく悲しき骸《なきがら》は湖畔に近き町の寺院の土に永き眠りにつきました。その年の初冬、母と寺院にお詣りをした時、姉の墓前に美しい水晶をきざんだような白と紅玉を溶いて塗ったような、山茶花の花の小枝がささげてありました。お寺の門前に住む耳の遠い媼《うば》の言うのを聞けば、『その朝まだき立ちこむる朝靄の中を寺院の門をくぐった一人のあでやかな少女が、人目を忍ぶがごとく山茶花の花を抱いて美しい姿を夢のように浮ばせて消え去った』ということでございました……

水仙《すいせん》

（小さい挿話《エピソード》を私にも語らせて下さいな）

と言いはじめた露路《つゆじ》さんは、ついこの間、久しくなつかしんだ祖国の土をふむことのできた少女でございます。父君は白髯《はくぜん》の老外交官でいらっしゃるのでした。

父が北京《ペキン》のあの小さい堀割のふちの公使館におりました頃、私もあの都にしばらく住みました。北京は御存じのように西紀千四百二十一年から清朝の帝都でございましたゆえ、有名な聖廟《せいびょう》、寺院、大塔や、あの名高い八匹の騎馬を並べて壁上を走らせることができるという北京城の厚壁も、今も残されて哀れになつかしい老大国の過去の栄華の宏大な跡を語っているのでございます。

幼い頃、住みました、南欧の都、それも詩味の豊かな美しいところと思いましたけれども、この北京に来てみればまた異なる情趣を私は覚えました。

忍びやかな夕暮のせまる黄昏《たそがれ》どき、露台《バルコニー》にのぼって静かに暮れゆく北京城内の市街を見渡せば支那特有な大陸的な沈静な空気は、ほのかに匂いわたるような玉虫色の薄絹にひろがって、あちらの地平線に沈みゆく日輪の姿を淡く包んで大空ゆたかに、たゆたうツアイライトの優しいおとめの涙をそそってやみません。

そして、やがて市街に泣きぬれた女の瞳のように、灯がうす赤くぽっとつきます。この灯の流れゆく街灯の影暗き緑の木蔭に、悲しき漂泊《さすら》いの旅に泣く亡国の民が弾鳴らす胡弓《こきゅう》の哀音《あいおん》の、なげくがごとく咽《むせ》ぶようなうったえるような、そのわびしき小唄の音色が細やかに響き渡るのでございます。

こうした時、私はあの言い知れぬ異国情緒――譬《たと》えば桃色の夢を敷いた上を、素足なように踏みゆくにも似た淡く儚ない床しさを覚えて、うっとりとするのでございました。

ある冬の日、私は父に連れられて、北京の宮城を見に行きました。

古い宮城の城内の前には、昔は水晶の玉を溶いたような玉泉山《ぎょくせんざん》の岩清水を流したという小さい流れが、ひとすじあります、その上に大理石の華奢《きゃしゃ》な細工に彫られた小橋が、飛び飛びに五つばかりかけてございます。あわれこの橋の上を、過ぎし古《いにしえ》は朱塗に金粉まいたかがやかな帝輿《ていよ》が行列美しく渡ったことでしょうに。

この橋をわたり石段をのぼって門を潜《くぐ》り御殿に上りました。まあ、それは何という華麗な宮殿でしょう。

薄黄色《はくおうしょく》につやつやしい磁器の甃瓦《たたみがわら》は屋上に黄金《こがね》の鱗のように冬の日ざしに輝いていました。

数多くの宮殿、館閣《かんかく》、廂廊《しょうろう》が、天龍を彫りし石の欄干、朱丹で彩色された楠《くすのき》の柱、白玉《しらたま》を連らねた廻廊等に組みたてられて相つづいて立っています。

やがて私は後宮の殿上にのぼりました。

清朝の昔は美しき后の君や宮女達が、蓮歩《れんほ》のように、綾なす錦の裳《もすそ》をひいた玉甃《たまだたみ》の上を、今は割目に雑草の生いのびる有様でした。父と私のふむ靴の音の、人気のない寂しい廃宮のうちに冷く響いて、ものわびしい気分が、うすれた色に漂うのでした。

後宮には多くの宮房がございました。宮女のお部屋だったのですって、朱肉の極彩色の丸柱、紺と金の絵筆巧にあやなした欄干や天上が、過ぎし日の夢を語るかのように美しく残されてあるのも、哀れ深くおぼえられました。

玉蘭《ぎょくらん》、迎春花《げいしゅんか》、牡丹《ぼたん》の花の苔と石とに飾られた幽苑のほとりに咲きいでし中の泉水のわきに立ちて優しき姿を水鏡、そと黒髪を梳るとて、あやまち落せし翡翠《ひすい》の小櫛は泉の水底玉藻を乱して永久に沈んで、亡国の哀歌を奏づるのではないでしょうか。こうした空想も思いうかびます。

奥深き宮房の窓のほとり、紅鳥の籠は釣るされて春日の永きを唄い囀《さえず》り、壁に沿うては七宝の臥床《がしょう》、縫几帳《ぬいきちょう》、床には孔雀の蓆《むしろ》が敷かれてあったでしょう。金泥銀砂《きんでいぎんしゃ》の屏風は立て廻され、床しい絹摺《きぬずれ》の音も、仄かに聞こえたでしょうものを——。

あわれ、いまは空しく荒るるにまかせて、後宮の軒に雀は巣をつくり窓辺に小鳥は飛び交うではありませんか。

虹は宮殿の曲瓦《きょくが》にひきて七彩《ななあや》に輝くとき、
月光は露台の玉蘭に照りて銀波と砕くるとき、
春殿につどう三千の姫のかざせる銀扇さっとひるがえれば、地上の花は恥じ妬み、
空ゆく鳥は翅《つばさ》も動かずなったでしょう。

あわれ、あわれ、鏡を収めし玉の匣《はこ》、峨眉《がび》を描ける刷毛《はけ》の壺、今はいずこに埋もれて逝きにし春をなげいているのでしょうか。

しばし、こうした追想にふけって私は後宮の長廊のほとりに佇んでおりました。

その間に、いつしか父の姿を見失って私は冬寒き後宮の奥へ深く迷いこんでしまいましたの。

『お父さま』と呼べば、朱欄の柱と彩色は呪うがように山彦をするのです。まるで巨人の嘲り笑うように、私はそら恐ろしくなりました。

立ちすくんだまま足は一歩も進まず、身体は棒のようにこわばったのでございます。

変りやすい冬の日ざしは見るまにかげって行って、古い宮城の中はうす暗くなりました。後を見ても前を見ても人の影は見えません。どうしようと思いあまって太息を

ついた、その時、おお、私のゆく手の方の宮房の扉の蔭にちらと真白な裳《もすそ》がちらついたのでございます。

私は震えました。じいっと瞳をその方へむけると、裳が見えた扉が風なきに、はたはたと鳴って人影が浮かびました。

碧玉を鏤《ちりば》めた壁の奥に白い衣の人は立ちました。

人よ！　それは支那《しな》の少女です、黒髪の艶々しさ、そして青白い頬のやわらかな線、細い身体をしなわせた姿に、黙ってあちらから私をみつめて立っています。

私はあまりに、突然幻の中に描かれたこの光景に、あわててしまいました。

釘づけにされたように玉の床に立ちすくんだ、私を招くがごとく、一度、二度、その少女はかるく細い腕《かいな》を振りあげました。その手には淡黄《たんこう》な小さい花が青い細長い葉をつけて咲いた茎を、沢山握っておりました。

手を挙げるたび、つつましやかな淡黄な小さい花は、はらはらと玉を敷きつめた廊上に落ちて乱れるのでした。その花の落ち散るのも知らぬのか、怪しき少女は唇を開いて皎歯《こうし》が可愛くほのみゆる口を美しく動かして音高く転《まろ》び出す声――、それは何でしたろう。

それは詩の朗詠だったのです。

昭君払玉鞍　上馬啼紅頬

今日漢宮人　明朝胡地妾

あの東洋史に哀れな詩をかたる、王昭君《おうしようくん》の故事を詠んだ有名な李白の詩句だったのでございます。

この奇蹟のような場面《シーン》に、われを忘れて立っておりました、その時、『おい、どうしたか』と父に後ろから肩を打たれて、ようやく人心地がつきました。

父の姿をこの刹那、かの怪しき少女はみとめるやいなや、『あっ』と、たまぎるばかりの悲しげな声をはなって純白な姿を宮房の扉の蔭に隠してしまいました。

ほの暗い碧壁のほとりの床の上には、散らばった淡黄な花のみ、淋しく取りのこされてありました。

私はその花の一つを手に拾いました。見れば、この花は淡黄な支那水仙の花でした……。

父と共にこの廃宮を辞し去った道、俥の上から振り返ると、あの高い古き宮殿の上には、夕空に輝く銀の星が、またたいていました。後《あと》で伝え聞きました、その上の清朝のさる大官の姫が狂して、昔の夢を慕いて彼の廃宮の奥深くさまよう――ということどもを。

名《な》も無《な》き花《はな》

（私の申しあげる花は、呼ぶ名もない、小さい数ならぬ草の花なのでございます）と、思い出なつかしい今宵の集まりの、七人の少女の物語の、最後のストーリーのために、そのいとぐちを開いた輝子《てるこ》さんは、優しのふくよかな顔をした胸に銀の十字架をさげた方でした。

いまから、三年ほど前のことでしたの、私と妹がS教会のライダー夫人に連れられて、小田原へまいりました。汽車の窓から眺めると遠近《おちこち》に早咲きの紅梅の可愛い花が、ちらほらと見えそめる頃でした。

ライダー夫人の気持のいい別荘で私達姉妹《きようだい》は楽しい日を送っておりました。その別荘にはピルと名づけられた一羽の白い鳩が飼ってございましたの、私達は呑気な一日を、この小さいピルを相手にして遊ぶのが常でした。

或日のこと、ピルはどこへか遠く飛んで行きましたの。

そして、もう日が暮るる頃になっても、あの白い鳥の姿は私達の家の窓には見られませんでした。

もしや、近所の別荘に来ていられる幼い公達《きんだち》のあの空気銃の犠牲にあげられたのではあるまいかと、まあ、それはどんなに私どもは胸をなやませた事だったでしょう。

（かわゆいピルよ、早くお帰り）と、私達は窓によって祈りました。

黄昏てゆく空のかなたに、小さい白い鳥の羽ばたきがやがて仄かに聞えました。

（あら、ピルよ）

と、妹は叫びました。

（どこに？）

と窓から首をのべて眺めますと、ほんとに夕暮の空をピルは静かにこちらへと近づいて来るのでした。

ピルは来ました、帰りました、私共の手許にまで安全に、何の疲れも覚えぬらしく可愛く甘えて啼くのです。

（ピルさんや、一帯、どんないい所で遊んでいたの？）

と、聞いても尋ねても、ものいう事の叶わぬ、いじらしい小鳥は、ただ静かに羽ばたきをして、何かを暗示するように窓の上にとまりましたの。

私たちは円《まど》らかに、さといい鳩の瞳がしきりに、ある物を語っているのを知りましたゆえ、ピルの翅《つばさ》と脚をよくしらべましたの。そうして私たちは、あるものを見出しました。

ピルの脚もとには、紫色の絹糸が優しく結びつけられてありました。

薄明りの中に、その消えゆくような細い紫の糸をかざして、さまざまな想像の綾糸を私達はたどるのでございました。

あの真白き鳩を捕えて、その細き脚に紫の絹糸を結びつけた、この心憎いまでの仕業は、あわれ誰が子のたすさびぞ、興がりてか、または、ゆるせなの胸の悩みをつたえよとての謎か。

私どもは、まだみぬ紫の糸の主をゆかしくも、なつかしく忍びあうのでございました。

その翌日の朝。

あのピルが空高く飛びゆくのを私達は認めました。そして、すぐにピルのゆくえを探し求めました。とうとうピルの飛び行った処を私たちはみつけてしまいました。

それは、私達のいる別荘から程近い、砂丘の後にある白亜の洋館でありました。なめらかな芝生にならぶ、椰子に似た樹木にかこまれた洋館の窓には、オリーブ色のカーテンが覆われてありました。かのピルは、その第一の窓の傍にとまって、二、三度羽ばたきをして、さも慕わしそうに、

（クク）
と啼きました。すると、窓が、すっと開かれて、それは充分に私達の好奇心を満してくれるほど巧みに、カーテンがそよいで、窓の中の一つの面影を仄見せました。

おお、その一つの面影の、それはまあ、いかに美しく気高く、しかも聖《きよ》げに寂しげな姿だったでしょう。それは、あえかに麗しい少女なのです。

その少女は、細やかな双の腕をかろらかに、あげて、そっと窓際のピルを抱きましたの――、外面《おもて》に立ちて息をひそめて見透す人々のあるとも知らで……。やがて、カーテンは音もなく降りました。窓は再びかたく閉ざされました。また何という幸福なピルでしょう。あんな美しい子の胸に抱きよせられて窓の中に入れられたのですもの。

その夕べ、やはり飛び帰ったピルの脚には、紫の絹糸が結びつけられてありました。

私と妹は、しみじみピルが羨ましくなりました。あの洋館の窓の美しい顔を、だって忘られなかったのですもの。

（私も鳩になりたいわ）

と妹は無邪気に言いましたの。

そして、毎日の夕べに、紫の絹糸を結びつけて飛び帰るピルの姿を見るたびに、私ども姉妹は、その、あえかに優しき、うす紫の謎の糸を心に解きかねたのでございます。

もう一度、あの美しい幻のような少女の面影が見たいと望みました。私は、マンドリンをさげた妹と、いっしょに、あの砂丘の後の洋館の前を、そぞろ歩きをしました。あたりは、いつとはなしに黄昏れて夕暗は忍び足しで近より、遥かみ空には銀の星が輝きました。――マリアの瞳のように。

その寂しき静けさに浸った時、ただあの何んとも言い知れぬインスピレーションに私は強く打たれましたの……。私の唇はおののきました。どうしても歌わずにいられなくなったのでございます。それは讃美歌の第二百五十番、シー・テー・スチブンソンが、

『こは真の能く詩の意を得たるものであって、しかも音楽的の響きを含有せしめている』

と、賞めたたえた、サー・ジョセフ・パーピーンの作曲の、

　神よ牡鹿の谷川の
　水を慕いて、あえぐごと
わがたましいは、生ける神
　慕いまつりて、さえぐなり

この一節を、われを忘れて私は歌い出しました。妹は砂丘に腰うちかけて、すぐにマンドリンを小指のさきに掻き鳴らしたのです。

静けき夜をこめし、この歌と連れびく絃《いと》の響きよ！

おお、その時、彼の洋館の窓は音なく、左右に開かれて、オリーブ色のカーテンが、ゆらゆらとさゆらぐと見る間に、あわれ、仄かな灯は颯《さつ》ともれて、その青白い光の影に、忘られぬ過ぎし日の俤《おもかげ》が浮かんだのでございます。

そして、なよらかな曲線《カーブ》を描いて白い象牙を、きざんだような手が私達を、さし招くのでした。さもなくとも深い感激を覚えていた私達はその時何のたゆとう隙をもち得ましょうか、幾秒の後、私達姉妹《きょうだい》は、その洋館の窓の中に立つ身となりました。その室《ルーム》の中は――青い濃い色のリヨン絹の覆いをかけた電灯《タングステン》の光が室いっぱいに溢れみなぎって、まるで海底深く沈んだような気分になります。そして窓にそうた大きな寝台の上に純白な羽根蒲団に埋まって、あの美しい幻像は現に見えました。その傍に、すんなりと立ったもう一つの影それは美しい貴婦人です。

『靖子が、只今のお歌をもう一度伺いたいと申しますので、失礼をいたしました、あのお許し下さいまして？』

答えに代えて、妹はマンドリンをつと胸に抱きました。

私は再び歌いました、心をこめて涙をたたえ――。

歌の余韻のかすけく漂い消えゆく時、眼に見えぬ夢を追うようにうっとりとしていたかの乙女の綺麗な頬を、面《おも》伏せし長い睫《まつげ》の下から、ほろほろと零れ落ちる涙の跡を、私は見ました。

唄い終りし時、乙女はふと清い瞳をあげて、かたえに立つ夫人を見上げて、細やかな手をあげて、白魚の一つに似た指を一本さし示しました。

これを見とめた夫人は優しく睨んで、乙女に申しました。

『まあだなの？　靖さんは欲ばりねえ』

と言って、私達の方を向いて気の毒らしい表情をしました。

『ほんとうに失礼ばかり、あの子が、もう一度お聞したいと願いますけれど……』

と夫人は、さすがに、ためらいました。

快活な妹は、そっと私の袂をひいて、

『歌って』

とうながしました。

私は、また妹の絃と共に、同じ聖歌を歌い続けました。やはり乙女の頬に、きれいな涙の露は流れました。

歌いおわると、夫人は私と妹の手を、かたく握って謝すのでした。

『お疲れになったでしょう。どうぞ今宵の失礼はお許し遊ばして下さいませ』

と、つつましい礼儀正しい貴族型《タイプ》の夫人はあくまで丁寧に私達に接します。

『靖子の病室は、もう閉めまして、あちらの客間へどうぞ』

と夫人は言い添えて、扉に手を掛けながら、部屋の内を返り見て、

『靖さん、では静かに静かにおやすみ』

と慈愛に溢れたテンダアーの声音に言うのでした。

私たちは、美しく飾られた客室の長椅子《ソファ》に並んで、小間使の運んだ紅茶の碗に、ちろろと銀の匙を鳴しながら、優しくこの夫人の物語を聞くことになりました。

どこまでも不可解な今宵の出来事、白き鳩ピルの脚に結ばれる紫の糸の美しい謎もみな、やがて夫人の唇からほどけゆくのでございました。

さても、この夫人は何を私らの前に説きあかしたでございましょうか？　と、ここまで話しきたった輝子さんは、ほっと息をついて、双手をあげて祈るかのごとく胸に組みて、過ぎし日のことを忍ぶのか、かすかに微笑むのでした――。

輝子さんの詞《ことば》は更に続けられる。

その夫人は、しめやかな口調であの真白きベッドに横たわる美しくも、また痛ましげな少女の身の上について語られました。かの少女、それは靖子と呼ばれて夫人にとっては宝玉にも代えがたい一粒種子《だね》の愛娘なのでした。幼い頃から父なる人に幸うすくして別れられて、後には巨万の富と多くの僕婢との主となった靖子嬢と夫人とだけのホームとなりました。父を失いし家は寂しかったでしょう。いな、それのみか、靖子さんは十三の秋から重い病にとりつかれました。ささやかなそよ風にも、こぼれ落

ちそうな小笹の露のように、ゆすらばそのまま消え失せて散りはせぬかと、あやぶまれる雛芥子の花のような、靖子さんのなよやかな身をおそうた病は、あまりに痛ましく切ない悲しい、それは烈しいりゅうまちでした。名高いドクトルも、あらゆる手だても、あわれ、その甲斐はなくて、靖子さんは、まだ咲きやらぬ蕾の淡い春を、早くも閉じて、ほとんど半身は大理石の冷たき像のように、こわばって動かぬ白く美しい化石と現世でなりゆくのでした。

母なる夫人のなげきは、まあどんなだったでしょう。いまは世を捨てたつもりで、湘南のこの別荘に、母子で寂しい沈んだ日を送っていられるのでした。ところが、ある日、靖子さんの病室の窓に一羽の白い鳩は神の使いのように飛び入りました。そしてさびしくかしこげに張った瞳を、仰向けている靖子さんの上を二、三度輪を描いて飛びましたって、そしてね、とうとう靖子さんの枕の上にとまったのですって、一日なんの慰めもなく窓の下に埋まっている病む若い少女にとって、その白い鳥はどんなにウエルカムされたでしょう、紫の絹糸はその小さい脚にまでその時結ばれました、あわれ、何の思いをこめてか……?。いうまでもなく、白いその鳩は私たちの可愛いピルだったのです。ピルは毎日あの窓を、それから訪れました。そして今日となりました。靖子さんの病室の窓へは、時ならぬ思いもかけぬ歌が流れ入ったのでした。それは渇ける者の砂漠で泉《オアシス》を見出したように、病む人の胸にはあるよろこびを伝えました。そして歌い手の私らは、さしまねかれてあの室の中に導かれて、三度歌いつづけることになったのです……。

夫人のこの物語によって、私らは、すべて了解することができました。

そして私は思いました。この富みて不幸なる一少女は、ただかしこく気高き信仰の光を浴びることによって、その現在の暗く悲しい悩みと愁いの底から救い出されるのではないでしょうかと――。私はこの考えのために貧しいハートを痛めました。

とうとう、私は決心しました。靖子さんの悲しみに閉じた胸の小さい銀の鍵を開いて、喜びと感謝の暖かい日の光を、そそいであげたいと切に願い祈ることを！

私は、それから日々あの洋館を訪れました。ある日のこと、靖子さんの通っていらっしゃった学校を伺ったとき、夫人が、

『病気になりますまで、四谷のF女学校の方へまいっておりましたの』

と仰しゃったのから、ふと思いついて、私の大切にしておいた巴里《パリー》にいらした、画伯からの贈物だった、紫色の羊皮の表紙の美しい、仏蘭西《フレンチ》語の聖書を、その翌日、靖子さんの病床へ差し上げました。

それは、私の想像したより以上に、美事《みごと》に靖子さんはお読みになることが出来ました。

私は嬉しくてなりません、胸をふるわせて神様の国に入らるるためにと、力をそそ

ぎました、でも靖子さんは双の瞳に可愛く涙ぐまれながらお頭を横に振るのでした。『いえ、いえ。私はいやです。もしも恵深き神様がいらっしゃるなら、この様に頼りない哀れな母子をお苦しめにはならないでしょう。眼に見えぬ神を信ずるには、あまりに私は、ふしあわせすぎますもの……』

と言いかけては忍び音にベッドの上に泣き伏せられる、その俤《おもかげ》のいたましさ、私はもはや、この上神を信ぜよとは再び言う勇気はありませんでした。

ただ、これのみは、せめてもの心づくしの慰めのよすがにもと、朝夕病む人の枕べで、あの讃美歌の第二百五十番を静かに歌ってあげるのでした。

かかる日数を送るうち、いつしか地上に春と呼ぶ幼い旅人が、その小さい歩みを運ばせて近づいて来ました。今まで寒さのために閉じられがちの病室の窓は空から溢れこぼるる太陽の光を取り入れるために皆開かれました。

靖子さんは、私の肩に助けられて、窓から外の芝生や空の雲を眺めるのが楽しい一つになっていました。

天気のいい晴れた朝、靖子さんは窓から私に半身をすがらせながら、庭の面《おも》を見ていらっしゃいました。ふと何ものかを見出されたのか、吸いつくようにじいっと瞳をそそがれていましたが、やがて、ほろほろと綺麗な涙が蒼白い頬に流れ渡りました。

私は驚きました――

『何事が起ったのだろう』と、
靖子さんはそのとき、砕けよとばかりに強く私の手を握りしめて、片手の指に外面《そとも》の土の上を指し示すのです。細き指先に示されし土の上、おおそこには、庭の踏石の割れ目に生うる雑草の一本が、うららかな春の光を浴びてほろろ小さなうす桃色の花をいとしく咲かせているのでした。

『ご覧なさい、あの花!』

靖子さんの瞳は輝きました。

『ああ、名もなき小草の花の一輪だにも、なお神様は優しい恵みをお与え下さる!あわれ、名もなき小草よ、汝もまた春くれば咲こうものを!』

靖子さんは、病の苦痛も忘れはてたかの如く、詩のような美しい感情の詞を唇から、ほとばしらせて、枕もとの、あの紫羊皮の小形の聖書をとって熱き接吻《くちづけ》をしました。

私のストーリーは、これで終りでございます。しかし最後にこの一事をつけくわえましょう。

私共が小田原――永久に思出多い――その地を立って帰京する前夜、私の手許に差出人の名のしるされていない一封の小包が届きました。

私は取る手も遅しと開いて見る中には、多くの金貨が、まるで小石を集めたように絹の袋の中に入れられてありました。そしてどこの空からか飛び返ったピルの脚には、その日は紫の糸ならで細い白リボンが結ばれてありました。それを解いて灯のもとに、かざせば、ありありと浮かぶペンの跡、フレンチの短い文字――CROIRE EN DIEU――(信じます)と！

それからその金貨の袋のゆくえは、貧しき人の群への生ける福音となって散りました。それから、ピルは今もなお、あの洋館の窓近く美しく病む姫の侍女となって枕辺を可愛く飛び交うておりましょうものを。

『おお名もなき小さき花の一つよ！　私は涙さしぐまれるのでございます』

言葉のごとく輝子さんは涙ぐんで、おののく唇を閉じました。

そして、あの何とも譬えようのない柔らかな優しい感じに潤うた沈黙のヴェールが、七人《ななたり》の少女の胸を静かに覆うのでした。

静かに眼を閉じて考えて見れば、最初鈴蘭の花に浮かんだ少女の俤、その二は月見草の優にやさしき人の姿、三番目に絵筆の先に咲き匂う、白萩のあわれ深き花の色、その四は指輪に刻まれた、えにし深き野菊の花、その五つに数えし花は、かの古き国の廃宮の甃瓦《いしだたみ》の床にこぼれて散りしこれや黄水仙。六番には胸に咲く思い出多き山茶花の夢、夜は更けました。七人の少女が、かたみに語りあいし七つの花の物語は、かくして終りました。あわれ、この地上に咲ける七つの花よ、汝《な》が物語のヒロインの優しき袂に永久に匂えとこそ。

鬱金桜《うこんざくら》

春くれば、さくら咲く島。その花の一枝より春は生るるこの国。天地をこめての華やかさと明るさとは、みなこの蘤《はなびら》の芯《ずい》より匂い渡ろうものを。

しかし私は、あの、ふっくらとふくらんだ蘤の上になおも頬紅の淡き化粧をさえ恵まれた多くの花の明るい梢をよそに、人しれずかくれていとも忍びやかに咲く、色淡く儚なき鬱金桜の、しおらしくも哀れに、なつかしい花の姿を忘れえぬ慕しいものに思うのである。あわれ、我のみはと世の春を捨て侘びし、ただ仄かなる寂しい鬱金の影を、つつましく梢にかざす、いとしき鬱金の桜よ。

そは、過ぎし幼き日を育まれた寮の窓近く、このさびしい花は咲いてかすかに匂っていたのだった。

それは、七つの春。父にも母にも別れて海路を、はるばる伊太利《イタリー》の古都から故国に帰った私は、この国には、ホームを持ちえぬ淋しい児だった。その小さい私を迎えたのは、あの寮だった。寮へ連れられた最初の日、鯣《するめ》の頭のような帽子を冠《かぶ》った黒衣の異国の尼様にやさしく背を撫でられても、気の弱い私は、なんだか顫えるようだった。

寮の二階の南向きの一室に、その日から私の小さい机は据えられた。そこは小さい部屋ゆえ、私の手をひいて室へ連れて入った紫色の長い袂に似合う美しい人と二人きりの領土にかぎられてあった。

その美しい人は私の手を、つと取って名を問うのだった。はにかみながらも、すなおに答えれば、（まあ、可愛い方）と私を胸に引きよせる。別れた母の甘いお乳の香《におい》を忍ばせるように何か匂やかな柔らかな優しい胸に、自分の小さなお合童《かっぱ》の頭を埋めて、こうしていつまでも夢心地で恍惚《うっとり》としていたいと、私は思うのだった。

優しいひとは私の幼い年を問う、七つと答えれば、（私は十七）と、その美しい人は言う。次は、この、あえかに美しいひとの呼び名が知りたいと私は願うのだった。けれども優しい君は、（私の名は飼猫の名のようなの）と忍びやかに笑うばかり教えては下さらぬ。

猫の名のようとは何だろう。神戸の伯母さんの家では赤い縮緬の首輪に銀の小鈴をつけた小猫がいる。呼ぶ時、伯母さんは、さも可愛げに、たアまヤとよぶ、でも、この方はたアまヤではおかしい。ローマにいた時、お向こうの雑貨商の店に、お台所のミルクを盗んでは、ビールの樽のような肥《ふと》った女中に箒を持って追いかけられた悪戯猫がいた。店の小僧達がチャンプン公と呼んでいた。けれども、このまあ、美しい気高い人を、どうしてチャンプン公などと呼びえよう。

私には、わからない、円《つぶ》らな眼を開いて、やさしい顔を見上げれば、その人は笑っていう。（私にいい名をつけて下さいな）と。

おお、この美しい優しいそうして私の大切な方に献《ささ》げる名よ、まあ何とお呼びしたらいいだろう。私は、胸をどきどきして。でも、名をつけねば、これからお呼びすることができないのだもの。私は、たゆたいながら言った。（あの――セーラ姉様――）

耳の根まで真赤に染めて、私はその方の紫匂う袂に、ひたと顔をかくして囁くように言えば、（ありがとう、その名を戴きましょうね）と優しく君は答える。

セーラ・クルーとは、アメリカのバーネット女史の著作「小公女《リットルプリンセス》」の女主人公のネームであった。伊太利《イタリー》に在りし日、母は青天鵞絨《びろうど》のソファの上で私を眠らせながら静かに語った、なつかしい忘れえぬ美しい物語の中の面影であったゆえ。

家なき子も、この優しい日本のセーラ姉様をえてから、私の幼い日は幸いにみちてつづけられるのであった。

私は寮から尋常科の教室へ通うのだった。

それはある日の手工の時間だった。

千代紙で鶴を折らねば、ならなんだ。

先生が幾度《いくたび》も丁寧に教えて下さっても、私には少しも折れない。そのうちに放課の鐘が鳴った。先生が仰しゃるには、(明日の朝までに鶴を折っていらっしゃい)と。この約束は一つの重荷となって私の小さい胸を悩ませた。

寮へ帰っても心にかかるは、あの折鶴のこと。その日のおやつは私の大好きなシュークリームだったけれども、私は皆のように、おいしくは戴けなかった。お部屋の机の上に、千代紙をひろげて、小さい指を折ったりひねったりして考えながら、折っては見たけれども、どうしよう、半分まで折角できたと思えば、後《あと》がわからずくしゃくしゃになってしまう。

私は悲しくなった。皺くちゃになった千代紙を持ちあぐみながら硝子戸《ガラスど》越しに泪ぐんだ瞳に見やれば、ブランコや遊動木に乗って、お友達が楽しそうに、夕方の遊び時間を飛びまわっている。それを見ると、もうたまりかねて、ほろほろと泪が頰を伝わる。

その時、静かに足音がして、セーラ姉様が入っていらっした。私は慌てて机の上に散らかした千代紙を懐中《ふところ》にみなおしこめた。鶴が折れないとて泣いたことを、この好きな憧れている美しい方に知られるのは辛かったゆえ。(ただいま)とお書物の包みを机の上に置いて、セーラ姉様は、いつものように、にこやかに。(おかえり遊ばせ)とお辞儀をしたら、懐中の千代紙が、がさがさと鳴った、たまげて廊下へ飛び出て紙屑籠に、みな入れて、ようやく、ほっと安心した。

でも、やはり気にかかるのは、あの折鶴のこと、その夜の眠りの床に就く前に、夜のお祈りをする時、（神様鶴が折れますように）とひそかに私は祈った。

翌朝、長閑《のどか》な太陽の光の訪れに眼ざめて、私は小猿のように、ちょこなんと寝台の上に起きると、吃驚《びっくり》したの、それは、あの白い小さな枕の脇に眼の覚める様な綺麗な赤い折鶴が一つ、さっきから私のお眼覚めを待っていたらしく置いてあったのだもの。まあ、ゆうべの小さい祈りの声を神様がお聞きになって夜中にそっと、これを下さったのだと思うと私は嬉しくてならない。

セーラ姉様の胸にすがって喜びのえくぼを溢らせて私は言った。

（セーラ姉様、この鶴を神様が、ゆうべ下さったの）

とかの折鶴を示したのだった。その時、何故かセーラ姉様は、ぽっと淡紅くまぶたをお染めになったの……。

この、あえかに優しい美しい人にも、やはり儚ない愁《うれ》いは芽生えていました。

暮れゆく春の日を、寮の露台《バルコニー》の欄干によりし、その人の姿よ。

薄紫の袂が長く欄干にこぼれて、たゆとう薄明りに袂の末は仄かに煙る、胸高く締められた同じ色の袴は、まもなく柔らかな線を描いて裾にうすれゆく。そして仄白く浮かぶ面《おも》のいかに聖《きよ》く寂しいきわみで、それはあったろうか。

あわれ、幼い私にときえぬ美しい悩みは、かの鬱金桜の咲きそめし頃、セーラ姉様の胸深く忍び入ったのであったのか、
どういう愁いで、それがあったのか、
いかなる悩みで、それがあったのか、
とても、その頃の幼い私には知り得ぬ秘密の未知の世界であったゆえ。

それは——春の夜のなかば、ふと悲しい夢に驚いて眼がさめた。夢の裡《うち》に見たのは、離れて恋しい伊太利《イタリー》の母が重い病に、やつれた姿であった。

(母様)と呼びかけたら、母の姿は消えた。見まわすと月の光が柔らかにさす部屋の中である。ああ、ゆめでこそと、ほっと胸をなでた時、さらさらと絹摺《きぬずれ》の音がする、驚いて息をひそめて、うかがうと白い衣の人影が半《なか》ば開かれた窓のほとりに見える。

月光の透《とう》る頰に流れる黒髪、うるんだ瞳、それは、おおセーラ姉様の姿。

ゆらゆらと海底に藻屑のごとく月光の中に黒髪が乱れる、細やかな肩がふるえる。美しい人は春の月さす窓によって忍び音に、すすり泣いているのだった。

慕える美しい人の泣く姿を、この夜半《よわ》にみとめた私は痛ましい驚きに打たれて跳ね起きた。そして窓近く走りより、忍び泣く美しい人の肩にすがって、

(なにが悲しいの、やっぱり母様の御病気の夢を見たの、姉様)

と、その顔をのぞくと、セーラ姉様は、いきなり私を胸に抱きしめて、細い沈んだ声で、(破れた夢が恋しくて)と、いう。泪にぬれた優しい眼ざしの、さても美しさよ。

セーラ姉様は、そして私の髪をやさしく撫でて、

『いつまでも、子供でいて頂戴、大きくなっては嫌』

と、じいっと私の小さい手を握っていう。大好きな姉様の仰しゃることだけれども、いつまでも子供でいることは、私は不平でならない。早く大きくなって姉様のように宝石の指輪をはめたり、フレンチの小説や詩集を、すらすら読みたいものと、願っているのを、なぜ大きくなってはいけないのか、私はセーラ姉様の言葉を不思議に思った。

その春の夜半を人影さす寮の窓の辺に静かに寂しく月光に濡れて咲き匂う鬱金桜の花こそは、哀れに、なつかしく美しい悩める魂のシンボルのように、私の瞳にうつったのを、今もなお忘れられようか。

その夜のことありて、程なく、鬱金桜のほろほろと散る日、セーラ姉様は寮を離れて、遠きかなたの郷里へ帰りゆかねばならなかった。

(さらば)と俥の上に、美しきひとは水色のパラソルをかざして寮の門を出てゆく時、私は溢れ落ちる泪に咽《むせ》んで門の石の冷き柱に、よりすがっていいよよと泣いた。

あわれ、この優しき姉に別れし小さな子の上に、心あってか胡蝶のごとく散りかか

りしは、鬱金桜の葩。

春くれば、鬱金桜の寮の窓近く咲こう、さりながら、かの美しき人の面影を再び寮の窓に見んことは、幾度春はめぐり来るとも、そは永久に空しき願いであろうものを。ひとたび逝きては返らぬ日の慕しさは、鬱金桜は春を寂しく儚なげに咲き匂うのではあるまいか。いかに若き君達。

忘《わす》れな草《ぐさ》

豊子が女学校に入学して初めて授業のあった日のこと。

その学校では、生徒が教室へ入る前、屋内の体操場へ並んで級の順に廊下を渡って教室へ行くことになっていた。

一年生の豊子の組は、その時、体操の時間だったから、外の級がみな立ち去るまで、そのまま並んで先生のいらっしゃるのを待っていた。そして物珍しいままに、上級の人達の足並合せて立ち去る姿を見つめているのだった。

幾つかの各級の組は、あちらの廊下へと去った。そして最後に一番上級、五年級の方達が、静かに新入生の円《つぶ》らな瞳のそそぐ中を通り過ぎてゆくのだった。

上級の五年生の方達は、同じ華やかな明るい美しい群をなしていながらも、さすがに、あの、どこか言い知れぬ優しい寂しさを持つような、落ちついた淑やかな容姿と気品を備えておられるのだった。

その方達が、歩みながら列をなして進みゆく影を新入生の小さい人達は何かの奇蹟でも見るように驚いて眺め入っていた。

そして——その美しい一群の中にも、すぐれて豊子の瞳にしみこんだ優しい俤《おもかげ》の一つが与えられた。

その俤の人は——柔らかい房々とした黒髪を、さらりと飾らずに、あっさりと大きく三つに編んで結んで、両側から大形の純黒のヘヤーピンを挿しとめて、上品な広い額ぎわに、少し仄かに、ほつれ毛のかざすのも、ひとしお清い面《おも》に、なつかしさをますのだった。

心持蒼白い、すっきりとした中高《なかだか》な細面《ほそおもて》に描いたように優しい眉、何かは知らぬ恥じらうごとく伏せられた双の瞳を覆う瞼の下から長い潤んだ睫が眼の下に燻銀《いぶしぎん》のような影を落して、漂う夢のような寂しい風情を添える。

かろく結ばれた紅い小さい唇は、あわれ何の思いを秘むるのか、微かに打ち顫えるようにも思われる。

丈高く、すらりとした背の気持よさ、あまりに弱く細やかに過ぎる襟首に、重なる白襟はよく映える紫地の着物の色、胸もとのあたり、ほんのりと嫋《なよ》らかにふくらんだ、その下を、くっきりと細く結んで落した床しい朽葉《くちば》色の袴、着物は銘仙《めいせん》のお一対《つい》紫地に荒い綾《さや》斜《がた》形を同じ地色に濃い目に出した上をぱらっと水玉模様を青ずんだ茶で浮かした織模様が、おっとり上品に、その人に似合って美しかった。豊子は、ほんとに夢ではないかと思うほどだった。あまりに、それは気高く美しかったゆえ。

静々と去りゆく列の中に交じって、おいおいと遠ざかりゆく、その美しい後の影を、豊子はうっとりと夢見る心地で見送っているのだった。かくて——その日から、あの美しい方は、小さい豊子の胸に深くも忘れ得ぬ慕わしい幻と刻まれたのであった。

その忘られぬ美しい人は校舎の中で、日毎の豊子の視線の注ぐ焦点となってしまった。

豊子は、その優しい人の名が知りたいと、切に願っていた。

寮での室母《しつぼ》の幸島《こうじま》さんが五年の級の方だったゆえ、ある月のよい宵、そっと尋ねた。自分の慕っている秘めた思いを、もし知られてはと恥じらいながら、（あの紫のお袖の似合う方）とのみ言ったばかりだけれども、すぐにわかった。

『あの綺麗なひとなら、水島さんて仰しゃるの』と——教えて下さった。豊子は続いて、お名はと聞きたかったけれども、あまり、しつこく尋ねて変に思われてはと、ためらって、それなり——。

それから後の日のこと、豊子が裁縫室のお当番の日だった。その裁板の上に小さい銀色の鏝《こて》が一つ置き捨てられてあった。

豊子が何気なく手に取りあげて見ると細い柄に、（ちえ）と朱筆で記されてあった。

『まあ可愛い鏝ね』とお友達に見せると、

『それは袋物のお細工に使う鏝なの』と友の一人が言う。では上級の方の忘れものゆえ先生の許《もと》へお届けしようと、その鏝を片手に持って豊子は室《しつ》を外へ出ようとすると、ふいに扉《ドア》が開いて入った人影！

それは豊子の一時《ひととき》も忘れ得ぬ心の幻、水島さんその人だった。

水島さんは優しい瞳を、あちこち裁板の上に向けて何かを探し求められるようだった。そして豊子達の方を見て、にこやかに微笑みながら綺麗ないい声で問う。

『あの――小さな鏝がここにございませんでして？』

はっと豊子の胸は波打った。優しき君へ顫えさし示した時、その鏝をもつ手の指先は奇《めず》しくも何の故ぞ、わなわなとおののく。美しき人は、

『あら、それですの、ありがとう』と、かろくお礼をして、鏝を無言の豊子の手から受取って去った。

その後を見送って豊子は暫《しば》しの間は化石のように佇んでいた。あの美しい方の呼名はちえとその時、知るを得た。――つとより添いし白壁に指もて（水島ちえ）と懐しい人の名を幾つも書いた。あわれ指もて描く文字は跡を止めんよすがもなく、儚なく消えゆくのさえ何とはなしに泪ぐましく思われるのだった。

もの心ついてから母と呼ぶべき人を知らず、伊太利《イタリー》で父を失ってからはただ一人老いた祖母の胸によるほか、すがるを許されない運命の佗しい子は、幼い頃から母とも姉とも思い慕う美しい幻を心ひそかに胸に描いては、ひとりやるせない思いを寄せていたのだった。そして、今、はからずも、その慕うべき幻を現《うつつ》にうることができたのであった。

五年の割烹《かっぽう》の時間は水曜日の午後だった。

割烹室は寮の食堂の隣になっていた。豊子は水曜日の午後は寮へ帰ると何度も食堂へ、お湯を呑みに行った、その日にかぎって咽喉《のど》が乾くわけはないけれども……。硝子《ガラス》の窓ごしに、純白なエプロンをつけた優しい人の姿が仄かに透して見られるのが、豊子は嬉しくてならなんだもの。

セルの単衣に若葉の風のかおる頃だった。

豊子はテニスコートに立って、ラケットを振っていた。魔球を飛ばすことは得意だったから、豊子の振ったラケットの先から、いきなり球《ボール》は空中をきって校庭のあちらに遠く飛び去った。

その時、あちらを上級の方達が二、三人ならんでクロバーの生い茂る草野の上を何か、かたみに語り合いながら、そぞろ歩きをなされていた。球は、そのあたりに飛んで落ちた。

今まで下うつむいて、なよらかに歩みを運ばれていた人達は、この時ならぬ球の音ずれに皆その顔をあげる、飛びゆく球のゆくえを追うていた豊子の瞳は、その時あちらに美しい人の姿をみとめたのだった。

一面に生えつめたクロバーの青い葉の上に、ころとすべる白い球を早くもみとめた。優しいひとは、つと地に手をさしのべて球を拾う——そのものごしの嫋《しな》やかさは、緑の波を畳んだ海底に真珠の玉を漁る竜宮の姫とも豊子には思われた。

ああ幸ある、その球よ！　水色の袖はひらりと翻えれば、美しい人の掌を放れて真一文字に、ぼんやりコートに立った豊子の前へ白い小鳥のように飛んでゆく。

豊子は、はたと握っていたラケットを地に投げて袂をかざして、その球をふわりと受けた。あわれ、心に描く幻の君の投げたまいしこの球を心なきラケットの先に打ち返すことが、どうして出来ようぞ、翳《かざ》せる袂の蔭にかくれて豊子は、その球に幾度懐かしい頬摺《ほほず》りをしたことだろう。

秋晴れの九月の日に校庭に運動会が開かれた。そのとき徒歩競争の選手に豊子は加えられた、その日のプログラムは進んで、やがて選手の競技に移った。

紅白に源平をしめす襷《たすき》に引きしぼった双《ふた》の袂を胡蝶の翅《つばさ》のように背に負うて、袴は思い切って裾短く、黒のストッキングを長く見せて土の香せまる冷い地の上を、そり身になって白い線を引いたスタートの上に歩みゆき、選手は並んだ、今はただ合図の銃声を待つのみとなった。

おおその時、その日の委員のしるしの淡紅色のリボンを胸に結んでつけた上級の人達が、決勝点で到着の順を示す旗をささげて中央の最後の到着の線《ライン》の内に並んだ。

その中の一つの面影こそは、水島さんである。その君の持つ旗の面には、1と黒く染められてあった、豊子の胸の鼓動は乱れた。そして誓うがごとく、その赤い唇はきと引き結ばれた。

紫の薄煙が銃口から昇ると共に（走れ）と音は鳴った。ひとしく地を離れた選手の足並!!　抜き手をきって、みなぎる大河を泳ぐ勢い、口々に友の親しき名を呼んでフレーと叫ぶ群衆のどよめき、その中を走りぬく豊子の瞳にうつるものは、ただ霞の奥に閃く星影のように、ひらめきなびく旗のもとに立つ美しい幻ばかりであった、その幻を追って走りゆく豊子をふいに犇《ひし》と抱きとめた優しき腕《かいな》があった。この腕の与えられないならば、豊子は円内を幾度走りまわるとも知るを得なんだろうに。

はっと息をこらして危く倒れようとする豊子を抱きよせて、耳もとで近く囁く声、

『おめでとう、もう大丈夫！　第一着《ファースト》！』

と——さながら、谷間に落ちて気絶した勇敢な冒険者の唇に女神が哀れんで星の雫を滴《たら》したごとく——に、すうーとその綺麗な声音《せいおん》が胸にひびくと疲れも跡なく消えうせて、ぱっちりと豊子は快く瞳を見開いて仰ぐと、あら、どうしよう——自分はたし

かに決勝点に立っている、傍には追いて走りし美しの幻が、にこやかに微笑んで、わが身を優しき肩に支えていられる。

華やかな行進曲《マーチ》の音につれて豊子は美しい旗手に助けられつつ、月桂冠の賞品を胸に抱いて静かに競技場を一礼して立ちゆく時の嬉しさよ、いかなれば、かかる少女の幸ある日を得しかと、豊子は喜びの泪にふるえた。けれども、このようにまた幸ある白日《まひる》の夢も醒《さ》めてはやはり儚なくさびしく人思う子であったものを。

やさしき人を胸に慕いつつ、ひねもす憧れていたとて、ただ一言をだに、（君を思う）とは、もらし得なんだ気の弱い子は、ただ人にかくれて泪ぐみつつ美しいおもかげを胸に掻抱《かいいだ》くより術《すべ》もあらなんだを、あわれ、かくて一年のわびしい月日は、その人を慕い忍ぶ中に、あえなく流れて去った。

校庭の青葉黄ばみて風に散り、木枯吹きし、その後に、またもや春は訪れて若芽は梢に小さき蕾もよみがえる早春は再びめぐって来た。

かくて美しき幻の人の卒業の桂《かつら》の花かざして、学舎を去る時は近づいた、うら悲しい少女の離別の愁いは日毎に深みゆくのだった。

その日頃――水島さんの教室《クラスルーム》の、その机の中に誰がひそかに贈りしか、早春の空にいち早く、うす紫の小さい葩《はなびら》を開いた忘れな草の一束が紅《くれない》の紐に結ばれてあった、その茎の根に水含みしスポンジに包みしは、せめて別れの、その日まで萎むなとの優しい心づかいか。——さても心憎き仕業よと、水島さんは、その花の贈り主の誰なるか、いかなる心をこめしものかは、知る由はなかったけれども、あまり床しさに、そと取り上げて美しき黒髪にかざした、やがては返らぬ少女の日の永久の思い出によと、その君が手箱の底に秘められようものを……。

あわれ、ゆかしき花よ、Forget me not のあえかなる呼び名のもとに、情濃《なさけ》やかなる涙を誘うてやまぬは、かのラインの流れの河畔《かはん》に咲きにし、その花のかたみに伝えし優しき匂いゆえか、あわれ、この花。

あやめ

せちは、五月にしく月はなし。菖蒲、蓬《よもぎ》などのかおりあいたる、いみじうおかし。

枕草子の中から、その、ひとふしを、ぬいたこの一ことは、おそらくは永久に若い少女の胸の緒琴《おごと》の絃《いと》に共鳴させて伝えられることでは、あるまいか。

過ぎし世の女流詩人、そして美しい警句家《エピグラム》の清少納言のもらした感情の滴は、かくして未来の人の心にも新しく生きてゆく、ことの真実さこそ、かの昼なお暗き地下室の卓上に、眉をひそめて花の香を分析し、虹の色を数字で表わそうとするに余念もない尊《たつと》ぶべき科学万能主義者《インテレクチユアリズム》の群の前に、われら感傷派《センチメンタリスト》の足ふみ鳴らして高らかに誇るべきものでがなあろう。

ああ、五月よ、五月よ、しかも五月の雨に濡れ咲く、あやめの花よ。

五月と、あやめの花を、その上の王朝の時代に讃美した、我が懐かしく慕わしき日本の国の生んだ女流詩人と同じ思いを、ここに一人の年若き、ミッション・スクールの寮舎の生徒、ふさ子は、その胸に抱いていたのだった。――その、ふさ子が、五月のある日、銀座の街で小雨に降られて、紫のあやめの花の夢を見た。――

これは詩の一章《ひとくさり》の言葉であろう。

詩を説明するのは、好ましいことではないけれども、一人胸に秘して終るには、あまりに美しい夢であったゆえ……。

――銀座で用を達して、ふさ子は寮へ帰るために、尾張町で電車を待った。

朝から何かはなしに、うら寂しい梅雨めいた空の模様であったのが、とうとう大空の薄絹を漏れてぼろぼろと空に咲く花の露が下界の土の上にこぼれ落ちかかった。

それは黄昏《たそがれ》ちかい頃である。

もの懐しい雨である。

夕暮かけて、そそぐ雨よ、雨は真珠か夜明けの霧か、それとも星の忍び泣き。

ゆうべの雨は、銀座の舗石《しきいし》の上に、しとしとと、並木の鈴懸《すずかけ》の葉を濡らしてスレート屋根に泣きすする。

ああ、雨よ、雨よ。

たそがれて、都の街にそそぐ小雨よ。

都の巷に雨が降る
私の胸にも雨がふる。

（ヴェルレーヌ）

仏国《ふっこく》の詩人は、かく歌った。

ふさ子は、その小雨がなつかしかった。

しとしとと降りそそぐ雨脚は、白い絹糸の経《たて》と緯《よこ》を織りつづける燻銀《いぶしぎん》の筬《おさ》の行き交うさまに、やさしく、やさしく柔らかに降りそそぐ。ふさ子は傘の用意はなかった。ただ降る雨に濡れるるがままに、まかせるよりほか、せんすべはなかったゆえ、電車の線路の前にたたずんでいた。

来る電車も、来る電車も、みな満員の赤い札を憎らしくさげて素知らぬ風に走り過ぎてしまう。

俄《にわ》か雨に傘を持たぬ人達が、たくさん集まって電車を待っている。

たまに停まれば、我先に老いたる人と幼い子と、か弱い女を追いのけて、たくましい日本魂《やまとだましい》の所有者は乗りこんでゆく。ただ乗るのではない。ぶらさがる、片足かろうじて車掌台に乗せたまま…………。

そして、小雨の中を、この黒い人間をぶらさげた電車は、優しい外面《そとも》の囁きとの調和を破って進んでゆく。

後に取りのこされた弱者達は、怨めしそうに、雨にぬれて、その走る車のゆくえを見守っている。

ふさ子は、この弱者の群の一人でありながらも、なお、せめては人間同志の礼儀は守りたかった。

袴の裾かろく編上げ靴をけって、ひらりと飛び乗れば、それは、たやすいことである。しかし自分の前に立っている、赤ン坊を負うた貧しい母親のために、ふさ子は、たゆとうた。

つと進みよって、手を添えて、停まった電車内の僅《わずか》の空間《あきま》にこの母《おや》を助け乗せた。

それゆえ、さらに、ふさ子は小雨そぼる中に残って次の電車を待たねばならなんだ。

電車はなかなか来なかった。

ふさ子は、少し佗しい気持になった。寂しくもあった。そして、なぜか涙ぐましくなってきた。

ふと、うつむいて小雨の中に瞳を向けた時、うす紫の柔らかい翳《かげ》が音もなく、ふわりと、自分の立つ影の上に、ひろがった。

しっとりと、降りかかっていた雨の細い糸は、その時、ふさ子の髪から肩から離れて去った。

不思議な、そのうす紫の翳よ。

ふさ子は夢の中に溶け入った。

そして、二つの瞳を見張った時、そこに美しい人の影《すがた》がほのみえた。

紫地に荒い立縞のコートに細やかな身を包んで、綺麗な襟もとに、ふっくらと合った青磁の淡紅の鹿の子しぼりの半襟が可愛く、なまめいて、胸の四角なみちゆきの中に、のぞいて映える。

おとなしやかに、さしうつむく顔は、小雨の霧に包まれて、ヴェールをかけた仄かに浮かぶ京人形の笑顔のように、ふさ子の肩ごしに見える。

そして、その美しい人の真白い腕は、藤蔓巻《ふじづるまき》の蛇の目の傘《からかさ》の柄を握ってふさ子の方へさしのべられてある。一つの腕は、かくて、ふさ子の肩をこえてあげられて、片手は、わが胸のあたり、露を含んで咲き匂う濃紫《こむらさき》に白きも交じえた、あやめの花の一束をささげてある。

あわれ、いつの間に、このあえかに美しきひとは忍びよったのであろうか。

あやめの花は、優しい人の掌に、紫の露と白露をのせて匂えば、ふさ子は、紫の傘の翳に包まれて、小雨の中に、紫煙る夢に魅せられた。

かくて、傘さしかくる人も言葉なく、また、かざされる人も黙してある中を、ひとり、あやめの一束の葩《はなびら》が、濡れて色あざやかに顫《ふる》える。

電車は来た。

ふさ子は、もう乗らねばならない。

傘をさしかけた優しい人には、感謝の眼ざしを送って――。

紫の翳の下を去って行こうとした時、

（持っていらしって）

と、その紫の美しい人は、言う。

傘を、ふさ子の方へ向けた時、その人の黒髪は、はっきりと見えた。それは紅白の丈長に、つまみ細工の簪《かんざし》を配した唐人髷《とうじんまげ》だった。

ふさ子は、たゆとうた。電車からおりて、少し歩かねばならない寮の路の雨を思って、そして今眼の前に優しくすすめられる紫の傘を思って、

（私は、これを相々傘にしますわ）

と、にっこり笑って、糸切歯を可愛く紅さいた唇の間にちらと見せて指し示す所には、丁稚《でっち》長松《ちょうまつ》とでも言いたい様な小さい小僧さんが一人大きい番傘を、さして控えている。

ふさ子は、その不思議なチャームを持って、なめらかに動いてゆく、そのひとの言葉と視線に何の反《さか》らいも、できなんだ。

その紫の傘は柄は、かくて、ふさ子に握られた。

――番傘に主従二人ならんだ、その影は、ふさ子を乗せ、走りゆく電車と反対の方向に静かに去ってゆく。

ふさ子が、寮へ帰って、見はてぬ白日の夢を追うごとく、ぼんやりと昇降口の扉の陰で、再びその傘を開いて、今更に見入れば、傘の面には、紫紺地に白く波をぬいて千鳥を飛ばした絵模様が、くっきりと浮いて見えた。オーバシューズに泥をはねて、黒いアンブレラに雨をはじく寮の人達の中に、このみやびな絵模様の蛇の目の細い傘は、一つの小さい奇蹟《ミラクル》であった。

あの小雨ふる都の巷に見知らぬ少女に我がさす紫の傘を贈った美しい人の俤《おもかげ》――。

紫のコートに包まれた、その姿、小雨に煙って仄見えし、そのおもは――。

それは、あのひとの掌中《たなぞこ》に匂いし、その花の面影、五月の雨に濡れて汀《みぎわ》に咲き出でたあやめの花のシンボルであろうものを。

あやめの花の精――。

ふさ子は、それを信じた。

(持っていらしって)

と、傘の柄を向けたとき、その唇をもれた声音は、あの、あやめの花の一束に、綺麗な清水をそそいで、一振ふったような、いゝ、しゃきっとした調《トーン》であった。

万代《よろずよ》にかはらぬものは五月雨《さみだれ》の
しづくにかほるあやめなりけり

金葉集に源経信卿《みなもとつねのぶきょう》が残された一首こそは、この花と五月の雨の離しがたい、えにしを永久《とわ》に伝えてあやまりもなかった。

この花を虹《レインボー》の使いとし、ロング・フェローはその詩稿を彩り、ホーマーの詩にも聖《きよ》く歌われし、その花よ。

さても、幸《さ》ちと美しさを、地に咲いて集めし、優しき慕わしき、その花よ。

ふさ子は、紫の傘を持ち添えたまま、言いしれぬ涙を、まぶたにふくんで佇むのだった。

紺紫に白く描かれし、波に飛ぶ千鳥の絵傘は、かくて、その寮に、ひとつの解けぬ小さな謎《エニグマ》となって、今もなお置かれてあると言う。

あわれ優しき人かな。

その傘の主よ。

あやめ咲く頃となりなば、また、ひとしおの慕しさを、ふさ子の胸にながく湧かしめようものを……。

紅薔薇《べにばら》白薔薇《しろばら》

麗子と雪子とは、小学校時代からの仲のいい、お友達であった。

ただ、それのみではない、二人とも、七つの春から、金髪美しい、ブロンドの瞳なつかしき、かの伊太利《イタリー》のヴァイオリニスト、ミス・サイラーからヴァイオリンを、いっしょに習っていた。

麗子は△△市の豪家《ごうか》の愛娘であった。

雪子は家柄の正しい、しかし父を失って、未亡人の母一人の家にただ一人の子として育ったのであった。

麗子は、ふっくらとした、温順な仇気《あどけ》ない、気質のやさしい少女だった。

そのヴァイオリンを弾く絃《いと》の音も、春雨の柔らかな青い芝生に、しとしととそそぐような、蝶が花野に春の日をあびて舞い狂うような、明るい華やかな優しい調《トーン》を含んでいた。

雪子は、細面《ほそおもて》の蒼白い瞳の澄んだ眉が濃くて、せまって、唇が引き締まった凜《りん》とした感情の鋭い少女だった。

その弾く絃の音も、銀《しろがね》の糸に水晶の珠をつないだ首飾を月光の照らす泉の中に、まき散らすような、または、秋の冷い澄んだ月影を浴びて、そよぐ叢《くさむら》の中に、すだく虫の音のような、寂しい沈んだ哀《あわれ》に、悲しい、細やかな、しかし鋭く強い調《トーン》を持っていた。

その、二つの絃の音色こそ異なれ、いずれを優れり劣れりとも、分ちがたいことは、ちょうど、その二人が仲のいい姉妹のようで、いずれを姉とも妹とも分ちがたいと同じようなものであったという。

麗子と、雪子が、かくて、女学校に上る春近く、ミス・サイラーは、帰国することになった。

雪子も麗子も、この気品の高い優しい、音楽の師の去ることを悲しみ嘆いたけれども、せんすべはなかった。

ミス・サイラーも、また、この可愛らしい、楽才に長けた、幼い二少女に別れ行くことを、どんなに心惜しく思ったであろう。

いよいよ明日は別れゆくという前夜、ミス・サイラーは、この愛する二少女を招いて、告別の宴《えん》を開いた。その夜、小さい幼い二人の客人《まろうど》は訪れて、三人の円《まる》く取囲んだディナーの、卓上には赤心《まごころ》をこめられた、多くの美味の皿と共に、二つの花の鉢が置かれてあった。

麗子の前に近く置かれた花の鉢は、紅色の、あざやかな、眼も覚めるようにあでやかに咲き出でた大輪の紅薔薇の鉢であった。

雪子の前には、純白の凜とした匂い高くも、その聖い葩《はなびら》を仄かに顫わせて世のちりをいとう風情に咲き出でた、美しい白薔薇の一鉢がある。

そして、その花の鉢のかたわらには、一枚ずつ、ミス・サイラーの平和なテンダーな、ほほえみの俤《おもかげ》を写した肖像が置かれてあった。

ミス・サイラーは立って静かに言った。

『今夜、私の愛する二人の小さいシスターに赤心《まごころ》からのプレゼントは、その紅白の花の鉢と、私の写真でございます。

麗子さんの性質《キャラクター》は、この紅《あか》い薔薇の花のように、うららかな心持だと思います。雪子さんの性質《キャラクター》は、この匂う白薔薇の花のように、凜々しく寂しい聖《きよ》い心持に、私には感じられます。紅薔薇が、いくら華やかで、うるわしいとて、紅い花ばかりでは、下界は、もの足りないでしょう。やはり白薔薇の香り床しい葩も、まじえねば花の女神の御満足にはなりません。それと同じわけで、白薔薇ばかり下界に咲いたなら、やはり紅い花も欲しくなるでしょう。

おお、この紅薔薇も白薔薇も、下界に尊き神のみ心を示して咲く美しい花ですから、この花の離れがたいえにしのごとく、この二つの花の心を抱く、あなた方お二人は、生涯仲よく、いつまでも、相並んで、少女の日を送って下さいね。お別れにのぞんで、私の切なる赤心《まごころ》からのお願いは、この、ただ一つでございます』

と、ミス・サイラーは、声をふるわして、心をこめて説き終って、そっと半巾《ハンカチ》に眼をぬぐうのだった。聞いている麗子も雪子も、その瞳はうるんだ。

『先生、きっと私達は、いつまでも、たとえどのようなことがありましょうとも、仲よくして、聖い友情《フレンドシップ》を持ちます——私たちは、今先生の前に誓います』

と、二人は感激して、声をそろえて、かく答えた。

その答えを聞いた時、ミス・サイラーの顔は、若き聖母《マドンナ》のごとく美しく輝いた。

卓上の紅と白との薔薇の花は顫えながら、その喜びを囁き合うようであった。

その夜、二人はさらに誓った。

『ふたありで、ゆびきりをして、一生仲よくすると、約束しましょうね』と、麗子が仇気ない唇を開いた。

『ええ、きっと、お約束してよ、もし、この約束を破ったら、このゆびはくさってしまうのね』

と、雪子は言いながら、この幼い二人の可愛い小指は二つ組合って、ゆびきりの誓いを結ぶのだった。

その夜、ひそかに、ミス・サイラーは天に向かって祈った。

かくて、明くる夜の朝、さくら咲く島を後に、ミス・サイラーは海路を渡って伊太利《イタリー》に帰った。

別るる時、幼い二人の手を犇《ひし》と握って、ミス・サイラーは言いきかせた。

『二人とも、仲よくヴァイオリンを、たがいの友情《フレンドシップ》の器として、立派に弾くように、励んで下さい。紅い薔薇と白い薔薇の魂は、そのヴァイオリンに封じてあるのですからね』

と、ものやさしく、ほほえんだ。

さあれ、南欧の柔らかき風土に咲き誇る、紅と白との薔薇の花に、彼女は忘れがたき日本の二少女の俤を忍んで、熱き接吻《キッス》を、その葩に惜しまぬであろうものを。

山梔《くちなし》の花《はな》

年まだ若き、女流彫刻家の滋子は、病後の保養のために、南の方にある山麓の温泉地に夏の間あそんでいたのだった。その温泉の湧く地は長閑《のどか》な村であった。

滋子は、お友達の紹介で、一軒の小さい、しかし綺麗好なおかみさんのいる百姓家に、宿を求めていた。滋子の借りている部屋はその百姓家の中で、一番いい座敷だった。へりのついている畳も敷かれてあるし、障子は新しく張られてある。姫芝《ひめしば》に露玉の模様の襖も、その家《うち》にとっては宝物なのだろう。壁の押入の隣りは、二間《けん》ばかりの床の間がある。その床の間には、粗悪な石版刷《せきばんずり》の赤絵具の浸みでた画軸が、かけてあった。

麦の御飯を丼のような茶碗に築山《つきやま》のように積みあげて、おかみさんは滋子にすすめた。滋子は泣きたくなった。東京の人は小食だと言って、おかみさんは驚いた。

『そんでも、嬢様よく生きていられるねえ』と言って嘆じた。

滋子は、まず床の間の名画（？）を、おかみさんに返した。そしてカバンの中から、聖母《マドンナ》の画像を出して、床の壁に上からさげて置いた。それから床の間には一つの大きな大理石の一塊が置かれた。

その大理石は都を立つ時、保養地で気が向いたら何か心をこめて刻んで見たいという望みを抱いて、わざわざ遠い地を、ここまで運んで来たものであった。ああ、はたしてこの無垢の大理石にいかなる象《かたち》が現われるであろうか？

滋子は、こう思って胸を躍らせた。その夜は静かな宵であった。

滋子は、おかみさんが親切に貸した、昔寺小屋で使ったような、古風な机を窓の傍に据えて、万年筆を走らせながら、都の友の誰彼へ保養地からの最初の音ずれを綴っていた。

その頃の夜の田園の風景は、またなく懐しいものであった。蚊やり火の煙のなびく外面《そとも》には、しっとりと打ち水の後も涼しく、月の光は下界に溢れる。滋子のいる部屋の窓にも、外面の月の光が流れ入った。滋子は、ペンを捨てて月の光さしこむ窓辺によった。ああ何という静かな美しい、それは月の宵だったろう。滋子が、窓によって、恍惚《うっとり》と月光に浸っている時いずこの空からか、寂しげに幽《かす》かな笛の音が響いた。それは妙《たえ》にも、またなくいみじき笛の調べである。

清水湧く泉の中に、真珠の玉をつらねて投げいれた音のように、それは美しくも幽寂な音色であった。あたりは森閑とした、その月の宵、澄み渡って響くあわれ、その笛の調べよ。

この里にかくれし、いかなる笛の名手の吹き鳴らすのであろうと、滋子は、夢に酔う心地で、その笛の音に聞き入って、暫《しばし》はわれを忘れているのでした。その夜、滋子の書いた都の友への便りにはこの淋しい村住居《ずまい》に、思いもかけぬ、妙なる笛の音を月の窓に聞くをえた幸いを、いかに感謝して、しるしたことであったろう。

翌《あく》る朝、滋子は、床から起きると、すぐタオルをさげて、近くの温泉場の浴室へ入浴のために行った。

浴室は、この村にふさわしからぬほど、見事に作られてあった。人造石で、湯槽《ゆぶね》も畳まれてあり、温かい湯は、たえず湯気を出して湯槽を溢れて、なめらかに磨かれた浴室の洗い床を流れる。朝早いので、誰も浴客らしい者の姿は見えなかった。

滋子は浴室の扉をあけて、中へ入った。靄のように薄絹をはったように、一面のたちこめる湯気の中で溢れ出る湯を小桶にくんだ滋子は、優しい手触りの柔らかな湯の匂いに包まれて、心地よさを覚えた。

落ちついた、さわやかな気分になって、滋子は浴室の中を見まわした時、立ちこめる淡い湯煙を透して、かなたの湯槽の中に仄かに人影をみとめた——。

あんまり、それが思いがけぬ不意だったので少し滋子はたじろうた。そして、人の入っていた浴室の扉をなんの打《ノック》もせずに、突然に入ってしまった自分の、そそっかしい行いが、いまさら恥しくなった。

『御免遊ばせ、私まことに失礼いたしました』

滋子は、はにかみながら、こう、その人影に向かって言った……。けれども、向こうの、その人影からは、何の答えの言葉も起こらなかった。

滋子は自分の挨拶に、なんの答えもあたえないその人影を、じっと見つめた。その刹那、滋子の双の瞳は釘づけにされたようにある驚異と讃嘆に見張られて動かなくなってしまった。――おおそのかなたの人影！

たちのぼる湯煙りの中、仄かにも浮かぶ、その俤《おもかげ》こそ、この世のものとはうなずかれぬ、神々しい美しい姿の半身であった。軽らかに、半身を浮かばせた、その俤は、美しい気高い少女の姿であった。艶々しくも柔らかに匂うが如き黒髪は、真白き額のあたり渦を巻いて左右に分かれて、優しい肩をすべって後に流れる。

永遠の神秘を示すが如き、その瞳は、黒水晶に生命をあたえたごとく聖《きよ》く寂しい色を漂わせて、美しい顔の中に、おぼろかに見張られてある。その葩《はなびら》もて綴ったような唇、青白いまでに、純白な頰、まあ、その顔はなんという気品高く、しかもいいしれぬ神秘をふくむおもかげであったろう。

雪のように、大空に湧く真白い綿雲で包まれたような柔らかな曲線を形どった、その肌の麗しさ。ただひとり、その静かな朝の浴室に、心ゆくばかり柔らかい湯の中に浸って何か美しい想いに耽っていたのに、不意に、入《い》りにし人のあるのを知って、羞《は》じらいと驚きに、いささか心の平和を破られたかのように、その少女の瞳は少しく悩ましかった。

この美しい人を、驚かし悩ました者は自分であると思った時、滋子は、堪えられない思いに責められた。

『ほんとうに、お許し下さい……』

滋子は、おどおどしながら言った。美しい幻のように湯煙の中に浮いたかの少女は、その時、あでやかに微笑んだ。その優しい眼ざしは、にこやかに開かれて（許す）と打解けたさまである。

しかし、その優しい、あでやかな表情を見せながらも、なにゆえか、その紅い葩を綴ったような唇はけっして綻ろびはしなかった。

言葉なくして、ただ、ろうたけて見ゆる、その仄かなる面影……。それはかの伝え聞く、南の海洋のあなたの海底深く住む、美しい人魚が、ときおり地上の花を慕うて水上に、その儚なく悲しい半身を現わして、人間の言葉を言いえぬ身の、ただ悩ましく佗しい瞳に、地を恋うて憧るる思いを通わせて、涙さしぐむとか……。

あわれ、その美しくも悲しい運命の人魚の、おもかげを、いま眼のあたり見る心地して、滋子は強いインスピレーションに打たれるのであった。

……………

滋子は温泉場から帰っても、あの物言わぬ謎のような、美しい少女の面影が、その胸を去らなかった。やがて、夜となった。月は、昨夜とひとしく、窓から訪れる。月の光に濡れて、滋子は窓によった。滋子の耳は、その時、きのうの宵に響いたと同じ妙なる笛の音を聞いた。聞けば聞くほどいやまさる、哀れにも床しい、その笛の調べ。そぞろに若き胸に憧れを覚えた。滋子は、庭へと降りて、その笛の音を求め見たく望んだ。露を、しっとりと結んだ草路を踏みわけて、紅緒の草履の素足にしむのも、なつかしく、ただ、ひたふるに笛の音のする方へ方へと滋子は辿り行った。辿り行く路は、やがて尽きはてた笛の音も、そこから起きるのであった。見れば、月の光を地に浴びて、仄かに白い花が渚に波のむらがるように咲き揃っている。しかし寂しい落ちついた花である。その匂いの甘く柔らかに優しく漂って、人の眠を誘うようにも、静かに涙を誘うようにも――その仄かな匂いを感じられる。その花と花の香に取りかこまれて滋子は佇んだ。

ああ、あの妙なる笛の調べは、その花にかこまれた奥の館の中《うち》から響くのであった。おお、笛の主は誰ぞと、滋子はみずから劇中の人となった心地で、その白い花の群れの蔭に、身をひそめつつ、ひそかに、館のかなたを透して見た。

月さす館の園に、動くは二つの人影。

正面《まとも》に月を浴びて、立つ人は、おお忘れめや、今朝、かの温泉湧《いでゆ》く壺にて相見し不思議の謎を含む美しい少女！　いま一つの影は、その母とも見えて気品高き貴婦人である。いま、園に立つ少女の袂はゆらりと左右にゆれて流れて、その細き腕はやさしき双の肩と水平にあげられてその真白き指には細き一管の笛が支えられてある。

ああ、かのいみじくも奇しく妙なる調べの主はいま、そこに立つのである。

…………。

『優《ゆう》さん、母さんは――笛の音を聞くと、何か悲しくなりますよ――』

母なる人は傍《かたわら》に、籐椅子によって、こう言うのであった。

四阿《あずまや》の柱を背にして、あたりに咲き匂う白い花の匂いに包まれて立つ笛の主は、なんの答えもない。その笛は、すでに、紅い小さな唇から離たれた。

『優さんも悲しいでしょう、母さんも、ほんとうに辛い――かんにんして――。そうした不自由な身に生んだこの母さんを、おうらみだろうけれど……』

こう言いとぎれた、貴婦人は、咽《むせ》んだ。

美しい笛の主は、ただ見開いた瞳に、いっぱい月に映ゆるがごとく白露を宿すのみ――。

『優さん、母さんの一生の願いは、ただ、ひとことでも、優さんが物言えるのを聞きたいの、ほんとに、もしも、その望みが叶うならお母さんは命をかけても……』

悲しく痛ましい言葉は涙に消えてゆく。

いま白き花蔭に立ち聞く若き彫刻家は、堪えかねて袂に顔を覆うて、咽び泣いた。

あっ、その時、月をかすめて、かなたの森の梢の空高く、一声、二声ばかり絹をさくように時鳥《ほととぎす》が啼いて去った。真白き花のみ、寂しげに夜の空気に仄匂う。人ふたりの影は涙に沈む……。

次の夜も月は訪れた。笛は幽にひびく。滋子は窓によって聞いた。

ああ、あの笛の悲しき調べよ。物言わぬ胸の愁いを一管の笛に吹きこめて、この悲しき思いを伝えよと、儚なき人は、その声なく佗しき朱の唇に歌口をしめして、吹き出ずる、その切なる笛の音よ。

滋子の頬を、ほろほろと熱い涙が流れて下った。そして、彼女はつと思いを決した如く立ち上った、床の間のかの大理石の一塊は、部屋の中央に運ばれた。

手下げ鞄の中から、鑿《のみ》と槌《つち》とは出されて彼女の手に握られた。

笛の音は、優しくも悲しきメロディーに打ち顫《ふる》えて杳《はるか》に響く、その音のゆくえを追うごとく滋子は、しばし眼を閉じて思いに沈んだ。――次の瞬間彼女の手が、つと上がるや、第一の鑿は、真白き大理石にあてられた。笛の音の、いみじきメロディーは響く。

月光さす窓の中には、若き処女が一身こめて、鑿を振いて、冷たい大理石に暖かい命を生かそうと、細い腕《かいな》に力をこめて槌を振う——。そうした夜がいくつ重ねられたことであろう。

み空の新月が円《つぶ》らになって、やがてまた三日月の銀《しろがね》の挿櫛《さしぐし》と浮かぶ頃までであった。その宵、かの真白き花咲く園の館の主、——母と美しい子は笛をたずさえて、寂しい運命《さだめ》を嘆かんと園へ出た。その夜、寂しく花の匂う蔭に、薄紫のベールに覆われて、何か仄白いものが置かれてあった。

審《いぶ》かしんで、母なる人がその薄絹の覆いの布を颯《さつ》と取り除くと、あっ、そこには、美しい大理石に刻まれた、生けるが如き人魚の像!

左右に髪を分けて肩に流して、水より半身を浮かばせて、優しき瞳に言葉に語れぬ悩みをこめた、その気高く寂しい顔よ、それは誰が俤に生き写しであったろう？

あわれ。

コスモス

妙子様。

昨日はわざわざお見送り下さいまして、ありがとうございました。途中不安の胸を抱きながら今日の二時ごろ故郷の駅へ着きました。夏休みや冬休みの時の帰省とちがって、ほんとに寂しい思いでございました。

俥《くるま》が家の門へとまった時、玄関の格子戸をあけて小さい妹の君子が、お河童《かっぱ》の頭を出して『お姉ちゃん、待っていたの』と言いながら私を見上げた瞳に涙がいっぱい見えましたの、私はそれを見た刹那、もう胸がいっぱいになりました。『お母さまのきいきはどうして？』と聞くと、返事をせずにほろほろと泣くのでございます。

編上げ靴の解くのももどかしく、母の病室へ行けば、まあ幾日か病む間に、さてもやつれたその姿！

私は何の言葉もなく枕もとに坐ったままでした。そして今夜もこうして眠らずに母の床近くついて居ります。何も彼も打ち捨て忘れて唯《ただ》一心に母の病の看病いたしましょう。私は一生懸命でございます。暫《しばし》の間母が寝ている間の時間を盗むようにしてこのお便りをしたためて差上げますの。

△日

ふさ子

妙様、なつかしい妙様、お手紙ありがとうございます。あのようなお優しいお文《ふみ》をいただくと弱い子は泣かされてなりませぬ。

ああ、思えば母の病いあつしとの電報に、いそぎ寮舎を出で東京駅からあなたに見送られてこの里へ帰ってから、もう一週間になりますの、夜もろくに休まずに、みとりする母の病いは祈る子の切なる思いの甲斐もなく日々に重ってゆくのでございます。不安の日がつづきます。でもこの赤心《まごころ》の通ぜぬのはまだ私の孝心が足らぬからでしょうか。私は命にかけても母の病を治さねばなりません。あなたも毎日遥かに祈って下さるのですもの、きっと母の病は治してみせます。取りいそぎ御返しまで、乱筆でおゆるし下さいまし。

△日夜十二時

ふさ子

妙子様。
母の病は終りました。
母は病苦から離れて天へ昇りました。
私は悲しみに夢見る心地でございます。もう何も書く言葉がありません。

母を失いし子より

妙　子　様

母に永い別れを告げてから、もう七日七夜も過ぎました。暴風《あらし》の来た後のように、何もかも一時にかき乱されて、そして静まったあとの、やるせない悲しみ、さびしさ、私は自分の心の置場所もございません。けれども私がこうしていらいらしていたら、幼い二人の妹と一人の弟はどうなるでしょう。そう思うと私は長女に生れた自分の責めも考えずにはいられません。今夜も君子が庭に立ってぼんやりと空を見上げていましたの？　君ちゃん何見ているのと、声をかけると、『お星様見ているの、――お姉ちゃん、お母さんはどのお星さまになったの？』と無邪気に問うその言葉は鋭い針のように私の胸をさすのです。答えはなくてただ縁の柱によったまま袂を顔におしあてた、あわれな姉の心はどんなに辛かったでしょう。今この机に向かってペンを走らす近くにはすやすやと眠っている妹の寝顔、何を夢見ているのでしょう、時々『お母さん』と呼ぶこともございます。

何故か、こうした事をかいている間も、むやみに泣きたくなってなりませんの。

この弱い子はこうして身も魂も空しく朽ちてゆくのでしょうものを。

月の夜　　悲しみの人より

妙さま。

まあ、何んとお礼を申し上げてよいでしょう。お優しきお便りにそえて、妹への美しい贈物——母なき幼子はどのように喜んだでしょう。父も涙さしぐんで『よくお礼を申してくれ』と言いますの、どんなに寂しくともこうして優しく慰めて下さる貴下をもつ私は幸いと思いますの、そう思えば思うほど、貴女にお目にかかりたくてなりません、お会いして涙の中に手を握ってそして苦しい佗しい思いを打ちあけて、いっしょに泣いて戴いたら——と、ああ都が恋しくてなりません。今鳴り響く汽笛の音さえも私の心を遥かな都の寮舎に、貴女のもとにと誘うのでございます。

物思う夜　　ふさ

妙様。

あんなにたびたび御親切なお手紙をいただいて、一度も御返事を差し上げなかったふさ子を、どんなにお憎みになったでしょう。どうぞ許して下さいまし、私の心はただ一つの御返事をすることも出来ないほど苦しかったのでございます。

妙様、私はこの一週間生れて初めての心の苦しみを味わいましたの、――妙様、私は学校生活から離れてゆくのでございます。それは私が選んだ私の生きてゆく正しい路でございますもの、ああ思いに燃ゆる少女《おとめ》の日を寂しい村落に暮してゆく私の気持は苦しゅうございます。けれども、亡き母が枕もとで私の手を握って、幼い弟妹《きょうだい》三人のことを頼むといわれました。母の言葉こそは私の生涯の責めでございます。母の言葉はたとえ無くとも、この朝夕私に慕いまとう三人の幼き者をこの広い世界に育て守るのは私をおいて誰がほかにあるでしょう。私一人……ほんとにそれはただ私一人です。私が学校生活から離れて寂しい日に生くるとも、幼い三人をより幸福に生かすことができるなら、それで私は立派な事業だと思います。

父は『今はそうでも後で悔いはせぬか』と申しました。しかし私は必ずと誓いました。ああ妙様今日よりふさはこの母なき家にあって光となり愛となり三人の幼き子のために尽すのでございます。思えば去年の秋、江の島に一日の遠足をしたのもこのころでございました。おお秋よ、秋くれば懐かしきかの寮舎の窓にも、コスモスの花はほほえみましたわね、そのコスモスの花は、うららかな秋の日を浴びて、あの村にある小さい家の垣根にも優しい姿に咲き出でます。あの優しく寂しげに、つつましい花の姿は何の暗示をもつのでしょう。寂しくも愛に生きようとする佗しい運命の私には、ふさわしい花に思われてなりません。コスモス咲く家の門に白きエプロンかけて子を守る少女《おとめ》の姿を、妙様お忍び下さいまし。

さらば幸ある少女の華やかなる日を妙様お送り下さいまし。封じこめしこの一片のコスモスの葩《はなびら》に、いくど涙と共に接吻をしたでしょう。——では、妙様永久に御機嫌よう、さよなら。

コスモスの家にて　ふさ子

白菊《しらぎく》

女学校の二年級の時、その秋のこと父の転任地に転校することになった。官職にある父をもつ子の常として、幼い頃から遠近《おちこち》の国々に流離の愁いは知っていたけれども、今また新たに見知らぬ土地の学舎に入ることを思うと言い知れぬ不安に私の心は沈むのだった。

それは秋日和の一日、私はこうした淡い不安の胸を抱いて父につれられて小羊のような歩みを未知の校舎の門に運んだ。

県立△△女学校と筆太にしるされた古い札が花崗岩《みかげいし》の校門にさげられて秋の日に照らされていた門を入ると、広い庭が左右に開かれて、正面に白く塗られた校舎が建っている。

父は地に敷かれた小砂利を靴で鳴らして、どんどん進んでゆく、私はその後から続いてゆくのがなんとはなしに恥しかった。そのおり丁度、休みの時間とみえて校庭のあちこちには生徒の影がたくさん見えた。この校庭に集う人達は見慣れぬものの姿を認めた時、好奇の視線を私の上に浴びせるであろうと思うと、身体がすくんでしまうほどに、思われた。破風作りの玄関のコンクリートの上に立って、父は呼鈴の白いぼちを幾度かおしたけれども、誰も応じて出て来ない。

呼鈴はこわれているのか、受付の小使が眠っているのか——。

父はじれて籐のステッキの先で罪もないコンクリートの上を打っていた。

その時、玄関の脇の教室の窓の下の日陰に身を避けて、ただひとり静かに佇んで何か小形の詩集めいた本を読みふけっていた生徒の方が、父の打つステッキの音に気づいて、ちらと私達の方を見た。

正面《まとも》に私達を見合せた時、その人はおもはゆげに、たじろいだ。

綺麗な姿である。水色のセルの長い袂の振《ふり》に重ねた淡紅色《うすあかいろ》の縮緬の袖が映えて、おっとりした高貴の気持を感じさせる。あざやかに少し紅がかった海老茶の袴を胸高にはいて、その裾には校章の代りとみえて、白線《ホワイトライン》が一本くっきりと縫いつけてある。その裾にこぼれる白足袋に草履の紅緒が可愛く浮くのを、こう前へ斜めにちゃんと揃えて窓の下に背をすがらせて、そして、うつむいた顔のかくれるほどに本の頁《ページ》が開かれてあった。それが今本を片手に持ちかえて私達の方を見つめた。

来訪者の困っている容子《ようす》は、そのひとに了解されたのであった。その人は私達の方へ近づいて来た。歩む度にその袴の白線《ホワイトライン》がさやさやと波うつ。

父が人の近づいて来る気配に、ふり返った時その人は立ち止まって、つつましくお垂髪《さげ》の頭を下げた。

『少し、お待ち遊ばして下さい』

と、細い声ながらはっきり言って、そのまま嫋《たお》やかな姿を校舎の軒に添うて走り去った。……

待つ間ほどなく私どもの立つ玄関先に小使が出て丁寧に案内した。

かくて、――新しい学舎の門に入った日の第一印象はこの美しいひとの面影であった。私はその翌日からその学舎の生徒となって通うのだった。

西を見ても東を見ても見知らぬ顔ばかりの校舎の中は私には寂しく思われた。島流しにされた官人のように、心佗しく人の騒ぎをよそに見て、控え室の隅の壁に身をよせて、しようことなしに袂の先をかたみにまさぐって休みの時を送るのだった。

そうした日の幾つか続いた後《のち》のある日、それは国語の時間、先生が一人の生徒を指して下読《したよみ》をおさせになった。その時私のすぐ後の席に人の立った様子だった、と思うと、ほんとうに後ろから、ほがらかに澄んだ声が起こった。

『――第七課、書簡文の心得、手紙の文よ雲井のよそに心をやりて人の世を離れんとにもあらねば……』

それは、亡き樋口一葉女史の筆のひとくさりであった。その静かにしかもさわやかな声に読まれゆく言葉は、おのずと水を打ったように沈まってゆく教室の中にひびいて行った。その一句一句が、唇から散ってゆく葩《はなびら》のように美しい韻をふくんで――。私はうっとりとして聞き入った。

一語のよどみもなく、美しい朗読は立派に終った。私は思わずほっと息を吐《つ》いた。それは楽堂の中で懐しい奏曲を聴いたような気持になったゆえ。

このような美しい声の持主を自分の席のすぐ後に見出そうとは、あまりに思いがけない事であった。私はまだ慣れないので、ろくに教室の中のひとの顔すら見まわしはしなかったから、あの朗読した方はどのようなひとなのか、もとより知るよしもなかった。

放課の鐘が鳴って先生は教室を去った。私は待ちかねたように、つと後の席を振り返った。そこには、おお、あの忘られぬ最初の印象を与えた美しい人が立っていた。あの日は水色セルの袂が匂うたけれども、その日は、うす紫地に白菊の乱れ咲きを、くっきりと染めぬいた友禅の袷《あわせ》がすらりとした、その人に似合しくうつっていた。

私は微笑して頭をさげた。それは先の日玄関先で困っていた私と父とに尽して下さった好意を謝したので、すると、そのひとも優しくほほえんでしとやかに白い襟首を見せて、

『いつぞやは失礼……』

二人は、其日から校内での親しい友達になった。

『私ほんとに、お友達がなく寂しかったのですわ』

と私が言うと、そのひとは答えた。

『私も、貴女《あなた》に会う日までやはり孤独でいましたの』

と、私はこの言葉を聞いた時、少しいぶかしく思った、この美しい優しいひとに、今までなぜ友らしいものができなかったのかと、――思えば、初めて会見《あっ》たその時もこの人は、やはり、独りで静かに本を読んでいた――。気をつけて見ると同じクラスの人達もこの美しい人とは親しみは少しも持っていない、どうしたわけか私には不思議でならなかった。

ある時私は、そのひとの白菊を染めた袂に手をふれて問うた『白菊がお好きですの?』その人は『ええ』とうなずいてさらに語った。

『私は白い色が大好きですの、花ならばまず一番に白菊、白百合、白薔薇、白丁花《はくちょうか》、白檀《びゃく》《だん》、白椿、白撫子、白蘭、それから外のものでは白綸子《しろりんず》、白無垢、白金、白水晶、白珊瑚、白瑪瑙《しろめのう》、白鳥、白鶴――』とよどみなく、すらすらと空間の詩を読むように言いのべる。

『でも、矢張私は白菊が命ですもの、あの、来世《つぎのよ》には人の姿は消して地に咲く白菊の花と生れ代ります』

凜として、かたく信ずるごとく、その人は言って唇を閉じた。私がその面《おもて》を見つめた時、その双の瞳の奥に言い知れぬ悲哀の悩みの色が漂うのを知った。何か秘密の悲しさをこの人は持っている――私は覚《さと》らねばならなかった。そして、そのあえかに優しい人の悩みを知ると、いやまして、慕しく私の友情は濃くなっていった。私は熱した唇から情《なさけ》をこめて、その人の耳に囁いた。『永久に心からの友となりましょう』と、けれども、その人の答えは冷たく悲しみを帯びていた。

『でも――私は世の住むかぎり孤独でなければいけない（運命）の者でございます――』

その時から、二人の影は分れていった。白菊染めし袂は涙に濡れて……。

幾日かの後、クラスの友が、

『あの白菊好む人の家には、美しい肉体を滅ぼす血が伝わって――』

と私の肩をたたいた時、私は床に倒れようとした。

美しきものよ、汝のまたの名は悲しみである。あわれ、次の世には白菊の花と咲かんと誓いしひとは……。

蘭《らん》

私は幼いころ育った所は寂しい東北の小さい町でした。私は父も母も知らずに外国婦人の世話になって養われていました。そして七つ——まだ何にもわからない年頃の私は伊太利《イタリー》人のピアノ教師の許へ通わねばなりませんでした。何しろその頃のことですもの、小さい手指《ゆびさき》を力いっぱい拡げてタッチの堅い鍵《キー》の上に並べるのでしょう、ようやく指が動き出すと傍で先生が銀の細い棒で時《タイム》を取るのです。一音符でも間違ったら大変、びしっとその銀の棒は鍵盤の双手の上に打ち下されます、柔らかい子供の手ゆえ棒の当った跡そっくり、みみずばれに腫れて指先が痺れて……間違うまいとあせればなお妙な音が出ると烈しい銀棒の雨の下に両手は感覚を失なって双の瞳は涙に曇り、前の譜が朧に霞んで消えてゆくと自分の気も遠くなって床に倒れるのでした。

こうした毎日の辛さは小さい私にはあまりにも重い荷でした。ある日のこと、とうとう堪えかねて稽古に行く途中逃《エスケープ》出しました。それはうす曇りの思い佗しい冬の日の午後でした。当《あて》もなく町の中をさまよいました。その時路の行く手に大きい朱塗の柱に金粉で蒔絵した美しい門がありました。入れば円《まる》い柱や棟木には巡礼が貼ってゆくお札が斜めに横に跡とめているのも懐しい思いでした。庭には黄ろい扇形の葉を落した銀杏《いちよう》の大きい樹が、箒の先のように小枝を大空へ向けていました。そして隅には石の地蔵が幾つもならんで、その中に坐っている一つの地蔵の胸に、赤い涎掛《よだれかけ》が結んであるのに心をひかれて私は立っていました。私にとって、こうした寺院の中は何もかも珍しく奇しく思われました。そして不思議な未知の世界を探る気持で、いつとはなしに本堂の上に昇ってしまいました。見上げる欄間には、極彩色の透彫《すかしぼり》で、紫の雲の上に羽衣を身にまとうた天女が白蓮の花をささげて空に浮いています。またその奥を進んでゆくと、杳《はるか》な向こうに蠟燭の灯が神秘にまたたいて、香の煙がほのかに匂うて奇《あや》しくも誘《いざな》われるように心は魅せられてゆくのでした。

ふとうち仰いだ高い天井には、一面に墨で描かれた大きな雨を呼ぶ竜が黒雲の中から半身を現していました。見渡すあたり人影もなく、微《かすか》な物の音もせぬその中に、私は呆然として佇んでいました。その時鐘楼の古銅の鐘が暮れてゆく時を告げてGON……GONと鳴り響きました。

あの黄金の偶像をもつ御仏《みほとけ》の堂内に鳴りわたる鐘の音こそは、東海の民がいだくもの寂た幽愁を含んで流れてゆくのでした。外面《そとも》は黄昏《たそがれ》が近よって来て、鼠色の夕暮の色は濃く沈みゆき、御堂の隅々から夜という怪しい魔人がそろそろ這いでるように薄暗くなりましたの。すると天井の黒い雨雲がもくもくと湧いてきて私の小さい身体を囲むのでした。そしてあの竜が爛々と光った眼を私の方に向けて、恐ろしい形相で雲を鋭い爪で掻き分けつつ進んで来ました――『あっ』と逃げようとすれば足は雲に包まれて自由にならず、次第に黒雲はもくもくと私の足もとを襲います。

あまりの恐ろしさに声をあげようとしても、咽喉《のど》がふさがって……涙ばかりが瞳を溢れ出ました。しくしくとすすり泣いて黒雲のなかに埋もれて竜に睨まれていると、あの向こうの欄間の紫雲たなびく彼方の空に舞いたまう麗しい天女が、白蓮の花をささげてつと羽衣を翳《かざ》したまうや、颯《さつ》と紫の雲が渡って、貴き女性の手にする真白の葩《はなびら》が、ひらひらと散り舞うて群がる黒雲にかかると見るや、さしもの黒雲も跡なく消えはて、私はやはり寺院の御堂の畳の上に立っていました。あの恐ろしい竜は御法《みのり》の徳によって再び天井の板へ平らに封じられてしまいました。

私がほっと息をついた時、私の肩を抱くように支えていた真白い嫋《なよ》やかな手を見出しました。指輪などを一つもはめてないだけになおさら優しい指でした。桜貝のような紅さした爪が可愛く先にのぞいていて……背《せな》の後ろに声がしました。

『どうしたの？』

声はきっぱりと張を持ってちょっと投げやりでも、親しみのある気持のいい調《トーン》でした。

『あの――黒い雲から天井の竜が出て来たの――』

私は怪しくも奇しき幻を示すがごとく語りました。

『まあほんとう。へえ』

半ば呆れたらしく、半ば感じたらしく、その人は私の肩から手を離して前へ来ました。うす明りの中で朧に人の姿が見えました。顔立は白く小さくて、美しい鈴を張ったような眼はうるんで露をふくみ、唇が海棠《かいどう》の蕾の紅をうすめて少し綻び、濡羽色の髪はすっきりとした銀杏返しに根締、銀元結《ぎんもとゆい》のただ一本、黒繻子の襟のかかった古渡《こわたり》唐桟《とうざん》が青梅綿をきらって素袷《すあわせ》らしく、ほっそりと撫肩に着流した上に、ふわりと触れば落ちそうな黒縮緬の羽織……紋は靄にかすんだ星影とも見えて……その胸元をつつむ半襟はうすい銀鼠の地に錆竹色《さびたけいろ》で葉を蔭と表に振り分けて白く蘭の花を染めぬいたものでした。その人の優しい寂を帯びた細面《ほそおもて》に、くっきりと落着いて似合いましたの。

『ひとりぼっちで、こんな処になぜ？』

その人は情《なさけ》をこめて問うのです。

『あのピアノのお稽古が恐ろしいの。だって覚えが悪いと銀の鞭《むち》で打たれるの……』

私は赤い袖口に小指をからませて拗ねた風情で訴えるように答えました。

『まあ、いじらしいこの小ちゃい手を。……けれども、あのね何でもお稽古事は辛いものなの、私もあの雛妓《おしやく》のころは絃《いと》と唄とに責めぬかれて朱羅宇《しゆらう》の長煙管《ながきせる》が二つに折れて飛ぶほど、いじめられたの、そのたびに亡くなったお母様《つかさん》のお墓の前へ来ては泣いたの、大きくなった今日もこうしてお詣りにくれば女の児が御堂の中で独りで泣いているのを見て、吃驚《びつくり》してかけこんで、あなたを抱きしめたのよ——』

と、しめやかに語りつづけて美しい歌妓《うたひめ》はやさしい胸のあたりに私を抱いて、かんで含めるように辛い稽古も行末のために忍ばねばならぬこととしみじみと言い聞かせて、なだめつすかしつ私の涙の顔を拭いて襟元をあわせて、ゆるんだ小さい赤い帯をひきしめて可愛い立矢《たてや》に結んで、そして私の手を握って『ね、わかって？』とにっことほほえんで顔をさし覗く——私はさきから優しい胸に顔をおしつけて抱かれているのがどんなに嬉しかったでしょう。その襟元の蘭の花が淡くも匂う心地がして、できることならいつまでも、こうしてここにいたいと願いましたけれども、……やがて美しい人に手を引かれて青い洋館の門まで来ました。

『ここなの、ではさようなら』

私の手は離されました、——冷たい鉄の門を潜《くぐ》りながら、も一度振りかえると、あちらの薄暗《うすやみ》の中に優しい人はまだ佇んで、じいっとこちらを見送っていました。私はいきなり駆けよって、『お姉さま』と呼んで、も一度その胸にすがって泣きとうございました——。

それからの幾年月日は経て、都の巷に夜会の宴《えん》に、貴婦人の姿を飾る裾模様にこの蘭の花を見受けても、私はやはり、過ぎし日、この寺院の中に見覚えし歌妓《うたひめ》の襟元に匂いし真白き蘭の花の、いや優りて匂い深く聖くも覚えられました。

あの藤村詩集の中の、

(蘭は思ひを傷《いた》ましむ)

の一句を口吟《くちずさ》む時——そぞろに涙さしぐまれて——あやしくも私の胸は顫《ふる》えるのでございます……。

ああ永久に忘れ得ぬ愁いの花よ、白蘭! 散りぞな散りそ、散りしきて弱き子の胸ぞ荒すな、と私はひそかに祈りをこの花に捧げましょうものを。

紅梅白梅《こうばいはくばい》

女学校の庭でフートボールが下級の生徒達によって空に飛ばされていた時――今しも誰かの勢いよく投げたボールが、空から一直線に下に落ちる刹那を美事に受けとめようと、凡《おお》よその見当をつけて誰でもが競って走り集まった所は、校庭の隅の藤棚の近くでした。そこには動いている人の群を離れて静かに眺めている生徒達が立っていました。ボールを自分の手へ捕えようとして、あせった人達は藤棚の中にまで滑り込みました。その中の柱にもたれて佇んでいた順子はこの潮のような人の来襲に驚いて身を避けようとした時は、もうたくさんの人達にかこまれてしまいました。強いてその中を逃れようと身体をすりぬけさせる時に、柱と人達の間で順子の袂ははさまれました、無理に引いたらびりりっ袂は絹の裂ける鋭い音をたてました。

『あら失礼』と、気のついた人たちは、さすがに身を引きました。お蔭で順子は楽に抜け出ることが出来ました。が自分の袂を見ればまあ、片袖は綻びてその上かぎ裂きになっていました。

それを見たお友達は口を揃えて、『まあ、とんだ災難ね』とさも一大事のように仰山な眉をひそめて眺めながらも、やはり片袖の破れ工合《ぐあい》が可笑《おか》しいと指さして苦しくなるまで笑いころげるのでした。

しかし順子は哀れに裂けた片袖を見入ったまま、その年の割に寂しげに沈んだ瞳にふっと涙さしぐんで悲しい思いを顔に表しました。

『あら、嫌だわ、順子さん泣いていらっしゃるの？』

友の一人が驚いて声をあげました。

『裁縫室へ順子さんいらっしゃいな、私がちょっと縫い合せてあげるわ』

優しい心のお友達の一人は申しました。

『ええ、ありがとう』と微かに答えたまま、やはり順子は涙ぐんでその片袖を見つめていました、そして小さい細い声で囁きました……澄ちゃん、堪忍してね――。

このささやかな囁きは他の友の耳に聞えるには、あまりに、あまりに、ほそやかな囁きでございました……。

順子の破れた袖とは紫匂う矢飛白《やかすり》の銘仙《めいせん》の羽織のその袂でした。その羽織は順子にとってただ一人の可愛い妹の澄江が、見るたびその袖にすがって、『お姉さま、このきものおすべり頂戴ね』と仇気《あどけ》ない願いをかけました。順子は優しく答えて『ええあとで被布《ひふ》に作って澄ちゃんに着せましょうね』と約束しました。その心あればこそ順子は特にその紫の羽織は大事に丁寧に着ていたのでした。ああ、けれども今は……あわれに破れたこの片袖よ。順子は涙さしぐんでひそかに妹に詫びたのでした。

この優しい妹思いの順子の家は寂しい家庭でした。父を失ってからは母一人に幼い姉妹《きょうだい》二人だけ、たがいに睦みあって母に仕えました。順子が同じ年頃のお友達に比してどこやら一点の寂しい沈んだ影をもつのは、この儚ない境遇ゆえでした。

母のなつかしい面《かお》に何か言いがたい悲しみのこのごろ漂う……と順子は敏《はや》くも覚りました。その順子にお母様が悲しみをうちあけた時――順子の胸はつぶれるほどでした。その悲しみとは――可愛い妹の澄江を九州に住む伯父のもとへ養女にやることでした。

父なき貧しい順子の家に異なって伯父の家は富んでいました。ただ子のないことのみは不幸でしたゆえ、伯父のこうにまかせて次女の澄江を養女におくろうと母なる人は思いを決しました。母一人子ふたりのさらぬだに佗しい住居《すまい》から、幼い一人を除くのは思ってさえ寂しい悲しいことでしたけれども、貧しい家で育てられ、やがてめぐり来る人の世の春にも色うすき衣に儚ない運命をかこたうよりは、むしろ財豊かな伯父のもとに養われて幸ある道をふませた方が……と母の慈愛の涙は我が子を永久に手離す悲しい決心の上にそそがれました。

順子はお母様からこの委《くわ》しい話を聞いた時、答える言葉もなく泣き咽《むせ》びました。そしてお母様の切なる願いによって、その夜しずかに妹にその悲しい別離の事実を説いてきかせる役をも負いました。

その宵早く姉妹は臥床《ねどこ》に枕をならべて入りました。『お姉さま、なにかお話ししてぇー』といつものように澄江はお伽噺をねだりました。しかし今宵はお噺ではない悲しい言葉を口に出すのかと思うと、一言も言わぬ先から順子の柔らかな胸は沈みました。

『澄ちゃん、九州の伯父さん、好き？』

順子が最初問うと澄江は何気なく可愛い声で答えました。『ええ伯父さん大好き』

『そう、じゃあ大好きな伯父さんをお父様にして伯母様をお母様にしたらいいわねえ』

『あら、だって、お姉様――それでは嘘のお父様よ』『いいえ、でも澄ちゃんが伯父さんのいい子になってあげると、子供のないお気の毒な伯父さんや、伯母さんは喜んで可愛がって下さるのよ――』この問答の後順子は情けをこめ涙をこめた優しい言葉で、澄江の胸に通るように母の思いと澄江自身の将来の為にとを説きました。しかし幼い子は泣きじゃくりながら小さい頭を振りました。

『私いやいや。お金なんかお家になくてもいいの、いいきものなんか着なくてもいいの、お姉さまとお母様といっしょにいられればいいの』物質の力を塵ほどだに認めない純な聖《きよ》い心！　順子はもはや言いつぐ勇気もなく涙にくれました。

暫《しばら》くすると、澄江は何思うたか順子の顔を涙に濡れた、いとしい瞳に見上げました。

『あのう、お姉さま――私が伯父さんの子になれば――あのう、お母様はお姉さま一人そだてればいいのねぇ――』『ええ、そうね』順子が答えると、澄江は姉の胸に顔を当てて哀愁を含んだ声音で言いました。

『私――伯父さんの子になるの……いやだけれども……』

あわれこの短い言葉の中《うち》に日頃の母の苦労の重荷をへらす為に――姉の身の幸《さ》ちを願う思い――を幼心にも深くも思いやって悲しい（あきらめ）を覚ったいじらしい心根のこもるのを順子は知って、ただ犇《ひし》とばかりに胸に澄江を抱きしめて泣きくずれるのでございました。

その悲しい夜の明けた朝。

澄江は起き上って姉の耳に告げました。

『私ゆうべ夢を見たの、あのねお姉様と私とふたりで野原を歩いているとね、白い髭の長くたれたお爺さんが出て来ましたの、そして其お爺さんがある山へ二人を連れて行ったの、そこにはまあ綺麗な梅の花が咲いていました。いっぱいたくさん――そして紅い花は此方のお山に、白い花は谷の向こうのお山に咲いているの、ふたりはそこで遊ぼうとすると、お爺さんが叱ったのよ、そこで遊んではいけないって……、そして山の間を流れている河の前でお姉様と私を別々の舟にのせました。だもんだから私悲しくて泣いたけれども、もう舟は流れてゆくの、お姉様の舟は白い梅の咲いているお山の方へ、私の舟は紅い梅の咲いているお山の方へ、二つの舟は別れ別れに離れて流れますの——。

（お姉さま——）

（澄ちゃん）

といって呼び合っても、だんだん二つの舟は遠く離れてしまうんですもの、泣きながら艫《ろ》にしがみついて身体を打ちつけたら……眼がさめたのよ——』

美しいこの夢物語こそ、あわれえにし淡き姉妹《きようだい》の上を神様のお示しになったものではないでしょうか……。

順子の返事がないので澄江はひそかに姉を見やった時、順子は双手を胸に当て祈るがごとく涙の湧きいずる瞳を伏せて声なく粛然としていました。

ああ、いちはやく春の花の魁《さきがけ》と同じ地上に咲き匂いながら、紅と白とに別れゆくこの花の心に順子は思いをよせたのでございました。

フリージア

緑が幼い姿をあるミッションの女学校の幼稚部に現わした時、校中の生徒の間に注目されました。それは緑が無邪気な子でしたし、また伊太利《イタリー》にお父様やお母様があって自分ひとり幼くて日本の国に残されて寄宿舎に入ったことなども注意を引きましたゆえ。

本科のお姉様方は緑を見て申しました、『まあ、ゴムで作った西洋人形のようねぇ』と、そして誰言うとなく緑をミドちゃんと呼びならわしました。それはミドちゃんとは、ほんとに可愛い西洋人形にふさわしい名でございましたもの、しかし緑は『ミドちゃん』とお姉様やお友達から呼ばれる時不平を申しました。『私の名は緑《マノムエミドリ》』と仏蘭西《フランス》語で澄して言います、まるで小さい外交官の夫人が客室《サロン》で挨拶するかのように。

けれども、やはり緑は『ミドちゃん』といつまでたっても呼ばれました。でも緑はほんとにミドちゃんらしい事をたびたび演じました。

　卒業式の時に、本科や小学校の方達は修業証書をいただきますが、幼稚園の方では砂糖菓子《キャンディー》の袋を一つずつ下さるだけでした。式の後で緑はお友達と遊びながら、そのお菓子をいただきました。間もなくお姉様方が、手に手に巻いた証書を級色彩《クラスカラー》の細いリボンで結んで、胸に抱いて寮のお部屋へ帰った姿を緑はみとめて走りより、不思議そうに証書を指して尋ねました。

『これは、なあに？』

『これはね、お免状なの、今日の式でいただいた大事なものなのよ』とお姉様の一人は優しく仰しゃいました。緑はこの時悲しそうに叫びました。

『あら、私、お免状を食べてしまったの！』

　その円《まる》い双の眼から、ぼろぼろと涙が流れ落ちました……。

　やがて緑も食べる事のできないお免状をいただくようになって女学校の一年生になりました。その頃になれば緑はなおさらミドちゃんと呼ばれるのが嫌でなりません。仲のいいお友達にある時緑はひそかに願いました。『後生よ、緑って呼んで頂戴、私永久に御恩は忘れないつもり』しかしお友達は声高く笑いました。

『だってやっぱしミドちゃんが似合うのですもの』――せっかくの願いも誰も聞き入れず、緑は悲しく思っていました。

……それは新しい春が訪れて間もない二月の頃でした。緑は元気よく運動場で遊んでおりました。お垂髪《さげ》に結んだ美しい紅色《あか》のリヨン絹の幅広いリボンに、きさらぎの風が吹いていていました。そこへ島先生がいらっしゃいました。島先生は緑を受持った優しい音楽の先生でした。『ちょっといらっしゃい』と緑を手招いて寮へ連れていらしゃって、舎監のミス・エレンの室へ入りました。

緑はなんの事か少しもわからず気味を悪くも思いました。ミス・エレンはいつものように優しい顔をしてお伽噺に出るお婆様のようでした、けれどもどことなく愁いをその日は帯びていました。島先生は大変に沈んでいらっしゃるのです、緑はぼんやりしました。

椅子に緑を腰かけさせて、ミス・エレンは物静かに申しました。上手な日本語で、『今日私は貴女に苦しい悲しいことをお知らせするはずです。しかし、私はそれをなしとげる勇気を持ちません。そのわけで島先生に貴女の愛するお父様のお手紙を読むように、私は願いました――』

ミス・エレンの声が消え入ると、島先生がふるえる手もとに手紙を持ちながら沈んだ声音で読まれました。

――此度緑の母啓子儀祖国を離れて遠きローマの都にて神に召されて天国に昇り候、病みたるは七日ばかり、終りの息を消す刹那、ただ一言『緑』と呼び候のみ、母すでに逝きしその宵届きし、緑よりはるばる送り来し手紙を胸に抱きて永遠に彼女の眠る棺は、かねて好みおりし真白きフリジヤの花もて覆われ候うて異国の教会堂にて寂しくも聖《きよ》き告別を致し候……父には遠く離れ今また母を失いし緑のことのみ夢にも忘れがたく……存じ――候。

島先生の御声は涙につまりました。あわれそを聞きいし緑の姿よ、その面《おも》よ、石蠟のように青白く変っていった顔色、深い森の中の千古の動かぬ水をたたえたごとき痛ましくも悲哀の絶頂を盛ったその瞳、赤い唇は蕾のまま梢の霜に凍ったように閉じられて動かず、そのままミイラになってゆくかのように見えました。ミス・エレンは緑の小さい双手をしっかりと握って、おののく声で言いました。

『小さい可哀想な女の児――けれども失望してはいけない。神様は私共の生活に様々な悲しい変化を下さっても、倒れないでその悲しい事のために私達の生涯を豊かな聖い勇ましいものにしなければいけません』

緑はかたく眼を閉じてこの言葉を聞いていました。一分――二分――やがて緑は椅子から立ち上りました。その心はたしかに平静にもどりました。

『貴女大丈夫？　大丈夫？』

ミス・エレンは心配そうに尋ねました。緑はこの時はじめてその口を開きました。それは今まで緑の持たなかった落ちついた静かな声でございました。

『先生、私はもう、お母様から愛していただく幸いは無くなってしまいましたのね』

『ええ。ほんとにお気の毒です』

と島先生は力なく御返事をなさいました。

『先生、けれどもまだ、もう一つ幸いはありますのね』

と緑は申しました。島先生は今度は俄にお答えが出来ませんでした。すると緑はさらに申しました。

『お母様のように優しい心で多くの人を愛してあげる（幸い）を私は今日から持ちますの。そして後で天国でお母様にお目にかかる時、

（緑はいい子でした）

と仰しゃるように――。私善い女の児になりましょう。悲しいけれども、あの我慢する事は立派なことですもの』

堪えかねた涙がその時緑の頰をつたわりました。

ミス・エレンは、つと緑を胸に引きよせるや、熱情のこもった接吻の音《ね》をたてました。

緑は舎監室を出ました。もうそのお垂髪に結ばれた真紅いリボンは捨てられて、悲しみの黒絹の細いリボンに更《か》えられてありました。そして緑の足取りの落ちついた気品は小さい姿に凜々しく備えられて見えました。

まあなんという心の変化でございましたろう。

少し前運動場で遊んだ時のミドちゃんの面影は失せました、そしてそこには健気な賢い一人の少女が現われたのでございます。

その明けの朝、部屋の扉をたたいて訪れる者がございました。緑が扉を開くと中に級の友が二人、純潔雪のごときフリジヤの花輪を捧げて入りました。

級の代表者の二人は声を合わせて言いました。

『お母様の御霊前にささげて下さいまし――私どもの尊敬する親しき友の――緑さん！』

終りの一語は、ことさらに声を強めて――。

ああ『緑』この一言こそ母なる人の地を去る最後まで唇に繰り返したる同じ音なるを！　と――。

緑はそぞろに胸がせまって答えもなくただ、その胸に気高く匂うフリジヤの花を抱いたのみでございました。

緋《ひ》桃《もも》の花《はな》

道子は校費生でした。それに米人の教師の Helper を致しておりました。それゆえ道子は外のお友達が面白そうに遊んでいる間にも、ちゃんと Helper の仕事をせねばなりませんでした。

明日試験だという眼のまわるほど忙しい時にも、やはり道子は自分の勉強の為にばかり時間を使うことはできません。山のように大きな籠一杯に入れられた靴下の繕いや、シャツの手入れ、半巾《ハンカチ》のお洗濯、窓硝子《まどガラス》の拭き掃除、こうした次から次へ起こってくる仕事のために道子にはいくら時間をささげても足らぬほどでした。

でも道子は、つつましやかに誠実な心で自分の為すべき仕事を丁寧に真面目に致しました。少しの不平もつぶやかず、悲しい風情も見せることなしに。

学校の寄宿舎は満員でしたので、どの部屋も生徒のために開かれて、とうとう外国から来られた教師達のトランクを積んで置く部屋のいくらかの空間《あきま》さえも利用しました。その物置の空地は道子の居室にあてられました。口の悪い生徒達は道子を『物置《うち》城のトランク姫』と呼んで笑いました。けれども道子はそのニックネームを微笑の中に受けました、どのような不幸なこともまたさびしい悲しいことも素直に受けて堪《こら》え忍ぶ健気な少女でございましたから。それは春のやや深みゆこうとする頃でございました。学校へ一人の珍しい来訪者を迎えることになりました。その訪れる人は長い間海をへだてた西の国に学ばれて最高の学位を得てこのほど帰朝されたK女史でした。

この噂が早くも生徒の中にひろまってゆきました。

『K女史はあんまり外国に長くいらっしったので日本語をすっかり忘れておしまいなすったのですって』

『まあ！　羨しい、私と少しとりかえっこしていただきたいけれど——』

と英語に苦しめられる人達は嘆きました。

『まあ、そんなに偉い立派な方は、どんなお姿でしょうね』

一人がこう言い出すと、皆はやはり同じ心でK女史の姿を想像しました。

A子さんは歴史の本で見たオルレアンの少女の勇しいジャンヌ・ダルクの姿に似た凛とした風采を心に描きました。B子さんは或る女魔術師のあでやかな舞台姿を思い出して、華やかな洋装に宝石をむやみとつけた姿を想像しました。C子さんは活動写真に映って出る表情の巧みな欧米の女優のような方だろうと一人できめていました。

やがてK女史の来訪される日になりました。二、三の教師に導かれて女史が教室の扉の内へ立たれた刹那、A子さんB子さんC子さん達の想像はみな地に落ちて砕けて失せました。

K女史その人は——茶色の上品にくすんだ着物を、やつれて見えるほど細い身体につけて、帯は純黒の地に天鵞絨《びろうど》めいた模様を浮かせて、きっちりと引き結んで、濃い青い帯止めを斜めにかけた姿、ただそれだけの粧《よそお》いでした。髪は純黒の硬《こわ》い毛を三枚の櫛にとめたまま、手には古びた黒皮のハンドバッグをさげて、片手の小指に細い黄金の糸を輪に結んだ型の指輪をはめていらっしゃるのが、全体の目立ぬ落ちついた色調に伴う、一つの気持の好い飾りでした。

生徒の方へ女史が正面《まとも》に姿を向けた時、みんな思わず膝に手を重ねて首をうなだれたほど、それは厳粛な静かな寂しい面持でした。

どのような人の心の奥深い底まで見通すような、その瞳、冷たさを感じるほど調った唇のあたり、今まで華やかな空気の中にその、俤《おもかげ》を描いて憧れた生徒達は、そこに思いもかけぬ尼僧のように静かな寂しげな冷い、俤を現《うつつ》に見たのでございました。

女史は校内を参観せられてから寄宿舎へいらっしゃいました。女史来校の報伝わると同時に舎内は大掃除をして飾り立てましたから舎監は心ひそかに得意を感じていました。

どの室を開けても美しくなっていました。机の上には新しい覆いがかけられて金文字の背皮を並べた書棚が据えられ、高価な油絵の額をかけ、純白な石像を飾りあるいは机の脇に斜に備えつけたヴァイオリンのサック、心ありげに机上に半ば開いて置く立派な聖書——こういうものによって生徒達の豊富な日常生活が美しく調えられてあるのを知られることと舎監の先生方は喜びました。しかし女史は少しも感じた風もなく黙々として歩みを運ばれたのでございました。舎監の先生方は何となく物足らなく思いましたが、賞讃の言葉を催促することもできません。

やがて女史は舎内を見終られて最後の廊下の突当りの小さい部屋の前へ止りました。そこは『トランク姫』の道子の朝夕いる室でございました。——舎監はさすがに、ためらいました。しかし扉は開かれました。中には大きなトランクの古いのや新しいのが積み置かれてある、何の美しさもない物置の有様——女史は眉をひそめて直ぐに立ち去ると思いの外《ほか》、何ものかに心を吸い込まれるように、つと室の中へ入りゆくのでした。

室の中は、やや薄暗くいくつか積まれたトランクに半ばの場所を取られて、残る片隅に小さい粗末な文机《ふづくえ》とならべて似合って小さい煤竹《すすだけ》の本棚があるばかりでした。いま女史がじっと魅られたように瞳を据えたところは、その本棚のあたりでした、何事かと舎監がいぶかりながら恐る恐る覗くと、その本棚の上には千代紙で折った女《め》夫《おと》の紙雛が二つちょこなんと据えられた前に、綺麗に洗ったインクの空瓶に一枝緋桃の花が挿されてございました。

『ああ今日は三月三日ですねぇ』

はじめてこの時K女史が声を立てました。

その日の午後、生徒達は講堂に集められて、K女史から一場の訓話を伺うことになりました。水を打ったように静まった中に、壇に登られたその人の声は澄み渡って響きました。

『私は皆様にお話をして差し上げるよりは、かえってお礼を申し上げとうございます。なぜならば私は先日はるばると幾年《いくとせ》を夢にも慕った母国の土を踏んでからも、長い間異国の風に染みたこの身体に、生れた国土《くに》へ帰っても、やはり客人《まろうど》のような落ちつかぬ気持に感じられました。こうして母国の人となり得た心持がしっくりと起きずに、なんとはなしに物足らぬ寂しい胸を抱いて今日御校《おんこう》を訪れて、はからずも帰朝以来はじめて日本《にっぽん》の女らしい気持になることができました。それはただ一枝の緋桃の花と二つの紙雛が私の眼に入った瞬間、私はたしかに祖国の土に立った心を覚えました。一枝の緋桃の花は過ぎしその上の少女《おとめ》の日のあえかな夢を私の胸に蘇えらせました。そして寂しい流離《さすらい》の旅人のような新帰朝者の心を暖かに溶かして、懐しいこの国の人に立ち返らせました。私は今心からその一枝の緋桃の花のゆかしい主にお礼を申し上げます。このお礼の言葉以外私はもう何を皆様にお諭しする事ができましょう』女史はこう言い終るとともに静かに壇を去られました。

その言葉は短くとも裏にひめられた意味の深くも貴《とうと》いことは誰の胸にも覚えられた事でしょう。

その時講堂の中の一人の少女は讃えられし花のその葩《はなびら》のように淡紅《うすあか》く面《おもて》を染めて優しく柔らかに秘むるが如く微笑みました。

それは、つつましい柔和な日本のムスメの心からの美しい微笑でございました。

紅椿《べにつばき》

それは静かな春の真昼でございました——この村里を飾る唯一つの赤い鳥居のほとり、観音様の御堂《みどう》の前に、桃割《ももわれ》に白丈長《しろたけなが》のつつましやかな美しい少女が、緋の袂をゆるがせて神前の鈴紐によりすがり何か一心に祈りをこめていました。

この様子を先《さつ》きからじいっと眺めていたのは、堂守の片隅のお守札やら観音様の御像やらならべた中に据えた小机の前に控えている堂守の眉白き翁《おきな》でした。いま社前に祈りを終ったあの少女が立ち去ろうとするのをこの翁は呼びとめました。

『ええと、もう長いことここへお詣りじゃの、何か心願があってかのう』

美しい子は素直にうなずきました。

『母親がお病《わず》らいになるかな』

『いいえ』

『父御が旅先で便りが絶えてか』

『いいえ』

『ふむ、ではそなたの芸事が上達せぬかな』

『いいえ』

『ふむ、どれも当らぬか、では何か伺おう』

翁はいぶかしそうに耳をかたむけました。

美しい子は長い友禅の袂をまさぐりながら、『あの――私――手毬を失《なく》しましたの』

翁は聞いて呆れました。遊び道具の手毬一つのために長い祈願をこめて日々に詣ずるのがどんなに愚しいことに思えたでしょう。

『なんじゃ、それほど大切な手毬なら黄金作りかの』翁はからかうように問いましたが、少女の方は真面目で可愛い声で答えました。

『いいえ、あの真赤な燃えるような京染の絹糸でかざった手毬でございます』

『失したものなら仕方がない、もう一つ母御にねだるがいいに』翁は呆れた風で取り合いません。

『まあ、飛んでもない、母様にねだってまた手に入るものなら、なんでこのように観音様にお願いいたしましょう――』

やや怨みを含んでふるえる声音で少女が、こう言うた時、さすがに翁も首をかしげました。

『ふうむ、何かその手毬に故あってか』

『ええ、その手毬は私の仕える御邸《おやしき》の奥方の御品でございます』

『ふむ、いくら御主人の品とはいえ、たかが知れた手毬一つ、さまでの御とがめもあるまいに』

翁はふに落ちぬ顔――

『ええ、それはもう、お優しい奥方ゆえ、なんのおとがめもございませんけれども、それでは私が申し訳けがございません。父は御邸の家扶《かふ》でございます。その子の私が奥方のお宝の一つを失してしまったのですもの、どうしてよろしいでしょう』

翁もしんみりとなって親切に聞きました。

『ふむ、してその手毬はお家の宝であったかな』

『はあ、そのお手毬は奥方が京から御輿入《おこしい》れ遊す時、御持参になりました御品、奥方が今日まで西の都恋しく思召《おぼしめ》す時は、いつもそのお手毬をお採りになって、せめてもの慰めになさいましたの――』

『さてさて優しい御心じゃのう』翁は身につまされた風情――

『その大事な御手毬ゆえ私などは指にもさわったことはございませんの、けれども奥方が長《なが》の御病《おわずら》いでこの里のあの御別邸にお越しになる時、私もお供をして参りました。それからの毎日を長い春の日のつれづれに奥方はお琴にも香合《こうあわせ》にもお倦きになると、ふと「千鳥」をと仰せになりました。千鳥——それは手毬の銘でございます。——この手毬を突けば千鳥の啼き声が幽《かすか》に毬唄の間に聞えるという言い伝えから「千鳥」とその手毬を奥方はお呼びになりますの『ふうむ、毬が千鳥の音を出すかの、京は長閑《のどか》な都じゃのう』翁は今さらに感じたよう——春の日の光も長閑に小さい朱塗の堂内にさして、美しい子の友禅の袂の上に陽《かげ》炎《ろう》が舞いました。

『その京の都を御思いになりましたのか、御本邸からお持ち遊ばした御手まわりの御道具の中に幸い忘られずに「千鳥」がございました。手毬といっても御大切な品ゆえ、美しい丹塗《にぬり》の小箱に収めてございます。真白な房の紐を文箱結《ふばこむす》びにして——奥方の仰せで私がその箱を開きました。被覆《かぶりぶた》の表には金蒔絵の波に千鳥が二つ三つ、裏を返すと、銀泥《ぎんでい》の文字で歌がしるしてございます、それは、あの——近江の海夕なみ千鳥なが啼けば心もしぬにいにしえおもほゆ——と』

『ふうむ、万葉集の人麿《ひとまろ》の詠じゃ』翁はうなずきました。

『そして箱の中には真白な羽二重の包みを透して緋の色が綺麗にもれて——、まあ美しいと思って見とれていますと、奥方から『突いて御覧』と御声がかかりました。私は嬉しくて胸が顫えましたわ。障子をさらりと開けると鏡のようなお縁の上、私はこうして——』とあでなる袂を左手《ゆんで》に支えて毬つく身振り可愛く真似て——

『あの、こうして突きましたの、けれどもあの毬唄を忘れてしまったのですもの。(唄を忘れました) と申し上げたら、奥方はお笑いになって (では私が唄ってあげよう) と、それは綺麗なお声で、京の唄でしょう、ひイふウみイよウよものけしきをはるとながめて——その唄につれて私は毬をはずませました——するとあの千鳥の啼声がふっと唄の中に交って聞えました——あら (千鳥が) 私はこう言って吃驚《びっくり》して手をとめましたの——そのはずみに紅い手毬は手許をそれてお縁を斜めに波をこえるように、ひらりと飛んで (あら) と言う間に下へ落ちると、すぐ泉水でございます。その綺麗な水の上へ赤い手毬が浮きました。そしてくるくるとまわって——やがて水の上を滑って水門のほとりに紅い渦を巻いたと思うともう見えなくなりましたの——そのままどこへ流れていったのでしょう、今日まで毬は返って参りません、私は辛うございます』

語り終って少女は術《じゅつ》なげに、こう声を落として愁いに沈みました。

『いかにもお気の毒じゃ。だが流れゆきては再び帰らぬ道理、その毬を探すは雲をつかむよりも心もとない仕業じゃの』翁はこう訓《さと》すように言いました。

『だって、だって、観音様のお袖にすがって念じましたら叶わぬことはございますまいと、お詣りしてから今日が丁度満願の日でございます——』少女は優しい吐息をつきました。

『ふうむ、古書に記して毬は陰陽の二気ありと、白き毬は月也陰也《つきなりいんなり》、赤き毬は日也陽《ひなりよう》也《なり》と、して見れば失いし紅い手毬は陽じゃ、凶ではあるまい』翁はなぐさめ顔に少女に説きました。

力なく優しい少女が、憂いを心に抱いて、その社《やしろ》を立ち去りました時は、もう日は西にかたむいて、永きを誇る春の日も黄昏《たそがれ》近くなっていました。

愁い胸にあれば歩みも遅く、暮れゆく春の野末を心もとなく辿りゆく少女の美しい袂を今柔らかにおさえた手――。

『あなた、御免遊ばせ』

驚いて、その友禅の袖の主が振り返えると、後ろには春の野にふっと湧き出たかと思われるほどの思いもかけぬそこに人影――。

粗末な衣を身につけても、これのみは少女《おとめ》の春を思わせる緋の襷《たすき》あやなして袂をしぼった背には青草を盛った籠、短な裾の白い素足に藁の草履の痛々しさ……

この里の草刈る少女の、その姿――しかしその顔立ちの優雅な品を備えて美しいしかし寂しい面立ちが夕闇の中に浮いて――暮れゆく春の野を背景にしてここに二人の少女は立ち向かったのでございます。

『さぞ吃驚《びっくり》遊ばしたでしょう、ほんとうに御免遊ばせ』鄙《ひな》びた己れの姿を恥じてか籠負う少女は面《おもて》を伏せました。その声音には柔らかい上品な韻律《いんりつ》を帯びて、その眼は憂愁の中にも品位ある輝きがありました。

『いいえ、かまいませんの、あの何か私に御用ですの？』

友禅の袂の主は丁寧につつましく尋ねました。

『はあ、あのお失し遊ばした紅い手毬はもしやこれではございませんの』

と真白き掌《て》をつと示すと、そこには麗しい手毬一つ、紅玉のように――

『あッ。それでございます、まあ貴女どうしてこれを』

声をふるわし身をおののかせて友禅の袖ひるがえして少女はその手毬に手をかけました。

『あの今から幾日かの前のこと、やはりこうした黄昏時、裏の小川のほとりで私が草刈る鎌を磨《と》いでいましたの、小さい三日月形の銀色の鎌を――するとあのふっと川上から千鳥の啼き声が聞えましたの、驚いて水の面《おも》を見入ると夕闇仄かな中を川上から赤い花が流れて来ますの――私紅椿の花と思ったのですもの、懐しくって――懐しくって――この花は忘られぬ花ゆえに――あまりの懐しさに、せめて一輪の花でもと鎌で水を掻いて手許へその花を引き寄せて取って見ますと、まあ花じゃありませんの、手毬でしたわ、でも主を離れて寂しく流れてゆく毬と思うと、いとしくてそのまま袖に水を拭って抱えて帰りましたが、しょせん毬の主へ返す術《すべ》はございませんゆえ、今日あの観音様の御堂へ献げようと持ってまいりましたの――すると貴女のお嘆きを御堂の柱の陰で伺いました。それからお後《あと》を追ってここまで――ただこの毬一つお返しいたしたくて――』

友禅の袂はふたたびゆらいで飛び立つばかりの喜びに声も乱れて

『まあ、ほんとに私嬉しいッ。貴女有難うございます、どうして御礼を申し上げましょう』

『いいえ、椿の花と思い異《ちが》えて拾ったばかりのことでございますもの、毬の主にお返しできれば私も嬉しく存じます、貴女お受け取り遊ばして下さいませ』

毬は少女の手に受け取られました。

『ありがとうございます、貴女椿の花を、そのように懐しく思召すなら、私の今いる別邸の庭にこぼれあまるほど咲いていますの、よろしかったらいらしって下さいませ。せめてもの御礼にお好きな花を差し上げとうございますわ』

籠負う少女は寂しげに答えました。

『はあ、よく存じて居ります。あの庭の椿の多いこと、築山のほとり前栽《せんざい》の植え込み、離《はな》れ座敷の前に、そして文庫蔵の白壁の陰に春くれば真紅に燃ゆる花の株がならび茂って――』

『まあ、どうしてそんなに委《くわ》しく庭の模様まで御存じでいらっしゃいますの』

『あの、もう何もお問い遊ばしては厭《いや》』

　籠負う少女の声は涙に消えると思うと、そのまま夕闇の野にやつれたままその姿を隠してしまいました。美しい夢から醒めたように、掌《てのひら》に赤い毬一つのせたまま後に残された少女は、あまりの不思議に堪《こら》えかねて、そのまま走り行ったのはあの祈りをこめた観音堂――。そこに、堂守の翁は少女が奇蹟のごと掌の紅い毬を示して語るのを聞き終った後に、はたと膝を打って申しました。

『ふむ、その毬を水上で拾うた御方は、あなたの今住む別邸の元の主、この里の椿長者の忘れ形見――名はたしか露路《つゆじ》といわれた。ついこの三年前の春までは、我が園に咲き乱れる紅椿の中に戯れて、長い紫匂う袂を葩《はなびら》からこぼるる黄金《こがね》の芯《しべ》に染めて砂金の模様に興じられたものを、世はなべて儚ない夢なれば、主がみまかりてより、不仕合せつづきでこの里に母御と侘住居《ずまい》――されぱこそ草刈り姿でこの春の野を――』

　翁は老いの涙に咽《むせ》んで……。

　胸轟かしたかの少女は模様美しい袖もて、わが胸に紅の手毬を離さじと抱いて、

『まあ、私はあの観音様が仮りのお姿でお救い下さったのと思いましたの――、椿の花がなつかしいと仰しゃった、しおらしいあの方』

　見はてぬ白日《まひる》の夢を追うごとく恍惚《うつとり》と涙さしぐみし瞳をはるかな野辺に向けた時、春の夕べを鳴る鐘の音が夕靄の奥から響きわたるのでございました。

雛芥子《ひなげし》

初夏の日の午後、四年級の志磨さんが寮の応接室のピアノで簡単なマーチを弾いていると、窓の外で衣摺《きぬず》れの気配がしたので窓を開いて見ると、窓の下の花壇——真赤な雛芥子の花がいっぱい咲いている前で、一人の少女が足取り軽く海老茶の袴の裾を巧みにひるがえしながらワルツをひとりで舞うている。

『お上手ね』と志磨さんが声をかけると『あらッ』と叫んで小さいひとは振りかえった。その容子《ようす》はやさしく仇気《あどけ》なく、この不意に覗き見の者を見出して吃驚《びっくり》したらしく、円《まる》い可愛い女鳩《めはと》の瞳のような眼を見張って、ちょっと拗ねる風をして笑うと、八重歯が赤い唇をもれ出て愛嬌を添える。

『あの下手なマーチによく合わせられましたのね』と志磨さんが言うと、

『あら、いいえ、お上手だったわ、私何でもいいの、もうあの音を聞くと浮かれちまうんですもの』

とその子は甘えた口調に答えて、人なつっこくいきなり窓の下へ走りよって、背丈はまだ窓に届かぬゆえ、細く白く両手をのべて可愛ゆくほほえむ。

『そうですか、ありがとう、貴女は舞踊《ダンス》もお座なりもお上手ね』と志磨さんが、からかって言うと、

『あら、嫌、お座なりってなに――ああわかったわ、お世辞のことでしょう』と少しはしゃいだ声を出して下でじれる風に身を振る。

その人なつかしく仇気ない風情が、なんとはなしに、いとしくなって窓の上にさしのべている小さい手を上から志磨さんが柔らかに握ると、嬉しそうに踊り上って、

『私入ってもいいでしょう、そのお部屋へ』

と問うので、

『ええいらっしゃい、そしてこの敷物《カーペット》の上で踊ってごらんなさい』

と上から答えると、ひらりと身をかわして窓際にぴょいと小兎のように跳ね上る。

呆気にとられながら片手に小さい人の肩を支えて床の上に抱きおろした志磨さんは、あまりの事に驚いて黙った。その驚かされた顔を小さい子は指さして、

『あら、その顔』と床の上に平気のしゃんで立って笑った。あんまり志磨さんが吃驚したらしいので、

『おてんばでしょう、私ほんとうに』と、少し恥じらって、身を斜めにそむけて、あ

やまるように言う、志磨さんは微笑んで言った。

『いいえ、大変に機敏な方で……』と言うも終らぬうちに、

『うそッ、それがすなわちお座なりよッ』と甲高《かんだか》に叫んで、小さい人は片手をあげて袂の先で軽く人を打った。

二人は揺椅子《ラッキングチェア》に並んで腰かけて話をしはじめました。

『あなた何年のお方？』と志磨さんが問う。

『私、一年の東組』と幼い人は答える。

『そう、お名前は何？』

『当てて頂戴』

『さあ、松子さん、竹子さん、梅子さん、鶴子さん、亀子さん？』

『いいえいいえ、皆違うわ、おかしいわ、亀子さんなんて——』

椅子は烈しく揺れた、波にゆられる小舟のように二人の少女の笑いをのせて——、

『さあ、わからないなんでしょうねぇ』

と言いながら志磨さんは窓の淡緑のカーテンを颯としぼると初夏《はつなつ》の爽かな風が吹きこんで二人の黒髪を撫でる。その快さに瞳を外に移すと、寮の園に今みだれ咲く雛芥子の花、ゆらゆらと微風《そよかぜ》にそよいで、かぼそい花を初夏の日の中に開かせている。

この初夏の空に咲く無心に軽く華奢な可愛いその花は、この少女に似ていると思わ

れて、即座に浮かんだ思いを言葉にそのまま表して志磨さんは——

『ああ、では私は貴女をこう呼びましょう、雛芥子さんと？』

『雛芥子！　まあ私の名前になったのね、うれしいわ』

とその雛芥子と呼ばれた人は、烈しく椅子を振って志磨さんの胸に顔を埋めて、肩に細い腕をかけて心から嬉しそうにニッコリと微笑んだ。——

そうしたことが、ただ初夏の一日の戯《ざ》れ言に過ぎぬと志磨さんには思われていたゆえ、さして胸にも止めはしなかった。

その日からのことである。志磨さんが校舎から寄宿舎へ通う廊下を放課後一人で渡って行く時、廊下の隅に一人の下級の生徒が誰を待つのか、しょんぼりと立っている。その顔に見覚えがあった。先きの日寮の応接室で笑い興じた幼いひとである。

思い出してちょっと笑いかけて可愛い顔を見ると、はにかんで下俯向《したうつむ》いて、こそこそと姿をかくした。

その翌日も志磨さんは同じ廊下の途中で、やはり可愛い顔を見た。志磨さんが黙って笑いかけたまま行き過ぎると、後を見送って幼い子は寂しそうにしてそのまま廊下を立ち去った。

その明くる日も、やはりその廊下の上で、通りかかる志磨さんの瞳に幼い人の姿がうつった。

誰を待つのだろう。放課後このあたりに何の用があるのかしらと志磨さんは不審にも思ったけれども、黙礼して通り過ぎようとすると、その幼い人がじっと志磨さんの方を見つめて、佗しそうにまた懐しそうにそのいとしい瞳にふっと涙ぐむのだった。その瞬間志磨さんが立ち止った。そしてぽっと薄紅く面《おもて》を染めて――

『私を待って下さったの――』

と細い声音に囁いて、小さい肩に手をかけて近よると、答えはなくてただうなずくのみ――。

『まあ、私知らなかったの、かんにんして』

と優しく囁いて、その顔をさしのぞくと、はにかんで華美な模様の元禄袖に面をかくしてほほ笑むその幼げな姿のいじらしさに――志磨さんは忘れられなくなったので。

その幼い人の名は(ゆき)というのだった。母はなくて父の手一つに育まれゆく運命《さだめ》の子だった。

こうした身の上のことは、志磨さんと相見し後に二人が眼に見えぬ奇しき縁《えに》しの糸に結ばれてからの、思いなつかしい友愛の物語の中にゆき子が志磨さんに告げたのだった。

母のない子――それだけでも志磨さんはいとしく思うのに、また父なる人の母を失なってから荒《すさ》びゆくその振舞いに、幼い胸を悩ませるゆき子の悶えを知って、なおさらにいじらしく、いとしさは募るのだった。

ゆき子の性質を批評すれば、浮《うわ》調子の軽々しい態度で甘えた風をするとも罵しられる。けれども、そうした表面の欠点のすべてを含んでも、なお捨てがたい憎みがたい心をゆき子は人知れぬ小さい胸に秘めて持つのだった。何もかも打ちあけて、よりすがって頼る、いじらしい小さな姿を見ると志磨さんは強く離し得なかった。

（ゆうちゃん）

と志磨さんはゆき子を親しくこうよぶのが慣わしだった、けれども時によると、

（雛芥子姫）

と呼んで笑ったりするのだった。

ゆき子の誕生日の祝いにと、志磨さんが紅い絹の半巾《ハンカチ》を贈ったとき言葉を添えた――。

『私の愛する雛芥子姫が、この半巾で悲しみの涙をぬぐうことなく、喜びと笑いを忍ばせるために使って下さるように祈ります』

ゆき子は、しかし首を振って否と答えた。

『だって、私はこの半巾をお姉様だと思って悲しい時にも使って慰めるつもり――』

と真顔でいつになく物静かに言った。

こうして、ふたりの間柄がやや近づいて行くその日頃、夏の休暇が来て、暫くの間ふたりは相見る時を失った。

『また来る秋まで健かに――』

と、かたみに願って、水色のパラソルと緋のパラソルは校門を右と左に分れてゆくのだった。


夏の休みの間に、故郷の家で志磨さんは可愛い手紙を幾通も受け取った。

何かと忙しさに紛れて志磨さんからは返事は遅れたことはあったけれども、胸の中には絶えずいとしいあの面影が浮かぶのだった。長い休みも終って、久しぶりで再び学舎の窓に少女の群の集う初秋《はつあき》が来た。

寮にありては家を恋う、されど家に帰りて慣るればまた都の寮を慕う、少女《おとめ》なればか、かばかりに憧れ燃ゆる性《さが》あるは……。

しばし、踏まぬ間に青草に覆われた校舎も懐しく、寮の窓にすがる身も新たな気持を覚えるのだった。

始業式の朝、マーチにつれて講堂に一同打ち連れて入りゆく時、志磨さんはひそかに求め探した俤《おもかげ》があった。

『雛芥子姫、お久しぶり……』

こう声をかけたら快活に笑って赤い葩《はなびら》のゆらぐように飛びつくではあるまいか——と想像して微笑まれたその可愛い人の姿は、その日の校舎の中のどこにも求められなかったのだった。

それから数日の後も、日毎に日毎に志磨さんは一つの面影を校内に探し求めたけれども、それは空しいことであった。

そして寂しい思いと不安な念とを抱いて、ちょうど一月《ひとつき》たってしまった。それからのこと、志磨さんは思い切って、ゆき子の受持の先生が廊下を歩いていらっしゃる後ろから追いすがって、問うた、それは言うまでもない、ゆき子の長い欠席についての消息である。

そして、受持のその先生の答えは、どのように志磨さんを失望と悲しみの中に投げ入れたであろう。

先生の答えは、『長く無断で休むので問い合わせると、先日家事上の都合で退学するといって来ました』ということだった。

退学するほどの事情があるなら、なぜ自分のもとに打ち明けて音ずれをせぬのか？どのような事でも、力になれるなら尽してあげるものを？　と、志磨さんは涙ぐましくなった。

志磨さんの胸は、それから寂しくなった。

『あの可愛い方がこの頃お見えにならないのねぇ。どうして？　貴女御存じでしょう』

と親しい同じ級の友に肩をたたかれて聞かれた時、志磨さんは寂しく笑って首を振るばかりだった。

志磨さんの胸のやるせない愁いも秋とともに深みゆく頃、——ある日の午後、一人の級の友はひそかに告げた。

『貴女の御大切な雛芥子さんと瓜二つによく似た子が、浅草の舞踏劇の一座の中にいますよ、そっくり……』

志磨さんは、始めはこうした口の悪い友達のたくらんだ悪戯とばかり思いつめていたけれども、真面目な顔で、不思議なほどによく似た少女が踊り子にいると、幾度も言われては、さすがに心は動いていった。

それから間もない日曜の午後、保証人の家に行くようにして、志磨さんは浅草行きの満員の赤い札のかかった電車の中に、おしこまれた。

浅草という市井の一大遊楽園は、この寮舎生活の少女にとって未知の領土を冒険するような迷宮に思われた。

とにもかくにも、あの俤に似た踊り子を持つ舞踏劇の一座を目当てにと進んだ。

雑踏、混雑、響音、人の波、雑音の集合、そうした、大きな黒い石炭の煙のような中に巻き込まれた、志磨さんが原色をくどくどしく使ったけばけばしい絵看板に眼をさんざん疲らせて、ようやくのことで、その舞踏の一座に辿りついた。

志磨さんが、人いきれのする観客席に入った時、白い指の労働者の打ち奏ずるオーケストラにつれて、舞台でも何かの場面が始まっていた。

外国人が見たらおかしく思うような、ちぐはぐな衣裳をつけた幾人かの踊子達は甲走った調子《トーン》で唄ったりしていた。

志磨さんが胸を顫わせて一心に見つめた舞台の上に、人から伝えられた通りの面影を見出した時、思わず双手で我が眼を覆うたのだった。それは、あまり真に近かったゆえ。

何かしら媚びるような卑しみの仄見える数多《あまた》の踊子達に、これのみは純な少女らしい素直さと仇気なさを持つ、一人の綺麗な子、それは志磨さんの夜毎の夢に通う、あの雪子の俤に生き写しであった。

志磨さんは長く、その座で舞台を見つめる勇気はなかった。

半ば気を失った人のごとく志磨さんはその劇場を出でて新しい哀愁の波が己が胸の足を洗わせつつ当てどもなく歩み行くのだった。

黄昏《たそがれ》せまる公園の噴水《ふきあげ》は、さびしげに池の面にそそいでいた。夕べを告ぐる鐘の音が陰に聞えて、境内の銀杏の黄ばんだ葉が、秋の女神の扇の要《かなめ》のとけて、はらはらと散るように落ちるのを後に、志磨さんはしょんぼりとして朱い門をくぐりぬけて明るい通りをただ一人暗い心を抱いて、一人の少女の運命を寂しく思って辿った。

(——あの雪子が学校中の不良生徒であったとしても、私はなおその手を離さずに握って、善く導いてあげるつもりだった。今、あのひとの運命がもしも今日あの舞台の踊子と同じだったら、私は自分の出来るだけの力を尽して救いもし保護もしたい！)

志磨さんは強く強く思いつめた。

その夜志磨さんは、あの舞踏劇の一座に当て、一通の手紙を送った。それは、あの踊子の一人が真の雪子であるか否かを簡単に問い合わせたものであった。

寄宿舎へその返事が着いてはいけないので、郵便局の留置に頼んでおいた。志磨さんは毎日毎日其の返事を待った。しかし何日になっても、なかなか答えの書翰は来なかった。

外出するたびに郵便局の窓にまで自分宛の留置の郵便の有る無しを聞きに立ったけれども、いつもなかった。

志磨さんは失望した、そしてまた考えねばならなかった。

(こうして、あのひとを求め尋ねて、自分は救うつもりだけれども、はたして私はそれだけの力が備えられてあるだろうか、また現在の境遇がそれを許すだろうか？)

こう冷静に自分の実力と立場を考察して見ると、実際一時の烈しい感情に駆られて、雪子を不幸な境地から助け出そうなどという、大きな望みはとても自分の今の力と境遇では不可能なことであったものを。志磨さんは、こうしてみずからを顧みて、ひそかに恥じるのだった。それからの志磨さんは、ただ雪子を忘れ得ぬ人として胸に秘むるのみで、再びその（ゆくえ）を尋ね求めようとはしなかった。

その年の冬休みに、志磨さんが帰省する途中のある小さい港で、故郷の町へ通う汽船を待ちあわせていた。

それは霙《みぞれ》の降りそうな、冷たく寒い日だった。志磨さんの待つ汽船の前に、その港から北の方の雪国を指して行く船が出た。志磨さんが港の小さい埠頭場《はとば》に立って佗しいままに、見るともなく港を今たつ船を見送った。そのとき志磨さんの胸に閃めいたものがあった。

いま港を立つ汽船の甲板の蔭に、しょんぼりと紺のマントを着た一人の少女が、ぼんやりと、うす寒い空のあなたを魂のぬけた人形のようにして眺めている、その姿は、やつれこそしたれたしかに雪子であった。

志磨さんは轟く胸をおさえて、（ゆきちゃん）とかつてその上《かみ》の日に呼びなれし、人の名を呼んだ。けれどもかなたへは聞こえなかったのか甲板の人影はちらとも動かぬ。

さらに声を強めて再び三度《みたび》呼びあげた時、ああその時！

甲板の上の少女はこっちへ視線を向けた。そして港の口に志磨さんの立つ姿を見つめるやいなや、船の欄干の前へ走りよってすがった。マントは細い肩を半ばすべって、群青色のスカートが風にそよいで、黒いストッキングの細やかな足首が痛々しそうに潮風に吹かれる。

『………』

何か、小さい彼女は欄干にすがって下の埠頭場の志磨さんに言葉を贈ったらしかった。けれども折から吹いて来た海の荒い風に吹き散らされてしまった。

その時、港を出る汽笛の音は突然起こって海の面《おも》に高らかに響かせつつ、船体は静かに港を離れはじめた。

船上の少女は海へ落ちはせぬかと、あやぶまれるほどに欄干に身を遠く乗り出して、波を分けて去り行く船の上に、片手をあげて紅い、真紅のハンカチを高く振り上げた。力のかぎり振って振り続けた。あわれ、その手に振る真紅のハンカチこそ、過ぎし日、志磨さんが手ずから可愛きひとへ贈ったものではないか、別れて幾月、身を離さずに持ち添えるのであったろう。

ああ、船は刻々去って行く。

寒い北の海の上へ寂しく水脈《みなお》を残して走って行く。

船上の少女が細き腕に打ち振る紅い半巾《ハンカチ》は海の霧の中にと、やがて小さくなって消えていった。

赤い雛芥子の花が風の散るように……。

白百合《しらゆり》

新しい音楽の先生がいらっしたのは柔らかい若葉が校庭の樹々の梢に匂う頃でした。暫く寂しさを独りなげいていたピアノの蓋は久し振りで開かれて奏ずる人を日ごとに待つようになりました。

講堂で全生徒に校長の紹介があってから、壇へおのぼりになった新しい音楽の先生のお姿――すらっとした優しいおからだを、おずおずと壇の端に立たせたと思うと、はにかんで、お顔をおあげにならず、下うつむいていらっして、ただお髪の黒い気持のいいお頭《つむ》が見えるばかり、何かしら一言二言お口の中で囁くように仰しゃったと思う間に、ついと壇をおりておしまいなさったばかり……。息を呑んで眼を見張っていた生徒は、白日《まひる》の小さい夢を見たような気がいたしました。

このはにかんだお優しい先生は『葉山先生』とお呼びいたしましたの、その年の春上野の母校をお出になったのですって。

銘仙《めいせん》のあっさりした柄のお召しものをおつけになって学生時代からのらしい紫紺のお袴を品よくおはきになって、ややうつむきかげんに小脇に譜本をかかえて、音楽室の前の廊下をお歩きになるところなぞ、もし肩上げのないのに気がつかなければ上級の方と間違えそうでございました。

葉山先生が学校へいらしてから一週間もたたぬ間に、もう全校に『葉山病《シック》』が流行いたしました。

ある方は、ダンテの神曲に出て来るベアトリーチェの様に美しいフローレンスの都の姫にも比すべき葉山先生と讃えれば、ある方はミケル・アンジェロの描いた聖書のマドンナにもたとえようかと憧れ、私はもうどんな美しい人にもくらべる事ができない！　といって涙ぐんで溜息をつく方もございました。

ああ、今なればこそこのような思い出も過ぎし日なつかしさのあまりに、しるされますけれど、その頃の私はもうほんとに葉山先生のためにならいつでも焔《ほのお》の湖に喜んで飛び入る心を捧げました。学校の二年のときでしたの――。

毎日の日記には雨が降っても風が吹いても木の葉が落ちても霧が晴れても、なんでもかでも、なつかしい慕わしい大好きな先生のお名をいくつもペンでかかねば我慢ができなかったのでしたもの。

今日のお召ものは、濃茶地《こいちやじ》に輪をつないだ模様だった、今日はお顔の色が少し沈んでいらっしたから心配で一日勉強ができなかった。先生のパラソルはクリーム色の絹で、骨は白く塗ってあって、柄は長くてずんどうで飾房はなくて、すっきりしていた――などとどのような小さな事柄であっても、先生のことなら見逃すことは憧れの波打つ小さいこの胸が許さなかったのでございましょう。

自分の胸に憧れ慕う優しい俤《おもかげ》の主が、今ピアノの前に立っていらっしゃると思うと音楽の時間、私は胸が波打って顔をあげることができなかったのですもの、――コールユーブンゲンの始めの方をお稽古している頃、よく歌わせられました。名を呼ばれると私はもう気を失うばかりに顫《ふる》えたのでございます。今自分がどこに立っているかその事も忘れはてて、轟く胸を抱いて歌いました。音符を夢心地でたどってピアノの微かな音と共に歌い終るや倒れるばかり椅子にすがりました。

『そう、あんまり顫えるのね』と、軽くほほえんでちらとこちらを御覧になった時、私は颯《さつ》と紅《あか》くなって袂の陰にかくれましたの、だってあんまり慕わしい先生の前で歌うその時どうして私の声が顫えずにおられましょう。

ピアノのお稽古は一週間に一度、木曜日の放課後先生に見て戴くのでした。自分の順番の廻って来る頃はもう日は黄昏《たそがれ》て仄暗くなりました。寄宿舎にいたので、いつでも後の番になりましたから。

ピアノの台の後ろに黄昏の陰影のほのかに忍びよるのも懐しく、私は窓をのぞく鳩のようにピアノの前に腰かけました。脇には先生が椅子を近く斜めにおよせになって拍子をとって下さる。もう鍵《キー》に指が触れるや何も眼に入らない、ただ思い憧れる優しい君へささぐるこの胸の思いの小唄を象牙の鍵《キー》よ打ち鳴らせよとばかりに私は息をもつかずに指を鍵盤に踊らせました。その時、時折ふいと柔らかい細い先生の御手がつとあげられて、そっと私の手を正しき位置になおして下さる……ある時はあまりに乱暴に我儘に踊りひろがる手をたしなめるようとて、暫《しばし》の間じっと私の双の手首をかるくおさえてお離しにならなかった。私は息もつけずに胸はじいと香ぐわしい花束におし包まれたように――手には脈管の血潮が熱くほとばしるように感じて、そのまま鍵《キー》の上に面を伏せてしまいましたの、その時あの忘られない優しいしかし凜々しい声が頭の上に響きました。

『いけません、勇気をもって勇気をもって――』

さらに私は指をおののかせ唇を噛みしめてピアノの上に血を吐いて倒れる覚悟で（たしかにそうでした）鍵《キー》も砕けよとばかり打ち鳴らしました。最後の音を打って指が跳ね上ると同時に私は先生の腕に抱かれて泣きました。

『立派に弾いて下さったのね、ありがとう、早く好いピースをさしあげたい』

こう仰しゃって先生は私の肩をお撫でになりました。

これほどの感激を音楽の才もない私がどうして持てたのでございましょう、幼稚な教則本の練習曲に苦しめられる私が、第五度音程にも調子をはずすような私が……これほどに、好きな先生お慕わしい先生――胸にはなつかしい思いを包んで打ち明ける事がどうして出来ましょう。級のお友達やその他の方も先生のお傍へは姿さえ眼に入れば競争で駈けよってお袖によりすがるのでした。そのお友達の甘えたなれなれしい様子を遠くの方から寂しげに私はじいっと眺めるばかり、ついぞ一度も『先生』とお呼びしてお傍に近寄ることは出来なかったのでございます。

なぜこのように気が弱いのだろうと、我れと自分の気弱さをなげいて、そっと涙ぐむのがその頃の悲しい癖でございました。こうして先生が自分一人のものではない、という感じはどんなに、私を悩ましい思いに沈めていったことでしょう。

先生が学校の近くのあるお屋敷のお離室《はなれ》に宿をとっていらっしゃるのを聞き知ってから、たまたまの外出《そとで》の時にはかならず先生のお宿のまわりを遠路《とおみち》しても歩いてゆくのがせめてもの小さい秘密の喜びでございました。

それは、やはり薄明りの仄かに地上に煙りたゆとう黄昏時《たそがれ》でした。私がわざと途中でお友達と袂を別って、ただひとり慕しい面影を胸に描いてたどってきた先生のお宿、文机《ふづくえ》をおきたもうにふさわしい円窓《まるまど》にはもう淡紅色の灯《あかり》がまばたいておりました。要垣《かなめがき》のかたわらにたたずむと怪しく胸はおののくのでした。その時窓の内から優しいなつかしいまた愁わしげな歌曲が外面《そと》の灯ともし頃の柔らかい空気に溶けて流れ出ました。その歌声の妙《たえ》に奇《くす》しくみやびなのは心ゆくまで味わえても、いかなる曲であるかは、とてもその頃の私に知るよしもなかったのでございます。

ああなつかしいその声、その曲、その歌よ、私は門限の時間に遅るるも忘れて、垣の外に立ちつくして、その歌に酔ったのでございます。

そうした夕べのあってから、私は折々そのなつかしいお宿の垣の外に、ひそかに流れるその同じ歌声を洩れ聞くことがございましたけれども、みなそれは私の心の中にのみ刻まれた人知れぬ思いで、やはり私は先生には近よれない臆病な性《さが》ゆえに、ひとりで佗しい日をかこつのでございました。

懐しい葉山先生のお宿のほとり、折をえてさまようたびに、仄かに洩れ聞く歌の、その奇しくも魅される声音に憧れておったとはいえ、あの夕べお宿の窓近く流れゆくお歌はなんの曲とお伺いするなどとは、とてもの事、ただはにかみやのいじけた癖ゆえに、そのまま人知れず胸に秘むる床しき声よ、曲よとのみ――。

こうして、わりなき憧れの日を送るそのころおい、その町の活動写真館に、仏蘭西《フランス》の文豪、ヴィクトル・ユーゴーの大作として、あの有名な『噫無情《ああむじょう》』(Les Miserables)を劇に組み立てて映写したものが、新たにかけられて大変な評判になりました。『噫無情』の活動写真を見ないものは、生物学上人類にあらずという定義を下されそうな勢いでした。それゆえ、学校の中でも寄るとさわると、みなその写真の話ばかりでございました。

『噫無情』の哀れに聖《きよ》い話こそは、かつて胸に本を抱いたまま泣きふした悲しい物語として、どんなに私を教え感じさせたものでしたろう。忘れ得ぬ、あのいじらしい孤児のコゼットの俤をさながらに浮かばせて写し絵の上で見る事が出来ると思うと飛んでもいって見たかったのでございます。けれども、けれども――籠の小鳥にさも似たる寄宿舎の子は、むなしく胸をおどらすのみ――。

眠たい講演会や家庭廃物利用展覧会などいう処へは舎監の先生もお連れ下さるのだったけれども、このような場所には決して足を踏み入れられる不自由な（規則）という柵がきびしく作られてありましたものを！

毎日毎日同じ級の誰彼が見てきた話を聞くことに学課も身に染まぬ、うわの空、ただ見たくて見たくて仕方がありません。同じ心を持つのは私ばかりでなく、幼い級の人達は、顔を合せる度に『私見たいわ』『たった一目でいいから』などと、病気にでもなりそうに、嗟《なげ》いて人知れず悶々の情を吐いて捕えられし籠の小鳥の身をかこつのでした。

その近い土曜日の午後、図書室で雑誌を読んでいると、忍び足で一級上のS子さんが入っていらっした。背中に手をかけて声をひそめて、

『ちょっと、お耳拝借』と仰しゃる。なにかと思って耳をかたむけると、

『今日、葉山先生のお宅へ遊びにゆくと、申し上げて、そして、――そして、あ、い、あすこへ行きましょう』

『あすことは？』

私は問い返しました。

い、い、あすことは、御承知の『噫無情』――この誘《いざ》ないの言葉に甘い蜜が含まれてありました。

禁制の木の実を取ろうとする弱い子の胸は顫《ふる》えながらも強くは否《いな》みかねました。もしできることなら――叶えたい――と、こうした日頃の小さい欲望は芽をのばして、
行けよ！　なせよ！　と囁きました。

『大丈夫――』

不安の恐怖に胸を波打たせて、私はS子さんにすがりました。

『大丈夫よ、わかりゃあしないわ。今日見逃すと、いつまたあんないい写真が見られるか、わからないもの――』

そうだ、千載の一週だ――あの立派な芸術化された物語の写真を見ないで過ごすのは、ほんとに愚かしい口惜しい仕業だものと、こう勝手な理窟と子供らしい欲望にかられて、この二人は、その日の午後、舎の通用門を急ぎ足で出ました。

活動写真館の入口までどこを、どう歩いたか、S子さんに手を引かれて馬車にも打ちあたらず無事に着きました。そして、そこで何もかもうち忘れて悲しい物語の映されてゆくを涙の溢るる瞳に追いゆくのでございました。ジャン・ヴァルジャンが、ミリエルの銀の燭台を記念《かたみ》としてコゼットに与えて、悲壮な偉大な善の努力を地上に残して、ひとり寂しく逝く悲しい聖《きよ》い場面《シーン》を最後にして、私どもはその場所を離れ去りました。

寄宿舎へ二人が帰りついた時は、もう自修の時間で舎内は森《しん》と静まっていました。舎監室へ入って、二人が胸をおののかせて（良心）の細やかな銀の鞭《むち》に打たれながら、挨拶をして立った時、舎監の先生は呼び止めました。

『ちょっとお待ちなさい。あなた方はほんとに葉山先生のお宿で、こんなに遅くまで遊んでいたのですか？』

先生が疑いの語調でこう言われた時、私共は返す言葉もなく下うつむいて黙っていました。

舎監室の呼鈴《ベル》が烈しく鳴って、小使が呼ばれました。そして直ぐに小使の一人は葉山先生のお宿へと舎監からの手紙を持って走りゆきました。もちろんその手紙は私共二人が行ったか否かの問い合わせでございました。

ああ、審判《さばき》の座にある罪人の恐れと恥とに私の魂はおびえてしまいました。刻々に私共の犯した罪は明らかにされてゆこうとする——小使は葉山先生からの御返事を持って帰りました。——水色の細やかな封筒は舎監の手に渡されました。封は急いで切られました。瞬間の後、私共は地に身を置くことのできぬ者となるのです……。

封筒と同じ地色の巻紙に、やさしい走り書きの文字は一字一字舎監の眼に読まれてゆきました。読み終った時、舎監の顔はおだやかになりました。

息を呑んで化石のように突立った私達の方に向かって、やや気毒そうな声音で申しました。

『いくら先生がおとめになっても、こんなに遅くまで遊んでいるということがあるものですか、今日は仕方がありません、これからは気をつけて下さいね』

ああ！　夢ではないか？　ほんとに夢見る心地で私どもは虎の口を逃れ出ました。

舎監室の扉をしめるやいな、二人は抱きあって泣きました。恐ろしい悩みと大きい喜びとが渦巻くように二人を取り巻いて泣かせたのでございます。

その翌々日の音楽の時間、私は顔を上げる事ができません。どんなにつらかったでしょう。けれども先生は、やっぱりいつものようにお優しい笑顔をむけて下さいましたの。何事もなかったように——

時間が終って先生がお廊下へお出になった。後を追って私共二人は先生に犇《ひし》と取りすがりました。

『先生――御恩は――忘れません――』

泪に声を曇らせて、一生懸命にただ一言、こう申しあげた時、先生は柔らかに私どもの肩へ双手をかけて静かに仰しゃったのでした。

『私は知っていました、あの日私もあすこへ行って見ましたから、そしてお二人の苦しい思いをなさらねばならないことも。あの時、たった一本の私の返事の手紙で、若い草木の芽生《めばえ》のようなあなた方の生涯に黒い傷をつけないですむならば、と私は祈って書きました。私は偽った証明《あかし》を立てましたけれども、それは悔いませんの、なぜって可愛い少女を二人まで小さな罪の名のもとに豊かな前途をあやまらせずにおけましたから――。

しかし、この事を、私のこの心を永く忘れないで、どうぞ（純潔）を、常に変らぬ魂の純潔、行為の純潔を私に誓って守って下さい。これが私に対するあなた方お二人の何にも優る報恩ですの、ね、忘れないで、純潔！　私の大好きなあの白百合の花言葉の（純潔）をおたがいに守りましょう、生涯を通じて私達は！』

つと手をのべて私どもの片手を強くお握りになった、その時、私は唇を噛みしめて誓いました。ああ、純潔の生涯よ!!!と。

葉山先生の御健康が思わしからぬ為に、職を辞して御郷里にお帰りになることになったのは、それから間もない事でございました。告別の式があの思い出多い最初の新任の御挨拶を遊ばした講堂で行なわれました。上級の一生徒の悲しい声音に述べる送別の辞《ことば》が泪の中《うち》に消えたように終ると、先生が愁いの眉をお伏せになって壇へお上りになりました。何を仰しゃったのか悲しみに閉ざされた私の耳にはお声も聞えはしませんでした。しかし先生が終りに、こう仰しゃったのが唯ほのかに聞えました。

『お別れに際しまして、皆様への置土産に歌を一つ歌わせていただきます。この歌は毎日学校からあの宿へ帰って、寂しい時を過す間いつでも、これを歌って居りましたの』

満場水を打ったように静まった上を、美しく歌声はやがてゆるやかに流れ渡りました。

花かそもなれ
　　清きすがた
されどゆくすえ
　　思えばかなし
かしらなでつつ
　　われは祈《ね》ぎぬ
『神、花の姿、永久《とわ》にかえぬ。』

ああ、美しきその歌曲よ、初めはイ長調に現れて、やがて新しき感情の湧きゆくと共に、口短調に移りゆきて、巧みに妙なる幽婉な調べは静かに弱く優しく歌われてゆきました。

あわれ、その歌、その曲こそは、あの黄昏近き頃、先生のお宿のほとりで慕いゆく子の胸の琴糸に共鳴した懐しい歌声のそれでございました。――この歌はローレライの曲で誰も知るヘンリッヒ・ハイネの作詩にリストが作曲した名歌と後で知りました。歌われしその一節、『われは祈ぎぬ、神、花の姿、永久にかえね。』とは、白百合の清き姿を人の子の胸に宿して永久に変らざれと、ひそかに祈りをこめて歌われるのではなかったでしょうか。

その歌の印象は、どのように強く学舎に集うなべての少女の胸にしるされたことでしょう。

葉山先生、――清き愛情を美しき声に唄い出でよと地に下されたその優しい使命はもう果たされたのでございました。先生は御郷里へお帰りになった翌年、地上をお去りになりました。

こうして先生のお姿は見えなくなりました。けれども先生の清い愛の生命を形取った白百合の花が(純潔)と囁いてこの土の上で咲くかぎりは、その花の姿と共に先生の、みこころは私共に永久《とこしえ》に生きるのでございます。

桔梗《ききょう》

母《おや》一人子一人の家で、母が病気のために入院するようになったのでふさ子は伯母の家から学校へ通っていました。

伯母は刺繍の師匠をしておりました。ふさ子はその家の二階の小さい部屋に起臥しました。

それは秋の宵のまだ深まぬ頃でした。窓近い灯のもとで独り学課の復習をしていた、ふさ子の耳にどこからか細い綺麗な女の声音《こえ》がひびきました。よく聞くと下の座敷の方から人の訪れて声をかけるのらしいのでした。階下《した》には誰もいないのか訪れる声はやみません。

ふさ子は階下へ降りて行きました。二階の梯子段をとんとんと降りてゆけばしい、しもたや作りの入口の荒い格子の外には、もう秋の夜がしみじみと濡れた女の黒髪のようにまつわっているものを……。まだそこには灯が入れてない——。

『今晩は。――空巣ねらいが入りますよ』

とやや笑いを含んだ声が店先にしました、仄暗い格子戸の前へすんなりと細い影が見えました。

ふさ子は訪れた人のあるのを知って、第一に灯をつけようとしマッチをとりに茶の間へ入ったが手さぐりではさっぱりわかりません。困って当てもなく見まわすと奥座敷の縁側の軒の青銅作りの古風な釣灯籠《つりどうろう》が一つ――これのみは女主人のたしなみで庭の八つ手の葉陰をうっすらと照らすほどの灯心の灯がまたたいていました。

ふさ子は縁で釣灯籠をおろして来ました。中の灯心をぬいて瓦斯《ガス》の口もとへ持ってゆこうとすると、

『あら、ちょっと、何をなさるの』

と、さっきの声が聞えます。

『あの瓦斯《ガス》に火をつけようとして――』

と、ふさ子は少しどきまきして申しました。

『あら、それでいいじゃあ、ありませんか、ねえ。その方が私結構、瓦斯《ガス》なんて、ありゃあ西洋の縁日に使うカンテラなんでしょう』

こう言うて、ほがらかに笑う声がしました。

ふさ子は黙って灯籠を入口へさし出しました。灯籠の灯のほのかにさすもとに、美

しい人がたたずんでいました。

年ならば——ふさ子と同じぐらいでしょう。何か水色を含んだ素絹《そきぬ》袖匂わせて、朱に染めた麻の葉の模様の帯を吉弥《きちや》に結んでいました。髪はつややかなのをあっさりと梳《くしけず》ってかつら下地に結ってありました。

その面《おもて》を灯にむければ——ぱっちりと暁の星とさゆる双の瞳——珊瑚の珠玉《たま》を含むかと見ゆる朱の唇——。灯籠のおぼろな灯に半ばそむいて影をうつした細やかな姿は、しなやかに優しく、しかも凜々しく引きしまった身のこなしでした。

さびゆく秋の黄昏《たそがれ》——逢魔《おうま》が時、妖精の少女の姿をかりて、おびやかすのではと——ふさ子は胸を冷やしたほどあまりに素艶《そえん》な俤《おもかげ》でした。

『こちらのお師匠さんのお手で、一生身につけて踊るつもりのこの舞衣《まいぎぬ》に刺繡をしていただきたくって——私あのおうかがいしたの』

こう言うて、そのひとはかたえの包みを灯影のもとに開きました。うすい紫をこまやかに織りなした縮緬の重い一巻。

『これへ、ぬいとるのはあの——桔梗の花。その花は私のいのちなんですもの……』

と言い終ると、にっこり笑って立ち上りました。

『伯母が帰ったら申し伝えましょう』

ふさ子は美しい顔を仰いで言いました。

『ええ、どうぞ、私の願いが叶ってあの花がぬいとられたら、柳座《やなぎざ》へ届けて下さいな、わたし鈴枝というの――』

それを名残の言葉にして早くもその影は消えていました。

釣灯籠を入口へ置いたまま、あでやかな縮緬の一巻を抱いて夢追うような眼ざしをしたふさ子の姿を見出して、外から帰った伯母さんは吃驚《びっくり》しました。

委細を語るふさ子の言葉に伯母さんは大きくうなずきました。ふさ子はその時宵にたずねて来た美しい人の身許を知りました。

いまこの街の柳座という劇場に来ている旅から旅を浮草のように踊ってさすらう女役者の群の中に、とりわけて美しい舞姿と噂の高いのは鈴枝という呼び名だったのでございます。

『たとえ、旅芸人の踊子でも――一生身につけたいという舞衣を、こうして頼むその心根に、私も一生の心をこめてぬいとってあげよう』

と伯母さんは申しました。

その夜から伯母さんは心ゆくばかり芸に力をこめて、秋の野に咲くおもかげを銀の針さきに咲かせてゆきました。

七日をへて夕暮近い頃、伯母さんの手にした銀の針は最後の糸の結びを止めました。

ああ、魂こめて針さしぬいた糸の綾、紫濃きと白清きと、桔梗の花は秋野に乱れ咲くごとく、その一巻の舞衣の袖に裳《もすそ》に浮かび出たのでございます。

約したように、その舞衣の主に届ける使いは、ふさ子の役でした。大事な包みを持ってふさ子が門を出る時、伯母さんは言い添えました。

『刺繡の代はいただきません。このぬいとりの桔梗の花は引幕代りに鈴枝さんへお贈りするのですよ。と向こうへお言いなさい』

ふさ子は伯爵夫人を伯母に持つよりも、この刺繡の師匠を伯母に持つことをいかに誇りに思ったことでしょう。

ふさ子が柳座に鈴枝を訪れた時は、もうその一座はこの夕、この街を去ったという――。

ぜひとも頼まれたこの舞衣を手渡さねばと思いつめたふさ子は一行の後を追いました。この水郷の街の交通はみな舟路の便をとるのが、ならわしだったゆえ、ふさ子は街の舟着場へと急ぎました。

折もよし、人と荷をあまた乗せた伝馬船がいま川口を出るところでした。

櫓《ろ》の音が夕靄こむる水の上に寂しく響きました。

『鈴枝さん』とその名を呼べば、艫《とも》に優しいあの姿が浮かびました。

舟へ渡された小板の上から、あの包みを差し出しますと、双手《もろて》にいただくようにそれを受けて颯《さつ》と開くや、ゆらゆらとまつわっては流れる丈なすその布、いみじくもぬいものしたる綾絹は優しい人の胸に肩に一度に咲き出でた桔梗の花よ、紫に白に――。

空には満つるに近い月影、仄かに銀の滴を行く舟の面《おもて》に散らして、繡《ぬ》いの花に宿れる露ともまがうばかり……。

『私、うれしいッ』

蕣《ひし》と胸のあたりに薄紫を重ねて抱いて舞姫は、その花に頰摺《ほほずり》をしたのでした。

ふさ子は伯母さんの言つけを舟中《しゆうちゆう》の人に伝えました。

『御恩は忘れませんよ』

かく呼ぶ声の消ゆるもとより、ひらりと舟の中から川岸に立つふさ子の袖をかすめて投げられた緋房のゆらぐ舞扇――ゆう風に半ば開かれて銀杏《いちよう》の葉が散るがごとくふさ子の掌に落ちました。

打ち見ればその面《おもて》にも月影うけて咲くや銀泥に描く一本の桔梗の花、おく露もあわれ紫にきらめいて……。

白芙蓉《しろふよう》

章子《あきこ》は父の藩主にあたるある子爵家から奨学資金《スカラシップ》のようなものを受けていたし、仲のいい従姉《いとこ》が一人、行儀見習いという風で邸《やしき》へ仕えているので、時折その邸を訪れるのだった。

秋半ば頃の日曜の午後、章子は子爵家の門をくぐった。

古典な物語にあるような、某《それがし》中納言の住居《すまい》と呼ぶにふさわしい黒い古めいた門のほとり、こうした小春日の真昼、飾られた御車《みぐるま》がきしって牛飼いの童が姿もおもしろく、御車の奥に美しい黒髪匂う姫の仄白い花のような俤《おもかげ》が見えるのではあるまいか――と、とりとめもない昔を偲ぶ幻想をくり返して、その門を通った。

世を忘れた長閑《のどか》さを独り都の中に、ここのみは占むるに任かせてあるかのように、いつ来て見ても鶯がどこかで啼きそうな、のびやかな邸の眺めだった。

玉川砂利の長い一線《すじ》を踏んでゆくと、鍵形に曲って表玄関に行く、その角にさしかかると行く手にぼうと白玉《はくぎょく》を霞の中に砕いて青い波の上に浮かばせたように……真白き芙蓉の花がむらがり咲く――その花もて囲むと見ゆる一構《かまえ》の家が、瓦を秋の日に向けて立つ。

章子は歩みを止めて、その花蔭に身を寄せた。春の日のそれの如く柔らか味は少ないけれども、代るに水色の風薫る秋の日の光は、白銀《しろがね》を溶かして流すように、この花の真白き一群の上に、さらさらとそそいで、葩《はなびら》の表は白玉の肌を見せて、裏はやや淡《うす》き陰さす愁いに箔おきし、銀《しろがね》のすりしにまごうて、静かにおおらかに咲く。

さても白き芙蓉のあでに寂しい花の姿のなつかしさよ、あるかなきかの愁心《うれいごころ》をひそめた花の陰もまたなく慕しい。章子はあかずその花の下に佇んで立ち去りがたい思いにとらわれてしまったので……。

(秋)という気配を忍ばせて、眼に見えでそよ吹く細やかな風の中に白い花はさゆらぐ――と見ると、そのゆらぐ花の一つ一つに韻を押すように小鼓の音がさえて聞こえる。白き花もて守る奥の家から、その鼓の音は響き出て、この花の蕊《ずい》の中に浸みて溶けて匂ってゆく。

鼓の音――は耳に、瞳の前には――白芙蓉が群咲く――章子は地につく自分の足を忘れて美しい夢は酔うたように、うっとりとした。

この美しい夢の半《なかば》をふと魔の足音が破りかける。小砂利の上を高らかに遠慮なく葩

の手前も気兼せずに（章子にはこう思われた）

大小の足音が乱れて響く。

（葩を閉じておしまい……）

章子は心でこう叫んで願った。

この美しい夢を破った者を怨んで章子が花の陰から覗き見れば、弱々しい幼い少年がバンドを前でゆるく締めて落した可愛い洋服姿でよちよちと花の垣近く歩いて来る。その後《あと》に付き添って大きい足音に砂利を散らして来るのは何やら小紋のような着物を重ねて、四角な顔に金縁の眼鏡をきらりと反射させて、髪の毛ひとすじ散らさずになめたように結いあげた束髪――髷《まげ》に網がかかっているかも知れない様子――どうしても××女史と名の付きそうな風采に見える婦人が太刀持のお小姓のように小さな空気銃を持っている。

章子は思いがけなくこの花の面《おもて》にこの人影を見ようとは、少し悲しくなってまた花の中にかくれてしまった。

ふと少年は指を花の垣の方へさして呼んだ。

『あっ、あすこ、あすこ』

少し濁った病気らしい声が甘えた口から聞える。

少年の指さす方を眼鏡ごしに、ちらっと見やった婦人は、この時驚嘆の様子を大き

く見せて、

『おや、どこに、まあ、あすこに、ほんとに、まあ、若様のお眼はよくお見つけになりますのねぇ、まあ』

大変に（まあ）という感嘆詞を乱用して仰山に驚いて見せて、その後で双手《もろて》でうやうやしく捧げるように手にしていた空気銃を少年の前に差し出す。少年はきらりと光る銀色の銃口を花をこして中に向ける――章子はその銃口の向けられた花の奥を見やると、垣の中白き芙蓉の花の影さす苔むした庭の上に一羽の鶺鴒《せきれい》！

真珠貝のように染まった美しい羽根を身にまとって苔の上をちょっちょっとあさって余念もない。

こうした外面《そとも》のことは露知らでか鼓の音は響いてゆく。

床しい鼓の主は見えもせで、空しくこの花陰に狼藉者の銃を、眼鏡の女子を、見せられるとは章子は不平でならなかった。

今また見れば、花に酔う章子の夢を破ったばかりか、この花陰に優しく遊ぶ美しい小鳥に恐ろしい銃先《つつさき》をむけるとは、章子は唇を噛みしめて涙さしぐむのだった。

折しも、鼓の音がはたと止んだ――花の垣に向かった縁の障子がさらりと開くと、すらりとぬけ出た人影！

黒髪影さす額に仄かに乱れて、少女にはやや過ぎると思われる濃い眉、黒い真珠の瞳、蒼白い面に、ここのみは朱を点じた唇はきりっと締って、優しい柔らかな憂鬱の思い淡く漂う俤、沈んだ色の紫の袂長く匂うて、細やかな肩より嫋《なよ》やかな胸のあたりを黒さをふくむ海老茶の帯に引きしめて、寂しいばかりの気品を添える。

芙蓉の花の蔕《へた》をそよがれて銀色の銃口がぴたりと庭の上へ小鳥の姿をねらって据えられると――その少女のかたい唇が始めてほころび、凜々しい声がつたわる。

『いけません、私のお庭のお客様をうっては……』

この美しい少女に（お庭のお客様）と呼ばれる綺麗な鶺鴒の幸福さよ。

『あの、もし若様ですよ。若様がせっかくおうちになるのですから、静かに』

命じるように眼鏡の婦人が、こう花ごしに声をかける。

しかし、ああ、しかし、縁に立つ美しい人は（若様）の代名詞の連呼に濃い眉一つ動かさず、さらに語をつづけた、前よりもきびしく強い声音で、

『いいえ、どなたでもいけません。私の家の可愛いお客様をおうちになってはいけません』

ときっぱりと……。

垣の外の婦人は思わぬ答えを聞くものかなという表情で呆れて黙った。

少年の耳には、こうした大人の会話は何の反響もなかった。幼い手にようやく銃先を定めて引金に小さな指をかけた。

その時——ひらりと縁より飛石伝いにかの少女の紫の袂がゆらぐと見るや、白き芙蓉の花のもと、

『お逃げよ、ね』

と優しく囁やいて袂がひらりと小鳥の背にかかるや、ついと苔地を離れた美しい鳥は、翅《つばさ》をあげて少女の胸のあたりを掠《かす》めて一度《ひとたび》細《ほそ》やかな肩にとまって、やがて、花の上を飛んで、かなたの空の中にと消えてゆく。

そのゆくえを見守って、にっこりと少女は優しくほほえんで庭を立ち去ろうとした時、

『お待ち下さい、もしあなた、あんまり乱暴なことをなさるじゃありませんか』

その声が顫えて甲走って、眼鏡の婦人はこう、たまりかねたように垣根の向こうから叫んだ。

『ごめん遊ばせ、だってあの鳥は私可愛くてならないんですもの』

と仇気《あどけ》なく、その人は答えてやはり優しくほほえんだ。

『いくらなんだからとて、あんまりの御仕打です。いったい若様が楽しいお遊びのおさまたげをして、それであなた——こうしてお邸の中に住って、お父様がお邸へ仕えていらっして、それで御当家への礼儀が守れますか、ええ？　あなた方はそれでよろしいとしても、私は若様の御教養をお引受けしている身ですからはなはだ困りますッ』

勢いこんで婦人はかく言い続けた。おだやかに微笑んでいた少女も、かく半ば罵し

る語気を含めた婦人の言葉を聞くと、その濃い眉が動いた。

『あの若様に小さい生物を御同情なさるようにお知らせするのは、そんな悪い事でしょうか？』

あくまで、つつしみ深いしとやかな口調ながら、さすがにその少女の唇はふるえた。

さらぬだに烈しく心乱した婦人は、この少女の凛々しい言葉に答える術なくて、眼鏡を日に向けたのか、まぶしい顔をそむけて、

『若様おいで遊ばせ』

と花の垣根の後に立ち去った。

後ろには、よみがえったように白芙蓉の花がまたひとしお映えて美しい……。

かの子爵家の邸内で、思わず立ちよりし白き芙蓉の花陰で見た美しい場面の背景の出来事は長く章子の胸を去らなかった。

その事あってから間もなく、またもかの邸に従妹の静枝を訪れた時、章子は過ぎし白芙蓉の花陰に垣間見た有様を語った。

『ええ、その事ならお邸中の大評判よ、こちらの家令《かれい》のお嬢さんが若様の家庭教師の江崎さんをやりこめたんですってね——章ちゃんまあ見たの、羨ましい、私も一目見たかったのに』

と静枝はこう心から羨ましそうに言うのだった。

静枝――この人もあでやかに美しいお侍女《こしもと》だった。

下町の大きな老舗の家の末娘に生れて、お祖母様の好みから、こうしてお侍女風に形づくられて、代々お邸の御用をつとめる縁古でこの邸へと（可愛い子には旅をさせよ）とあずけられたものゆえ、昔ならば御殿女中という役で、おとなしやかにつくられた花の姿が、ややもすれば、ほころびて乱れ咲きのお俠《きゃん》な気性をふりこぼす、ことさら子供の時から仲よしの章子に会うた時、幼い日の呼び名の（章ちゃん）を、そのまま仇気なく話したり笑ったり、章子を時々吃驚《びっくり》させる。

『章ちゃん、その時なぜ（万歳）と言ってやらなかったの、私だったら日の丸の旗をふってやるつもりよ、いったいあの江崎さんて家庭教師ほど嫌なつんけんした女学者はまたとないような人なの、ほんとにいい気味だったのねぇ』

と静枝はひとりで喜んでいた。その口調といい意気といい、どうしても子爵家のお侍女ではない、やはり材木問屋升幸《ますこう》の末娘しいちゃんをそのままになってしまう。

この静枝さん――まだ小学校に通う頃、先生が『皆さん、昔の偉い人達の中で誰が一番ですか』と問われた時、幼い生徒は手をあげて口々に、『私は楠正行《まさつら》が好きでございます』を始めに、二宮金次郎や和気《わけ》の清麿、名和《なわ》長年《ながとし》、児島《こじま》高徳《たかのり》、中には紫式部と清少納言などとお姉様から教わったようなことを答えるその中に、静枝この人は

凜々しい声をはりあげて、

『私は花川戸の助六と幡随院の長兵衛が一番大好きです』

と答えると、先生は妙なお顔で、

『そんな名の偉い人は歴史の御本には、ありませんよ』

と言うと、静枝さん不平らしく、

『だって、先生この間の晩、歌舞伎座にいましたよ』

とどこまでも真面目で言い返したという気質ゆえ、『こうした私に夏の夕涼みにも白足袋はいて、（どう遊ばせ）と三指つかせるのは、そりゃあんまりよ』とさすがに、しおれて章子に嘆くのも無理ではなかったので――。

『けれども、あれから、あの家庭教師の方も少しはやさしくなったでしょう』

と章子が問うと、静枝はうなずいて、

『ええ、そりゃあ、もうすっかり閉口して御自分でお邸を退いてしまったの』

『まあ』

と章子は意外に、あの出来事の結果の大きいのに驚いたのであった。

『けれども、章ちゃん、そればかりならいいけれども大変なことができてしまったの』

章子は何事かと胸がどきんとした。

『その代りね、あのお嬢さんのお父様がこのことをお聞きになって、とにもかくにもお邸の方達に失礼なことを言った自分の娘は、どうしても御邸に置けないからと――あの綺麗な小鼓のお嬢さんをお国元のお祖母様の許へおやりになったの、いまでも忘れられない、明日は遠いお国へお立ちになるという、その前の宵《よい》、そりゃあ、月がよくってあの白芙蓉の花の垣に影がゆらいでどこかですだく虫の音が澄んで……私のようなおきゃんでもなんだかわけもなく静かにさびしい気持になってしまうほど。その宵、あの芙蓉のお家でお父様のお謡《うたい》が始まって、それに合してあの小鼓が鳴ったの……、もとより家令さんのお謡とお嬢さんの鼓はお邸中では有名なもので、春の桜月夜、夏の蛍飛《と》ぶ夜、秋の月の宵、冬の雪降る真昼、長閑《のどか》に響いて私達をぼんやりさせるのだったけれども、その宵はことさらに謡も鼓も哀れがこもって、遠く離れて聞く者も、義理ゆえに明日は都を去っていらっしゃる美しい鼓の主を思ってほろりとしたの――そしてその翌日は小雨がしとしとと降っていたんでしょう、あの白い芙蓉の花が細い雨の糸に濡れた寂しい朝、あのお嬢さんが、これぱっかりは島流しになっても離れないという美しい蒔絵の胴に緋の紐締めた小鼓を袖にかかえて、生涯再びこの邸の土は踏まぬと誓ってお立ちになったのですって、御門までお長屋の方達が傘さしかけてお見送りしたら、「御機嫌よう」と仰しゃってほろほろと涙が……』

と語るその後を章子が継いで、『白い芙蓉の葩《はな》の露のようにこぼれたのでしょう

――』

と言葉を添えた。そして二人とも、おのずと湧いてくる涙の瞳をまたたくのだった。

――あわれ、あの日、白芙蓉咲く庭の面に立ちて凜々しい言葉を発したその人は、床しい花の構えに朝な夕なを玉の腕《かいな》に掌《たなぞこ》あげて優しき肩に支し小鼓の面に妙なる韻《いん》を響かせた身を、あの小春日のこと可愛い小鳥を乙女心にかばうたばかり、災は身にかかってお邸仕えの父を持つ義理ゆえに、紫匂う袂に小鼓一つを抱いて都を落ちて遠い西の国に、深みゆくこの秋を細りし肩に重たき鼓は、あわれ愁いの音色をたてようものを――。

章子は想いを去りし人の上にかけて、声もなく涙さしぐまれるのだった。

静枝に別れて帰る路《みち》、あの芙蓉の垣をやはり過ぎた。優しい鼓の主はとく去った後を、花のみは寂しい影を浮かして咲いているのだった。

白芙蓉薄日《うすび》のかげに君といて
また会いがたき日と思うかな

――薫《くん》　園《えん》――

ゆえもなく忘れがたかりしこの歌が、今ここに詠まれし花の眼《ま》のあたり咲いてゆらぐを見て堪えがたい愁いが胸に湧いて、章子は秋の薄日のもと花の陰に立ち去りかねて、さまようのだった。

福寿草《ふくじゅそう》

薫が学校から帰って来ると、お座敷には伯母様方が集まっていらっしゃいました。

薫の姿を一番先に見つけた伯母さんがニコニコして申しました。

『薫さんに近いうちに綺麗なお姉様ができますよ』

『あら！　ほんとう？　どうして？』

二つの問いを続けて、いっしょに薫は出しました。けれども伯母さんは落ちついて笑いながら、二つの？　に一々答えをつけて下さいました。

『ええ、ほんとうですとも、薫さんがおとなしくって可愛いからお美しいお姉様がいらっして下さるのですよ』

薫はこれを聞いて、どんなに嬉しかったでしょう。去年のクリスマスにサンタクロースのお爺さんが、夜中にそっと大きな西洋人形を薫の枕もとへ置いて行ったのを朝みつけたよりも、もっともっと嬉しかったに相違ありません。

薫は尋常科の二年生でした、つい去年の春、世界中で一番大好きだったお母様が亡ってから、寂しい悲しい日を送っていました。

薫のお家は、たくさんの召使いにくらべて家内の人数は少しでした。年とったお祖父様と、それからお父様と、たった一人のお兄様と幼い薫の四人暮しでございました。お兄様と薫は大変年齢《とし》が異《ちが》っておりましたから、もとより遊び友達になるはずはありませんもの、それはそれは薫の子供の日は寂しいものでした。

お祖父様もお父様もお兄様もみな男の方でいらっしゃるのですから、いくら『薫々』と可愛がって下さってもなんだか物足りないのでした、どうしても薫はやさしい女の方が自分の家にほしくてなりませんでした。

亡いお母様の俤《おもかげ》はいくら求めても求められないことを幼い胸ながら知っておりましたので、この上はせめてもに、お母様に代るやさしい姿を自分の家の中に見たいとしきりに願っておりましたこととて、今日の伯母さまの御言葉は、どんなに嬉しいことでしたろう。

薫はお家へ今度いらっしゃるお姉様って、どんな方かしらと、それから、いつまでもまだ見ぬお姉様の俤を心の中でいろいろと想像いたしました。それはお伽噺にあるような悧口でお美しい真珠の首輪をかけたお姫様のような方かも知れない――そんなに綺麗なお姉様をもし意地悪の魔法使のお婆さんがみつけて大理石の像にしてしまったら、どうしよう……、こんなよけいな心配も起こりました。

お姉様のいらっしゃる日が近づくと、薫の家ではたいへん人が出入りして忙《せわ》しくなりました。お庭が大きく広げられたり大きな自動車が求められたり、裏の土蔵が塗りかえられたり、なんとなくお正月の前から、もう春が来たように家中が明るくなりました。

ある日、ほんとうにお姉様がおいでになりました、薫が想像したように、お優しいお美しい方でした。

このお姉様がいらしってからお家の中には華やかに柔らかな空気が流れました。お姉様は愛と光の女神のように思われました。

お姉様は薫にとって無くてはならない方になりました。

お姉様がいらしって間もなく新しい年の春を迎えました。

元日の朝、薫とお姉様はお家の同じ御紋を染めた美しい振袖を身につけました。薫のは明るい紫地でお姉様のは気品ある黒地でしたが、その晴れの裳《もすそ》の胸に袖におかれた模様は双方同じ金糸の縫いもまばゆい黄金《こがね》の葩《はなびら》でございます、その花は福寿草――おごそかに、ふくよかな黄金の花でございます。

この花は薫の家では代々好んで立派な花を作って伝えるえにし深い花でした。薫のお家の福寿草は高雅で珍しい変種の名花を咲かせるので名高うございました。

そうした『家の花』とでもいう福寿草ゆえ、この初春の第一日にまず薫とお姉様の晴れの衣裳に匂うたのでございます。ゆたかな春の日を浴びて福寿草の鉢が黄金の花を盛って、広い邸宅の間ごとに飾られて、新春の長閑《のどか》さをひとしおますのでした。

薫もお姉様もこの花が大好きになりました。自分の家に特に好まれて昔から春ごとに名花を競って咲かせる花かと思うと懐しみも含まれるのでしたゆえ。

その春の一夜《ひとや》、歌かるたの遊びが催されました。その宵集い来る人達が、みなこの家に現れた美しい女王のお姉様に御挨拶しました。薫が少しもお傍を離れられないお姉様についてその席へ出ておりますと、誰でもお姉様をお呼びする時、『奥様』と言うのでした。

――私のお姉様をなぜ奥様とお呼びするのだろう――。

薫は不思議でなりません、よく気をつけて聞くと女中達が皆お姉様を奥様とお呼びするのですもの、薫は吃驚《びっくり》してしまいました。

薫は自分についている女中のきよにむかって申しました。

『私の大事なお姉様をなぜ奥様と言うの』

すると、きよは笑ってお返事しました。

『お兄様の奥様でいらっしゃいますから、そうお呼びいたしますので』

けれども薫はなかなかきき入れません、はげしく首をふって、

『いいえ私のお姉様よ、お兄様の奥様ではないのよ』

と真面目な顔で申しました。

またきよが申しました。

『はい、お嬢様のお姉様におあたりになりますから、お兄様の奥様でいらっしゃいますので――』

薫は聞いて吃驚いたしました。なぜ？　なぜ？　奥様だからお姉様――お姉様だから奥様――何がなんだかわからなくなりました。

奥様かお姉様かいったいどちらがほんとうでしょう、薫は心配になりました。もしお姉様がうそで奥様がほんとうだったら、まあどうしたらいいだろうと薫は泣き出しそうに悲しくなりました。

そしてせっかくの楽しい歌留多《かるた》も、たった一枚とれる『乙女の姿しばしとどめん』の札を膝の下にかくして置くことも何もかも打ち忘れて、その大きな不安と悲しみのために薫はお座敷をぬけ出て自分のお部屋へ来てお机の前にしょんぼりと座って泪ぐんでおりました。

綺麗なお声でお姉様の札をお読みになるのが伝わってまいりました、それが耳に入ると薫はなおさら悲しくなりました。

時々波のうつように大きく響く奥からの笑い声も、意地悪の人達が大事なお姉様を勝手に『奥様』にしてしまったような気がして、うらめしく思われました。すると廊下の方に衣摺《きぬずれ》の気配がして襖が開きました。

『薫さん、まあお一人で、どんなに私さがしたでしょう』

とこう言って入っていらっしたのは、薫にとっては『お姉様』でないと思われたお姉様でした、お蜜柑やお菓子の包みをお持ちになって、あの集いの中からぬけていらっしたのでしょう、灯のもとに美しい姿を浮かして薫の傍近く優しくほほえんで……。

薫はその時ほろほろと涙が頬に流れました。

『まあ、どうなさって』

吃驚《びっくり》したお姉様が薫の背に手をおかけになった時、薫は悲しげに泣きじゃくって申しました。

『あの、あのお姉様は（奥様）で……私のお姉様じゃないのですって……』

これをお聞きになったお姉様は、ぱっちりとしたお瞳をちょっとまばたいて、うつむいた襟足のあたりが薄紅くなって——

『まあ、可愛い方！』

堪えられなく、いとしいようにこう言って背にかけた手を、そのまま胸へ薫さんを抱きあげてリボンのゆらぐ髪のあたり顔を伏せて、薫の房々とした額髪の上に柔らかい接吻《くちづけ》の跡を残して……やさしく囁きました。

『まあ私がこんなに可愛い薫さんのお姉様にならないでどうしましょう』

優しい美しいお姉様を得た後の薫の乙女の春は、ほんとに祝福された楽しい思いに描かれてゆきました。お母様を失なった子の嘆きの泪も、この幸いな日の中には薄れてゆくことができました。薫のために、その家庭のために誰でもがこの喜ばしい事実を祝って、いっしょに嬉しがりました。『幸いな薫さん！』こう叫んで、その可愛い黒髪を撫でることがふさわしいことでした。

けれども、——（けれども）というこの言葉よ！　お前は時として前の意味を覆えすことがあるものを……。

薫のためにも、その幸福の後に、やはり（けれども）という恐ろしい打ち消しの言葉を悲しいことに付けねばなりませんでした。うららかな春の光に恵まれた薫の家庭には、まもなく思いがけぬ事が起きました。それは薫のお父さんの持っていらっしゃる、財産のほとんど全部が一度に失なわれてしまった事でした。この事柄は薫の身の上には大変な変化を与えました。

昨日まで富める家の子は、今日は貧しい家の子となってしまいました。

広い大きな邸宅も樹木暗きばかり茂って、主人の趣味でかたどられた床しい庭園も、白壁の土蔵も、家の中を飾った様々の貴い家具装飾品も、みな人の手に渡されました。

僅な日数《ひかず》の間に、これまでの変異が行なわれました。

薫は、小さな、ささやかな家を自分達の住家として持ちました。使わるる者は去りました。一人二人の僕婢《ぼくひ》だけ残されて、あとはお父様とお姉様と薫だけ！　なんという寂しい暮しに変ったことでしょう、けれども、その小さな寂しい財宝を失なった家庭にも、やはり優しい美しいお姉様は天使のように輝いて慰めと安らかさを贈りました。『お家は貧乏になったのですって、お父様がちょっとした間違いから。でもまた元のようにするって仰しゃって働いて下さいますし、それにお姉様がいらっしって下さるのですもの、私少しもお金やお宝なぞ欲しくない――』

これは薫がその悲しい変り事のあった間に、誰にも言った言葉でした。

お姉様、お姉様、ほんとに薫には無くてはならない大事なものでございます。

――けれども！

おお、もう一度悲しい（けれども）という言葉を使わねばなりません。

あの優しい美しいお姉様を薫の許から永遠に離す魔の黒い手が強い力で襲いました。無財産の家となった薫の家に、若い美しい娘を嫁がせておいて、貧しい日を送らせる事が、お姉様のお父様やお母様には辛いたえがたいことでした。また薫のお父様方も、優しいおとなしい若いひとを、貧しくなった自分達の家で佗しく暮らさせるのは気の毒でならなかったのでした。

その二つの心持ちが合って、お姉様は薫の家を去って、御実家へお帰りになるように外の人達からさせられました。

貧しくとも、辛くとも、苦しくともこの家の愛と光の女神となって働きたいと、血のように熱い望みを持っていらっしたお姉様の若い姿は、再び返ることなしに、他の人達の手に依って薫の家から取り去られました。

財宝を失なった悲しみは薫にとっては淡いものでした。しかし次に起きたお姉様を失なった事は永久に癒しがたい深い深い悲しみでございました。

その悲しみの中に月と日は年を作って流れて去りました。

薫が十三の春は、とにかく母はなくとも姉はなくとも、お父様の愛の力で綺麗な少女の世の一人に育まれていました。その時はお兄様はかたむいた家運を再び立てるために海をへだてた亜米利加《アメリカ》の国土へ渡っていらっしたのです。

薫が住む前から少し離れたある街に建てられてある私立の小さな女学校に入学いたしました。母のない家庭におくより、むしろ寄宿舎にと、お父様のお心づくしから、その学校の寄宿舎に起臥しました。

最初の一年も夢のように過ぎて近よる春には二年級に進むという二月の頃、その学校の記念式に慈善市《バザー》が開かれることになりました。生徒の手製の品やその他何でも売れるものならならべたてられました。

薫も何か出品したいと思いました。一日の休暇に父のみ一人います我家へ薫は訪れました、その時お父さんは寂しい顔で仰しゃいました。

『薫、お父さんも兄さんのいるあちらへ行って、お前を幸福にしてあげるために働くつもりだから、もう近い中に別れて国を立つだろう。家はもう片づけて行くからお前はまたお家ができる日まで寄宿舎で勉強していておくれ』

薫は黙ってうなずきました。次から次へ起こった様々の苦しみが、こんなに素直なつつましい心に薫をさせたのでした。

『なんといっても、お前に残してあげる財産はないが、ちょうどあの先祖から好んで伝わる福寿草が貧しくなったこの家にもなお幾鉢か名花が残されてあったよ、今は咲き頃だ、丹精して今年も忘れずに咲かせたから、あの花の鉢をお前に渡すから、来年からお父様に代って寄宿舎の花壇の隅にでも咲かせてやっておくれでないか』

と、これのみは忘られずに咲かせられた貧しい家の黄金色《おうごんしょく》の花の鉢、二つばかりしかと薫の胸に抱かれて！　幾日の後、お父様はその言葉のごとく海の向こうの国へと船の旅につきました。今はただ一つの家さえ失なった薫は、心寂しく父に残された花の鉢を抱いて寄宿舎へ帰りました。すると中では慈善市《バザー》のため、毎日忙しく生徒も先生も立ち騒いでいました。薫は持って来た一鉢の花は我が部屋の机の上に、残る一鉢は学校の慈善市《バザー》へ出そうと思い立ちました。袋物や造花や細工物や編物類の売品の中に、これのみ一つ異なる福寿草の一鉢が美しい葩《はなびら》をそよがせて会場の売場の卓子《いす》に置かれました。

『価《ね》はいくら？』

と係の人に聞かれた時、薫はちょっと考えました。もとより花に価をつける事は不可能なことでしたけれども、代々我が家《いえ》に伝わる名花の一鉢、旅立った父の丹精の品と思うと、薫はこの上なく貴く思われました。

『あの……百円でございます』

薫がこう真面目に言った時、先生方も生徒達も笑いくずれました。

『縁日の植木屋さんのように掛価なんかしては、おかしいわ』

と言って笑いました。薫は首を振りました。唇をかみしめて――ああ、我が家に伝わる名花、父の手に依って咲きしこの花、生きた黄金の葩はなんで冷たい金貨に代えられようぞ！　と薫の胸には花の誇りがありました。

『まあ、そう仰しゃるならせっかく出品なさったのだから売れないにしても出しましょう』

と先生が笑いながら百円と代価の紙札をつけてならべました。その鉢についた価をしるした紙片を見るたびに生徒達は笑いころげました。

『もし、これが売れたら大変ね、薫さんの御出品ので私達の出品の全部の売上げより多い収入が得られるかも知れないもの』

と大評判になりました。

いよいよ慈善市《バザー》の日になりました。会場の売品《ばいひん》陳列棚に、黄金を展べたような花弁、琥珀《こはく》をみがいたような苞《つと》、緑昌《りよくしよう》を削ったかのごとき嫩葉《ふたば》、富麗《ふれい》の色あざやかに仄匂うその花の一鉢は飾られました。

開場の最初にこの売店に導かれたのは、当日特に招待された知事夫人の一行——いずれも愛国婦人会の会長とでも言うふうに取り澄した姿で売店の前を通られました——卓子《テーブル》の上に大小とりどりにならべられた売品を、こともなげに見渡して、

『あのなんですのね、私達でみな買い上げてしまったら御面倒が無くていいでしょうね……』

と、一人の夫人が連れをかえり見て笑いました。

『ええ、そりゃあ、たかの知れたものですもの——ねえ、——』

とまた一人の夫人が言って、どっと皆笑い出す。その時、前に進んだ一人の眼を、ちらと黄金の葩が射る——

『あら、綺麗な珍しい福寿草ですねえ。家の床の間に置きましょうか』

『まあ、いい花、やはり売るんでしょう』

と、鉢のもとの小さい札《ふだ》を読む——

『まあ、まあッ――』

『あら、まあ！』

『えっ！　まあッ！　ええッ』

呉服屋の飾り窓にならぶ帯のその価《あたい》には、けっして驚かない夫人達は、土から生えて咲く自然の花の価に驚かされました。

『戯談《じょうだん》でしょう、生徒さん方の悪戯でしょうね、ほんとにこれはいただきたいのですから相当の価を言って頂戴な』

花の鉢を床の間に飾ろうと望んだ夫人は、かたわらの生徒にこう言いました。

けれども生徒達は顔を見合せて答えません、なにゆえならば花の主の薫の心をはかりかねたからでございます。その中の一人が走り出でて薫を呼びました。売店に薫が姿を現した時、あの夫人達は福寿草の鉢の前に群がっていました。

『ね、ほんとうにほしいのですから、ゆずって頂戴な』

鉢の前で一人の夫人が申しました。薫は答えました。

『はい、宜しゅうございます、今日の慈善市《バザー》のお役に立つために出したのですからお求め遊ばして下さい』

夫人は『そう』とうなずいて、『それなら、ほんとのところいくらぐらいのおねだん？』とたずねました。

『あの代価は紙に記してあります』

薫は真面目に答えました。

『あら、いやな、まあ』

呆れはてたという風に夫人連は声を揃えました。

生徒達や先生方は困った顔をして薫の顔に眼くばせいたしました。

『いい御身分の奥様方ですもの、ただ差し上げたらどう薫さん』

と親しい友は見かねて薫の耳にいい忠告と思って囁きましたが、やはり薫は黙っていました。父から残されたその花の誇りを心ない人にどうして任されようときっと唇をかみしめて立ちました。

もう、その時は会場には、たくさんの人が流れるように歩いておりました。今、福寿草の鉢の前に一団の夫人が群がっているのを人々は好奇の眼《まなこ》で見守っていました。

おりしもその場所へ通りかかった、あでやかな美しい人の眼が、その問題の中心にされた鉢に向けられた時歩みを止めて佇みました。

上品なよそおいは目立たぬほどに床しく調えられて美しい面には、ややかすけき愁いの陰が浮いて、ひとしおのつつましさを示すその姿は、人の群をかきわけて進みました。

『どうぞ、この花をいただかせて下さいまし』

かく美しい人は願うとみるや、左手に軽くさげられた手提袋の中から重き袱紗の包みは開かれて、優しい指先につとはさまれし金貨は卓子《テーブル》の上に事もなげに置かれました。

『あらッ』

とまわりのその町の貴夫人達は悲鳴をあげて驚嘆いたしました。

その周囲の群衆の驚きの視線を一身に集めた美しい人は今その花の匂う小鉢を抱くがごとく胸近くよせて、花に囁きなげかけし優しき言葉！

『なつかしい――どうして忘られましょう、この花――この花』

黄金の葩の表に、そのときぱらりと露が散ってこぼれて――優しいひとの袖に……。

先きほどから息をひそめて、このありさまを見つめていた薫は颯《さつ》と面の色を変えて、おののく声をあげました。

『お姉様！』

かく呼ぶとひとしく、かたえの友の肩にすがったままはたと床の上に倒れました。

三色菫《さんしょくすみれ》

不思議な洋傘《こうもり》——

ちょっと考えると、何かお伽話の中に出てきそうな題だけれども、けっして、そんな魔法めいた洋傘ではない。何もその洋傘に三度呪文を唱えると、たちどころに望みの品が出てならぶという奇蹟の魔力をしめす品でもない。けれども、不思議はやはり不思議で通っている竹中先生とそして不思議な洋傘⁉。

竹中先生とは、H女学校の理科の先生——動物と植物の——の不思議な洋傘とは、その竹中先生の所有品である。

竹中先生は、その有名なる不思議な洋傘と共にまた全校の評判の先生である。

言い代えると、竹中先生とその洋傘は共に相合《あいがっ》して不思議な問題である。

竹中先生＋洋傘＝不思議

こんな算術なら誰にでも答えられるほど、校内の事実であった。

そんなに有名な竹中先生とは、いったいどんな方だろう。

試みに、朝と夕方、時間を見計らって、その学校の門前に立つならば、指示されることなく、すぐに竹中先生を認めることができるに相違ない。

なぜならば竹中先生は、それほど風変りの様子をした方だから。

毎朝、H女学校の門前に、竹中先生は姿を現わす、服装は夏冬の区別が、二度あるだけ、ほとんど他は同じである。

このお話をするのは、三月頃の出来事であるから、まだ冬の仕度――もちろん先生は春と秋などにまで、軽い洋服を召すなどという手数は一切お用いにはならない――。

お頭《つむり》に乗るお帽子は、いたって奇形で、十八世紀の頃、欧州のどこかの貧しい画家達が用いたものを掘り出して来たような、幾星霜《いくせいそう》を風雨にさらされて古色と時代のついたものである。もしこれが、桃山時代の茶壺とでもいう品なら、日本橋倶楽部で入札の会があって某実業家が数万金を惜しまずに買いうけたであろうものを、古帽子では、いくら古くても骨董品には加えられない。けれども竹中先生は、一向そんなことにはおかまいはない、後生大事とお頭に乗せていらっしゃる。

その帽子の色も、もとは純黒《まっくろ》に光っていたのかも知れないが、現在ではどういう光線に照らして見ても、セピヤ色のうすれた色である。そして鍔《つば》の広いこと海水浴の麦藁帽のようである。その鍔の下に寂しい沈んだ痩せこけた、お鬚《ひげ》だらけのお顔がうつむいてかくされている。

襟もとには、ネクタイ、これがやはりセピヤ色、ただしもとは黒色であったろう。洋服は、全部外套まで三つ揃いのセピヤ色！　しかしどれも元は真黒であったろう。セピヤ色、セピヤの色は烏賊《いか》から採るのだから、先生のお教えになる動物学に縁故の深いわけであるから、不思議でもなかろう。けれども、ここにその先生の風采をして、さらに奇を添える一つの物がある、それが、その不思議な洋傘である。

不思議な洋傘、それもまたセピヤ色！　たしかに古い時代の遺物であるこの古洋傘を竹中先生は、雨が降っても日が照っても風が吹いても、三百六十余日、けっして身のまわりを離されたことは、一度もない。必ず右の小脇に、斜めにかかえて、少し前こごみに、古いセピヤ色に準ずる古い兵隊さんの使ったような靴で、ぽかぽかと道を歩いていらっしゃる。

『あの洋傘は、よっぽどお大切な品なのでしょうね』

と生徒達は呆れて感じ入った。

『御先祖伝来のお家の宝でしょうか？』

と、また考える生徒もいた。

そんな生徒達の噂など、どうでもいい、竹中先生は、古洋傘を小脇に抱えて学校へ来て、理科の教室で、動植を真面目な少しも笑ったことのない寂しい顔をして教えて、また夕方には洋傘を抱えてお帰りになってしまう。

（洋傘のお爺さん）

と誰やら竹中先生へまたの名を差し上げた。その洋傘のお爺さんも、よくうかがえば、学識の高いことにおいて、驚かねばならないほどである。あのような奇人でさえなくば、もう昔に、理学博士になっていらっしゃるはずという話、お家庭もなく独り住居のお宿の書斎には、独逸《ドイツ》語の動植物の御本が昼なお暗い山のように積みこまれて、学校さえ離れればあとの時間は、この書斎に黙して語らぬ一日一夜、ただ研究に身も世も忘れて送られるということ――。この一つの事実は、先生を立派な学者として見せて、けっして常の風采のいかんを誰にも卑しませはしなかった。

（洋傘のお爺さん）は、ただこうして学者肌の世を忘れた奇人の先生としてのみ、有名であったろうか、ここにまた一つ不思議な事柄が発見された。

しかし、今度の不思議は、けっしてセピヤ色ではない、その反対に紅白あざやかに眼もさめるような美しい色彩――。

この麗《あ》でやかな彩りの所有主を池村幸枝《ゆきえ》さんという、その学校の二年の級、上品で美しい姿のひと、無口でもの静かな性《たち》なれど、美しい姿と優しい品位とに、いつとはなく人の眼をひきつけてゆく。

おだやかな顔立ちに、御家の方の趣味と見えて、少しその人柄には強すぎるほどの濃い極彩色のいでたち、友禅模様の華やかな袂を重ねさせて、お垂髪《さげ》には真紅のリボン、常に絶えない。

無言の女王は――池村さんである。

そのよそおいの、あでなるほど、その人はもの静なもの言わぬ花のようである。

その池村さんが、なぜかただ一つの不思議な現象を持つと、級の友は気がついた。

それは何事？

外でもない、竹中先生のことである。あのセピヤ色の不思議な洋傘のお爺さんの事、竹中先生の姿を、池村さんが見た刹那《せつな》、いつでもその西洋磁器のように青白く澄んだ瞳の中に、言い知れぬもの懐しい思いを浮かべる。誰いうとなく、何時とはなしにこの事は感じられた。

竹中先生の時間は、ややもすれば興味の伴なわない理科の課目とて、生徒のたいていは、ぼんやりとする。まして、向こうの黒板の前にはセピヤ色が仄見えるばかり、なおさら気をゆるめる。その中にひとり、池村さんのみは、竹中先生の元気のないお爺さんめいた声を、一語でも聞きのがすまいと、不動の姿勢で始めから終りまで聞きとる。

竹中先生の御用なら何の用でも飛んで行ってお手伝いする。

去年の秋の運動会の時、先生方の提灯競争があった際、外《ほか》の先生方には、フレーフレーで生徒達が一人の先生に黒山のように群がって、わあわあ言って手伝った中に、あのセピヤ色の竹中先生、よちよち前こごみに一番おくれて走り出したが、誰一人名を呼ぶものもない。運動会の様な浮き立った時には、うすれたセピヤ色のように影のうすい学者肌の先生なぞ、生徒の脳裏に忘れられてしまったのだった。

その竹中先生、ようやく最後にかけつけたが、手に取る提灯も見当らず、うろうろとしていらっしゃる時、つと風に飛ぶ紅《べに》の葩《はなびら》のように、より添うた美しい影、これやこれ池村さん。

その日の全校の生徒のうち特に目立つ、あでやかな可愛い姿を今現して、手にした紅白染の小提灯を、ついと竹中先生のお手に捧げて、

『先生、早く遊ばせ』

と、言う下から甲斐甲斐しくも、マッチをすって、紅《くれない》の襷《たすき》にしぼった双の袂の友禅の匂う振りの蔭にと、灯を消す風をかばうて、みごとに火を点じ終るや、可愛い、ほおずき提灯一つ、セピヤ色の竹中先生のお手にしかとささげて、その肩により添うて海老茶の袴の裾をけって、早くも走り出す——外の先生方には、あまりに応援者が多いだけ、かえって、はかどらず、船頭があまり多ければ船が山へ登るとおり——その

間にただ一人の美しい可愛い応援者の手に助けられて、
走った走った、竹中先生！
『洋傘フレー』
『セピヤ、フレー』
『お爺さん、フレー』
そのことあって、なおさらに池村さんと洋傘のお爺さんとが不思議なものになった。
（竹中先生＋洋傘）×池村さん＝X
この解答は、あまりに難問題！
『まあ、あのセピヤ色の洋傘のお爺さんと、あの美しい池村さんとのコントラスト。まあなんという偉大な不思議さでしょう』
生徒は呆れて迷うのだ。
池村さんは、ほんとに、竹中先生をどの先生よりも、尊敬し、お慕いしているのだった。
美しい音楽の先生、
優しい英語の先生、
涙もろい懐しい国語の先生、

生徒達の憧れの愛らしい瞳の的となる先生は、外《ほか》にもいらっした、けれどもセピヤ色の洋傘の竹中先生をお慕いするほどの者は、たしかに一人もない。

その中に、池村さんの無邪気な可愛い唇は、時として、『私、竹中先生が一番大好き』と、ほろこびて驚かされるのだった。

この不思議さを解くすべもなく春はやがて近づいた。


春の日のうらゝかに当って柔らかに流れわたる理科の教室は、さらぬだにものうくうとうとさせられがちであった。その上に、その教壇に立っていられるのは、この全身セピヤ色の象徴とも見ゆる竹中先生、春にめぐり来れども、やはり先生はセピヤ色の城の中にたてこもっていられた。

上下二枚の黒板の上にいっぱい字をかきつづけて、生徒は退屈して困っても、御自分はさっぱり退屈せずに、一心にお話しをなさるけれども、その調子は学者風のぎごちなく始めからおしまいまで同じ低い声で、ぼそぼそとお講義をなさるので、雛壇のように後《あと》に従がって高くなっている席に順々と綺麗にならんだ生徒達は、いつの間にか課目へ集めるはずの意識を散らして夢心地になる。

長細い窓の外に仄見える青空や、はては校庭の芝生にもゆる陽炎《かげろう》——誰かが落したらしい半巾《ハンカチ》と——ぼんやりと視線の中に入る影を追うて余念もない自然の愛好者の一団もあれば、理科の筆記帳《ノート》にこれはまた奇しくも怪しいものの線、病後のたおやめというのか後《おく》れ毛の顔に乱れた長面《ながおも》の眼と眉の間が大変にあいている美しい人（?）の顔はいくつもいくつも倦《あ》かずに書く鉛筆の先を、何のおまじないかよくなめる未来の蕉園女史の一派もあちこちに、中にはこの閑《ひま》な（?）時間に鉛筆を一週間分けずって時間の経済をしようという実利主義者もいて、こつこつ小刀の音がやかましく忙しい。もちろんこうした人達に竹中先生のお話などその存在を認めるはずがない。その級の中にただ一人、美しい優しい顔を正面に向けて、先生の聞き取りにくい言葉の一句一句を落とさじと耳にして、身動きだにせぬ池村幸枝さん——あたりに人無きが如く澄んだ瞳を黒板にノートに、この級の理科の時間は全く池村さん一人忠実な生徒だったので……。

その頃は動物の科目だった。ちょうど爬虫類の第一目——教科書中の絵図を見ただけでも、思わずぞっとして眼をそむけずにおられないところ——その日は竹中先生の教壇の上に、一つのアルコール漬けの標本の硝子《ガラス》の壺が置かれてあった。

いつものように、くどくどと丁寧に説明されながら、黒板の上下は細かな字でつぶされてゆく——。

『——それから、琉球の（はぶ）印度《インド》の（こぶら）等は劇毒を有しているのです。今この標本をおまわしするから注意して見て下さい。赤く色の付いているところは毒液を注射する毒線です』

こう言いながら、竹中先生は教壇の上の、あの硝子の壺を運んで前列の生徒の机の上に置かれた。

『あらっ、嫌！』

『まあ、恐ろしいものね』

『お！　気味が悪い！』

めいめいの口から、恐怖の声が叫ばれる。

『早く時間内にまわして下さい』

先生の声が、かかると、恐ろしいものを投げ捨てるようについと標本の硝子《ガラス》壺を隣に突きやる――、毒線を見る見ないは、ともかく、早く自分の視線からこの恐ろしいものを立ち去らせたくて、ほとんど競争的についついと隣へ隣へと突きやるのであった。

『おお気味が悪い、早くお隣へ渡して頂戴、私どうしましょう、御飯が戴けなくなるわ』と、ひたすらに身ぶるいして眉をひそめるひとの隣では、いまさらに標本を眺めて驚嘆したらしく、

『まあ、あのクレオパトラが真白い胸を噛ませたのは、やはりこんなのでしょうか？』

『もし、それがほんとだったらクレオパトラはなんという勇婦でしょう？』

美しい女王クレオパトラを勇婦にして、その標本は恐ろしい印象を各自にあたえつつ次から次へとまわされてゆく――。

『可哀想にこの標本はみんなに虐待されて――』と誰かが言うと、

『まあ、貴女は博愛家ね、私はいくら何でも、こんなものに同情はできないの』

『だって仕方がないのよ、エデンの園でイブを誘惑した罪で後の世まで人に嫌われるんですって！』

様々な批評を受けて標本はめぐり行く、そして池村さんのところまで――。

中央の通り路半間《はんげん》ほどを、へだてた隣席の机から向こう端の池村さんの机の上まで、今あの硝子の壺は手渡されようとした時、渡す人が笑いながら、

『池村さんの大好な先生のお持ちになったものよ』と机の上に渡そうとした時、二、三人が笑い合って、其の標本の硝子壺を持ちあげて、池村さんの机の角まで――その時池村さんの顔の色が沈む。そのひとは世の中で一番に忌み嫌う動物は眼のあたりのものだったので――黙って避けるように身をいくらか引いた時、お友達の方では池村さんが机の角で受け取るものと思いこんで、笑いよろけて、壺をどさりと置こうとして冷たい硝子の壺にかけた弱い少女の手指が解けてすべると見るや、硝子の壺は長い机の角の木の頭に打ち落されて斜めに割れ目が、ほとばしる液体の強い匂い！

流るるごとく壺の中のアルコールが机の前を横切って前の池村さんの胸からさっ、とかかる、標本が流れ出る——その前に池村さんの胸と袖と黒髪と——。あわれに優しい人は気を失なって、その痛ましい中にたおれたのだった。

竹中先生が走り寄って抱きあげて、その場から離し去ろうとした時、生徒達は慌ててしまって、火事か地震と間違えたのか、室内の長細い窓ぎわに身を登らせて逃げようとする者も、またなんのつもりか、机の下に小さく身をかくす人も、ノートを筆入れを抱えたまま、あちらにうろうろ、こちらにうろうろ、その中にやや落着いていた生徒が今竹中先生が池村さんを抱いてその席から離そうとなさったのを見て、教室の入口の扉を開けてさしあげるつもりで、扉の把手を取ったが、扉はびくとも動かない。おや、おや、といぶかしくも気をいらだってやるほど開かない、その人は額に玉のような汗を流す……

『それは内へ引くのです、向こうへは開きません』

竹中先生が、息を切らせて注意なさった。その扉が内へ開くのは今更もないこと！この人も落着いているつもりで、こういうありさまであった。

校医が呼ばれたのは程ない頃であった。しばらくたってから池村さんはお家からの迎えの方達と共に車で帰宅された。

学校からその後でお見舞に受持の先生と、竹中先生が池村さんのお宅へいらした。

『ちょっとお聞なさい、今日はよっぽど不思議な変り事の有る日でしょう、理科室でああいう事があったでしょ、それにまたねえ、竹中先生が今お出かけの時今日にかぎってあのお大切な古洋傘をお持ちにならなかったの』

『まあ、ほんとうに！』

『先生もよっぽど慌ててお見舞にいらしたのでしょう』

こうした話題が生徒達に出たほど、竹中先生がその日の洋傘をお持ちにならずに外へ、お出かけになったことは珍しい現象でした。さても、かの噂の種子《たね》となった古洋傘をその日のみ持たれずに池村さんのお家まで行かれた竹中先生は――、池村家の夫妻に会われて今日の出来事によって愛嬢の身に禍いを来たした事を、ひたすらに恐縮されて無器用な挨拶であやまっていらっした。

富める家の主人らしく夫人らしい品位ある夫妻は先生の心労を気の毒に思われた。

『けっして御心配はいりません、過失ですからどなたの責任でもございません、それに幸枝は人並よりも気が弱いのですから今度のような日に会うのでしょう』

と主人が言うと、夫人が続いて、

『ほんとうに気の弱い優しい子でございますから、なおいとしくてなりません。あの子は私共の養女でございまして親しいお家のお子さんを小さい時から貰いましたので、あの子のお父さんは、その家へ養子にいらした方でしたが、大変に学者肌の方でした。

養家が大きな実家でしたから、どうしても気性が家中の方と合いません、とうとうあの幸枝が二つの春、養家をお出になりました。そこで幸枝をこちらへ貰いましたの、異《ちが》ったお父様に、どうせ行く先育てられるならと思って、お母さんも下さったのでしょう、私共は真実の子と思って世話を致しておりますのですが、そうした不幸な子のせいでしょうか気の弱いので困ります』

池村夫人は幸枝さんの生い立ちを説いた。

『まったく気の毒な子です。お母さんがお父さんのかたみとして、幸枝に絹のリボンのしおりをやったのです。なんでも紅いリボンに三色菫の押花がはりつけてあるのです。外国製の品でしょう、それは養家を出られたお父様が残した何かの研究書の中に、はさんであったものだそうです。そのリボンのしおりを幸枝は大切にしておりました。ところが今日も寝ていながらも、あのリボンは理科の教科書にはさんで置いたから、たぶん今日の騒ぎでどうかなりはしないかと心配しておりましたよ』

と主人はまた話された。

この夫妻の親しく語る言葉に耳をかたむけた竹中先生は顔を伏せて一語もなく石のようにかたまったまま身動きもされなかったが、ややあって寂しい口調で語る――。

『ああ、そうでしたか、しかし貴方方のようなお父様お母様を持たれて不自由なく育てられてゆく幸枝さんは幸福だと思います。その養家を出られたお父さんも――きっと別れてきた子の上を思われることでしょう。たとえば、その子が母に抱かれて父を送りに玄関へ来て楓《もみじ》のような手で父のもって出る洋傘の柄を握って遊んだとしたら、そのお父さんは長くその洋傘を離し得ないでしょう。父と名乗って会えぬ身にはせめてもの慰めとなって、その洋傘がその不幸な父の伴侶となるかも知れません――これは何一つの譬《たと》え話に過ぎませんが……』

先生はこう言いのけて苦しい苦しい顔の表情をみずから制してうつむいていらした。

『なるほど、子を思う親心はそうもあるでしょうな』

主人は感じたらしく、こう答えたけれども、夫人は何の言葉も答えなかった。しかしその両眼には身につまされてか泪が含まれて……。外面《そとも》には黄昏時《たそがれ》の、うす暗《やみ》がそこはかとなく忍び入って、まだ灯ともさぬ座敷の中に主客三人は言葉もなくやや暫《しば》し声なき声を己れの胸に聞くごとく黙し細き嘆きの吐息に包まれるのだった。

その夜ふけてから池村家の門をたたいて訪れる人があったのを、いとしい子の枕もとで、みとりしていた夫人が、いちはやく知って、夜ふけて召使い達を起こすのを気の毒に思うて、自身を立って門を開くと、暗《やみ》の中にしょんぼり昼の内に見舞に来られた竹中先生が一人立っていらした。

『これを幸枝さんに差し上げて下さい』

と先生は小さい包みを夫人に手渡すと、逃げるが如く立ち去られた。

呆気に取られた夫人が、家の中に帰ってから主人と共に包みを開くと中には三色菫の押花のついた古い紅いリボンのしおりが一つ入っていた。それは幸枝さんが、前に持っていたものと同形であった。

その明くる日からH女学校の門に、あの古洋傘を持った竹中先生の姿は永久に、もう見ることはできなかった。

藤《ふじ》

黒い塗立てのや、少し雨にさらされて、うすぼけたのや、塗らない新しいのや、半分倒れかかったや、犬のくぐりぬけるほど下が破れたのや、高いのや、低いのや、長いのや、せまいのや——出たり、ひっこんだりして——こうした思い思いさまざまな塀がならんでいる山の手の町通りのありさま——。空が青く澄んで白い雲が思い出したように、あちらにぽかり、こちらにぽかり浮いて動くでもない、その空の下——に押しならぶ塀の上には、うす緑の若葉がちょいちょいのぞいている。

今少し前午砲《どん》が鳴った——、まことに静かで森閑《しんかん》として、おだやかな気分が流れ渡って、優しいお母様が添乳《そえち》を可愛い赤ちゃんにしながら、ついうとうとと眠っておしまいなさるような長閑《のどか》な時——

五つか六つ、どれも来年の春はお袴はいて、お母様にお手を引かれて初めて小学校の門をくぐりそうな年頃のまだ世も知らぬ、いとしい盛りの子供達が、この静かな時を独り占め、とある曲り角の塀外に二、三本の立木を守っていく坪かの空地に、蒔かぬに生ゆる野の草の風情をそのまま自然の幼稚園を供えて、このあたりの子供達の集まるところとなっている。そこへ――集まった、いつもの同じ顔、文《ふみ》ちゃんに秀ちゃんに三郎さんに千代さんに美代子ちゃんにさよちゃん――その他おおぜいと、お芝居の役割のごとく――。

誰が言い出したのか、その日のお遊びは汽車ごっこ。

『僕、機関車』

『僕が機関車になるのだよ』

『私よ、私よ』

機関車志望が多くて、少しもめたけれども、ともかく身体が大きくて、力があって、そしてなんでも、かんでもよく物事を大人のように知っている文ちゃんが機関車と選出された。さて汽車はどうするといえば、これはいたってぞうさもないこと、美代ちゃんが近くの自分のお家へ一散に走って行くと、間もなく納屋の中から一すじの縄を手にして馳せつける。その縄をくるりと輪にして結べば、たちどころお立派なボギー車。

『乗せて頂戴』

『乗せてえ――』

もう乗客が左右から甘えた声をかける。縄の端は両手に握って得意の文ちゃんが、鼻液《おはな》をすすりあげながら、

『切符を買わなくちゃあ、いけないよ』と、空地に立つ樹の枝に小さい手をかけて、木の葉の水々しい青いのを五六枚、掌にのせて、めいめいにくばる。

『私鎌倉へ行くの』

『私、あの日光よ』

『僕はねえ、富士山へ行くの』

『僕ね、台湾』

東海道方面も日光行きも何もかもいっしょに乗せた列車はでき上がる。

『はい、出ますよ、ぴぃッ――』と機関車がものを言うて汽笛を鳴らす。

『はい、ぽっぽっぽっ、しゅっ、しゅっ、しゅっ』と口々に調子を合わせて、縄一すじを車のきしる汽車と思いこんで楽しい旅、見よ、右と左の車窓には、この幼い人達の小さい胸に記憶された曾遊《そゆう》の土地の風景が飛びつつ、行き交うことであろう。

さても、いとしく懐しい子供の国の春よ!!

今やこの仇気《あどけ》ない汽車の旅路の、のどけき夢を破って、非常警笛《きてき》が、外から鳴り響くというと大変なようだけれど――実は飴屋のきゃるめる――静かなゆったりとした初夏《はつなつ》の真昼時を、一種の言い知れぬ優しい寂し味のある単純な飴屋のきゃるめるの音《ね》

はこの汽車を停車させてしまった。

『僕飴かってくるの』と、三郎さんが同じ山の手でもこの子供はお邸《やしき》そだちでないゆえか、身も軽く心も裏がなく思うことはそのまま、早くも汽車から飛び降りてと言いたいが、ほんとは縄をぬけ出て、きゃるめるの音のする方へ――と、迷える羊が善き牧者の角笛を谷間で聞いて走るように――続いて秀ちゃんがまたもや後を追う。

『僕も買ってくるの』

『私もよ』と美代ちゃんまで、ここに至って機関車は立往生、泣き出しそうな文ちゃん鼻声を出して、

『いけないいよ、まだ停車場へつかないのだもの、いけないいや、いけないいや』

飴屋の笛の音が、汽車旅行の小さい旅客を誘惑して汽車を立往生させている時、丁度その空地の前を横切って行きかける人影。

十五ばかりか――少女である。身につけた明るい紺地のスカートに上は白絹、胸は広く豊かに折返して、ピンク色の露に溶けそうな柔らかい色合のネクタイを心憎いまでふわりと結びはなして、首筋のほとりも、仄かな薄紅の葩《はなびら》のように美しい。片手の腕にさげたラケットをふりまわしながら、軽い足取り、靴も真白い半編上げの運動靴、身にも快い初夏の日にそよぐ運動服のいでたち、あわれいずこの若草匂うコートのほとりに球をかたみに打ち交された、その帰路《かえりみち》でもあろうか。ややかろき疲れを覚えて

か、汗ばんだ黄金《こがね》の額髪を、麻《リネン》の半巾《ハンカチ》の純白なのに、ぬぐうべく、帽子はなかったお垂《さ》髪《げ》のそのリボンは黒色の気品を添えて風に吹かれる。

通りすがりの路傍の子供の汽車ごっこが、いまその少女の瞳に映った。

立ち止まって空地の方に視線を投げた面ざしは、純粋の異国の人とまがうべく、しかも眉、瞳、頰、唇のあたりに、うかがわれるのは、Eurasian の風貌である。

『私もいれて頂戴な』

よどみの無い東京弁というのか——身も言葉もすらりと妙に子供の前へ出た。

ラケットは、からりと草地の上に投げ出されて、今は身一つの軽々しさ、縄を飛ぶごとく、くぐってお山の大将——呆気に取られた子供達は、鳩が豆鉄砲を四方から打たれたよりも驚いて、円《つぶ》らな眼をぱちくり。

美しいと一口に大きく言えないけれども、人をひきつける上品な型《タイプ》の顔を少女は明るく微笑ませて、

『ねえ、私もお仲間に入れて遊んで頂戴な、ね。さあ汽車ごっこしましょうよ、私が一番大きいのだから機関車にも火夫にも車掌にもなりましょう、ね、さあ』と、ひとりで縄を手さぐったが、まず先の機関車、勢いのよい文ちゃんが、足がすくんで動けない。

ところへ、飴屋の笛が近づいて、あらわれたのが一人のお爺さん、この近くでの、

おなじみの飴屋から真田紐《さなだひも》で箱をつるして、その古色のついた箱の中に商売ものの、飴が収めてあるので、別にその箱の傍につけてある藁束には、小さい紙の旗が赤い色をにじませてひるがえる。

『飴おくれ』

子供の一人が早くも叫ぶと、

『私お金もらってくるの』と一人が縄を抜け出して走り出そうとする。

『おやおや、飴がほしいの、そんなら私が皆さんにあげましょう』と、これがまた声の下からするりとピンクの襟飾りがゆらめいて、もうお爺さんの前に、にっこりと笑って立つ。

『お爺さん、飴を売って下さいな』

飴屋のお爺さん、きょとんとしてまぶしそうにしょぼしょぼした眼を仰がせた。

『……お嬢様、御戯談《ごじょうだん》はどうも恐れ入りますで、へえへッ……』

いかにも恐れ入ったらしく、飴屋のお爺さん箱をしかと、おさえてかしこまった。

『いいえ、戯談ではないの、ほんとのこと、売って頂戴な、誰にだって飴は売っていいんでしょう、ねえ』

『そりゃあ、もうどなた様でもお客様でございますからなあ、では、そのまったくおいくらほど差し上げますので』

飴屋のお爺さんも、向こうが真面目なので、とうとう小箱の蓋を開けた。その蓋は蝶番《ちょうつがい》で開くので……。

『お爺さん、その箱ぐるみで一式売って頂戴な、できない？』

飴屋は思わずよろめいた。

『へえ――お嬢様老人《としより》をおなぶりになってはいけません』

『いいえ、ほんとよ、売って頂戴な、面白いのね、わたし飴屋になって歩いて見たい』

仇気《あどけ》なくこういう姿の優しく懐しい人柄を眼のあたりにして、子供の群と飴屋が眼をぱちくり。

白い雲がよく晴れた空を浮かんで日は少し西へまわるらしい。通りかかりの人影がちらほら遠く囲んでこのありさまを見つめている。

『お好みなら、こんなやくざものでよろしくばお慰さみに差し上げますが』

飴屋は真田の紐をはずすと、ついと真白く細い手がしなやかに受け取って、白絹匂う胸のあたりに斜めに早くもかけて、足拍子――

『嬉しいな、似合うでしょう、さあお箱の中の飴を切符にして汽車ごっこしましょう、ねえ』

と子供の手を左右から、小さい者達は異国の服装をした少女のこの様子に、ただなんのわけもなく、どっと手をあげて囃《はや》し立てる。——この時、不意と後ろの方で厳しい冷たい声がした。

『聖羅《せいら》様、何を遊ばすのですか』この突然の声で、少女がついと後ろを振り向くと、さすがにたじろいたらしく——、首を下げて肩をすぼめた——が、それも一時。

『聖羅は子供と今遊んでいるの』とにっこりした。

　この厳しい声の主は、飴屋の右方に立って、こちらを睨めているこれも半白《はんぱく》の老人、五つの紋の羽織に仙台平《ひら》の袴に白足袋という儀式めいたいでたち——。老眼鏡の額ごしに、じろりじろりと見つめて眉をひそめて大変に不興の体《てい》である。

『ねえ、そう怒らないで頂戴、だって私面白くて仕方がないんだもの』

　聖羅と老人の呼んだその人はこう拗ねるように言いさして老眼鏡の光の下に、いじらしくすくんでしまった。

『いったい、これはなんとした御様子でございます』

　五つの紋の老人は四角形《がた》に言葉を切る。

『このお子さん方をお乗せして、のどかなお伊勢詣りの汽車旅行をしようと思ったの』

　少女は邪気のない声をのべる。

『伊勢詣りに飴屋風情の乞食の真似をなさるのですかな』

この時この飴屋にもう少し気概があったら、『身共《みども》は乞食ではござらぬ』と膝を正してなじったであろうが、五つの紋の羽織に少しく気を呑まれて、油揚を持って行かれた鳶《とび》の子のように、あっけらかんと突立っている。

『聖羅様、ともかく御帰り下さらねばなりません』

『はい』と少女は素直に答えて、おおよそ力の抜けたという風に、いたってつまらないこなしで歩き出した。

『さよなら、またあそびましょう、この飴はみんなで仲好くわけるのよね』

お姉様らしく優しく言って飴の小箱を胸からはずして、文ちゃんの手に、文ちゃんは浦島太郎が乙姫様から玉手箱をいただいたように敬礼して両手を捧げて、同じように鳶の子で眼をぱちくり。

老人の後から白い羊のように力なく歩いて行く少女の後ろ姿を子供達は周囲《まわり》の者も眺めている時、あの飴屋が走り出した。

『もし、もしちょっとお待ち願います。ええ手前の商売道具をお買い上げになりましたにつきまして、まだそのお鳥目《ちょうもく》を戴いておりませんので、まことにその――貧乏ひまなしで、な、まことに、いやはや』

五つの紋の老人の眼鏡の前に、飴屋はこう言って平伏して願った。

『ああ、そうそう、ごめんなさい、飴屋さんうっかりして忘れてしまったの、今あげましょう、ね、この飴屋さんにお金を払って下さいな』と少女は老人を見返った。

『実にこれは怪しからぬ――しかし払うより外、いたしかたが無いのじゃが、いったいいくら欲しいのかな』

老人は懐中から帛紗《ふくさ》包みの紙入れをもったいなげに出して眉をひそめて鹿爪らしく中を開いて、舌打ちをした。

『この飴屋さんは優しいお爺さんですもの、その紙入れごと、みなあげて頂戴な』

少女は軽く言い放った。老人は聞いて顫えあがった。

『めっ、めっそうな、そ、そんな呆放《あほう》なことが――』と言わせもはてず少女は凜として言った。

『私があげるのよ、お前がやるのではないもの、いいからおやり、お家へ帰ってからお前には返しましょう』

老人は進退きわまったという表情で、切腹でもするような苦しい口元をしてかの紙入れを恨《うら》めしそうに飴屋の手へ――。

初夏の午下《ひるさが》り、山の手の小さな空地で、はからずも子等の遊びの中に入って、飴屋の道具を買い受けて興がった洋装の少女は、かの老人の呼びしごとく聖羅という――星井伯の孫女《まごむすめ》である。伯の世嗣が巴里《パリー》に遊学すること、数年の後、聖羅姫の母君、いと美しく賢明な仏国《ふっこく》の婦人を伴なわれて帰朝された。

星井伯の家風は、代々古典《クラシック》な片苦しい型式を追い、昔を貴び、純日本の御殿の有様であった。

世嗣の若殿、異国より御帰国の後は、同族の某公爵、某侯などに数多くいます品高き姫君を迎えさせられて新築の新邸に、星井家の栄《さかえ》の枝を緑濃く茂らせ給えかしと、心ひそかに一族同門の人々は皆願うところであった。

船は港に入った、世嗣の若殿は異国の服装をして異国の言葉を語る、異国の婦人を伴なわれて故国の土の上に立たれた。

五つの紋の紋付や仙台平の袴で恭々しく出迎えた三太夫の役々の者（聖羅姫を途中の路から連れ去った老人もその一人）は、こはお家の一大事、とばかり眉をひそめて嘆いた。

昔気質《むかしかたぎ》の老伯の怒りは容易なものではなかった。親しい間柄の仲裁もその功はなかった。栄あれと建てられた新邸の木の香匂う日本間ばかりの御殿作りは、若殿にはかえって不自由であった。小さい洋館を借家して暮されて、老伯からは不孝児と避けられて、わびしい月日の中に、聖羅姫の幼い姿が加わって、寂しい家庭の若い父母をどんなに望あらしめて慰さめの力となったろう。

老伯の古武士の意地として我が子も怒りにふれては近づけぬという風とて、若殿

——聖羅姫の父君も悶々の情やるせなさに、夫人と共にまたもや欧州の天地にと漂泊の旅に出でられた。

その際、姫の父君は星井家の世嗣の位置を去りて、聖羅姫のまだいとけなき手に伯爵家の相続の冠は収められた。

『親に罪は有るとも、子には、罪はない』かく言われて老伯は借家の洋館から聖羅姫を引き取られた。遊び友達のお人形抱いたまま馬車に迎えられて、大きい伯爵家の門をくぐった日から、十五のその日まで、父君と母君には遂に離れて遠く——海香《うみはるか》にかの国と——かくして生い立って、飴屋の箱を胸にするまでに。

母君を仏国婦人として生れた聖羅姫は、古風な、あまりに古風な星井家の家風に合うて育つ事が許されなかった。

その上、古風な家系の上から、骨肉の仲がいろいろ雑多に入り交じって邸内は複雑な家族の集合であった。そうした中に当然、起こる細々しい感情の行き違い、勢力の争いなどから、聖羅姫の純な気持や天性は傷を受けて痛まずにはいられない。

貴族の姫君達の学舎に通われたも束の間、間もなく邸内で家庭教師にのみ教えらる身となってから、聖羅姫はひたすら外出を好んで、自由の心にいわゆる平民の子達との遊びを何よりも憧れるようになられた。その小さいと大きいとを問わず邸《やしき》を出て遊ぶのが姫の寂しい物足らぬ金殿玉楼の悲しき生活にとって一つの慰めであった。

さればこそ、あの飴屋の事件を起こされてしまった。折悪しく三太夫の目にとまって、そのまま邸へ連れ帰られた聖羅姫は、老伯を始め、伯夫人（もっとも聖羅姫の母君を嫌われる）のお叱りをひどく受けねばならなかった。

また三太夫の面々はいずれも御同様に禿げた額を集めて評議した。

その結果、あのように突飛な行動を平然として行なう姫を、このまま邸内に置いては第一名門たる星井家の家名を辱しめる恐れがあるから、姫を当分田舎の別邸に暮させるのが、善い方針であると一決された。田舎の静かな土地に行かるればおのずと気も静まり精神の修養とやらにもなるだろうと、三太夫らしいことを言って、さて元家老のなんとか申す家令殿の計らいで、ある日姫はお付きの者二、三をつけられて遠い田舎の古い別荘というも、名ばかりの伯爵家所有の山地の建物の中に送りこまれた。

聖羅姫がその地に来られてから、常日頃から姫の身の上に優しい同情を持たれる伯爵家にゆかりのある高官の若夫人が、一頭の白馬を贈られた。白馬の背に可愛き異国風の姿を乗せて、田野を駈けめぐって、せめてもの慰さめとせよとの情けある心づくしであったので……。

テニスも巧み、ボートも漕げるという運動に妙技をもつ姫にとって最も適当したこの生きた贈物は、まあ、どんなに姫を狂喜せしめたろう。もとより別荘に馬丁などの用意はない。姫自身から馬丁になって、俄《にわ》か作りの馬小屋で親しいお友達のように白馬をとり扱った。幼い時から、まだ父君と共にありし日頃、軽井沢の高原を父上の腕に抱かれて馬上の愉快さを味わってから、いつとはなしに乗馬も巧みとなって、贈り主の高官の邸へ訪れるたびごとに活発な若夫人にすすめられてその家の駿馬にまたがって、あざやかな手綱のさばきに人目を驚かしたのであった。

今、人の情けに贈られし白毛の駒に鞭打って、都離れし平野のほとりを心ゆくままに、さまよう時、姫は胸の愁いを野の風に散らすをえたので……。

『また、白馬の姫様が今日もござらっした』と野に鍬《くわ》取る農夫達の噂にのぼって、姫は日ごとに野に山に白馬を走らす。

その白馬の走る山野のさても美しさよ、時は五月、鎮守の森の梢の若葉さらに深く、夜が三日の月影にほととぎすが玉にしたいような声を落として過ぎる。朝は緑の風にそよそよと、一面の麦畑と麻畑、田に流れるささやかな川の水のほとり、野の草が茂って小魚《こうお》の影が澄んだ小石の上をついとゆく、柳の枝がしなだれて水車の小屋の陰に太公望の釣竿にまごうて不断に水の面《おも》に届いてゆらぐ、この若葉青葉匂う村の風景を白馬にまたがりゆくや馬上のひと、まだうら若き乙女子、さながら緑の絹を縫いゆく白い糸のように、白馬は日ごとにさまようた、この愛すべき若葉の里の野路《のじ》を！

その日も白馬は村の山路をゆるやかに蹄《ひづめ》の音立てて、さまようていた。その山路の木々の幹にからんだ谷間に垂れる山藤の紫の花があざやかに咲き乱れている。姫が馬上に日を浴びて、うつつ心に行くおり、その山の木の陰から、「助けて下さい、助けて下さい」と救いを呼ぶ顫《ふる》える声がした、姫が馬から振り返って見透した時、木陰から躍り出た子供——と言っても異形《いぎよう》の風体、身には淡紅色のシャツを付けて可愛い飾りをした女の児、ふさふさとしたおかっぱの下に円《まる》い林檎のような顔、ぱっちりした眼には涙がいっぱい溢れそうに、姫は一目見るや、いとしくなって、馬上からひらりと降りて抱き上げた。

『どうしたの？　ええ』と優しく尋ねると、たまりかねてか眼をこすって女の児は泣き出した。すかしつ、なだめつ、姫が聞きだすと、ようやく女の児は子供の口に、まとまりなく語り出した。

それによると、女の児はその服装の示すごとく、曲馬師に使われる小娘だった。里からほど近い街で今興行をしていたが、先日のこの児と同じ役の児が高い竿の上で軽業の芸をしている中、あやまって落ちて悲しい身になったのを見て、幼い心にも恐怖と不安が起き上って、前後の考えもなく、曲馬の小屋を逃れ出して行く手もわからずこの村路《むらみち》へさしかかって、この山の木陰に身をひそめていたとき、馬上の姫を見て人懐つこく呼びとめて救いを乞うたのであった、『怖い小父さんが追って来るの』と女の児はふるえる。

『もう大丈夫よ、聖羅が助けてあげるんだもの』と凜々しく言うて抱き上げたまま、ひらりと馬上に乗るや白馬は勇ましく嘶く。

『私《わた》し手綱がとれるの』と女の児は可愛く言って、楓《もみじ》のような手に巧みに手綱をあやつる。姫は手綱は女の児に任せて傍の大木にからんで咲く山藤の匂う紫ほのゆらぐ花房に手をかけて手折るや、尺余にあまる花の鞭《むち》、颯《さつ》と振るや白馬の背に——。

翼を持つ天馬の地をゆくごとく、可憐の子は手綱を幼き手に、美しき姫は藤の花房を鞭に代えて、風を切る白馬の蹄に紫の雲の湧くがごとく。——

あわれ、馬上の人よ、奇しき運命の子二人を乗せて駿馬よ、どこまで？　海の果てまで、地の果てまで……。

紫の花の鞭は、かく唄うて初夏の陽のもとにうち匂いぬという……。

紫陽花《あじさい》

時節柄の細かい雨が、少しの合い間を見せて晴れた空から、仄かな日影が漏れると、今まで半開きに、さしかけていた蛇の目――先生のおふるを戴いただけに、なかなか華奢な作りで、古いというほどでなく、ただ小さな穴が一つ、ぽつんとあいているだけ――その傘が少し荷になってしまう。ステッキにもつけず、といって鉄砲のように肩にかけるわけにもゆかない。

隆子《りゆうこ》が、こうして蛇の目の傘一本を、重荷にして路を辿るのも、考えればもっとも、今朝のおおよそ八時頃に先生のお宅を出てから今少し前に午砲《どん》を疲れた身にひびかせた間、さまようた、さまようた、東に西に右に左に。合算すれば一里もあろうかと思うほど――

隆子が尋ねるのは従姉の家であった。

従姉は二つ異《ちが》いの十七、お俊《とし》ちゃんと呼びつけている美しいひとである。

生い立ちは木綿問屋（升重《ますじゅう》）の一人娘、後《のち》に歌妓《うたひめ》となって一年、今は病のゆえに身を退いて、母と住むのがこのほとり、便りに書かれたのをあてに、隆子は朝から探しあぐねて、傘が荷になるまで……。

始め、柳のひともとの傍に立つ、大学目薬の商標にそっくりの、おまわりさんに伺ったら、頤髭《あごひげ》をしごいて、

『うむ、まずあの辺じゃろの』と教えられた。そのあの辺に行って見たが、それらしい家が見当らない。

二度目に、ある四つ角の、『かたやき』と看板をかけた店へ立って丁寧におじぎをして恐る恐る、『あのこの辺に升川と申します家はございませんか』と、聞くと、硝子《ガラス》の板張りの箱の中に、お煎餅を少し見せて、奥で高砂の老翁《じょう》と老婆《うば》が差し向かったように、お爺さんとお婆さんが炉《いろり》に金網をかざして、焼いていたのが、ふいと振りむいて爺婆口を揃えて、

『へいいらっしゃいまし』

隆子が、どぎまぎしてまたおじぎをしたら、向こうも負けない気で、

『まことに、はや、うっとおしいお天気で……』などと愛嬌をそえる。も一度家を尋ねると、ようやく買う客でなかったと覚ったお婆さん、大きな笑い声をたてて、隆子のきまり悪がるほど笑った。

それでも親切な老人二人、升川、升川、と何度も口に唱えて首を曲げたけれども、やはり知ってはいなかった。

気の毒な思いを両方でして、離れた後《のち》、隆子はもう人に聞くのが嫌に思われて、ただ独りで見当をつけて歩くので、なかなかなこと、午砲《どん》までかかって、まだ落ち付く門を見出せない。――その時。

『あなた、どこか探していらっしゃるの？　さっきから』と、後ろで声がした。

隆子が、はっとして振り向くと、白い前掛けを胸から掛けたと言っても、カフェーの給仕《ウエートレス》ではない、包みを片手に持った小娘、先生のお宅へも時折来る髪結いの見習いをするいわゆる梳子《すきこ》とやらいう風俗をしたのが、一人立っていた。その人慣れた気性に巻かれて隆子はちょっとたじろったが、渡りに船という古い諺どおりに、頼んだ。

『升川という家を――』と、言いもはたさぬ中に、

『ああ、升川さんですか、あの綺麗なおねいさんのいらっしゃるお家でしょう、そんならね、ここを真直にずんずんかまわずに行きますと、四辻に出ますの、右の角にお稲荷様がありますからね、そのお宮の方へ曲って、少し行って横へ入って、ひぃふぅみぃ――と三軒目が升川さんですよ、この間お引越しになったお宅なんでしょう』と軽快な雄弁家は可愛い娘らしい表情をして指をさして示す。

隆子は飛び立つほど嬉しかった。幾度も幾度もお礼を言って、足早に、目ざす家へ、

示されたままに向かった。

従姉の美しさは誰も認める。あの梳子も出入して、その匂う黒髪を櫛けずる者であろうに、尋ねる人の美しさが、はからずも路上で、会うた者の口の端にすらのぼった。あわれ、その美しさが、またかの悲しき運命を負うゆえかと思うと、隆子は訪ずる前に早くも涙さしぐまれた。

教えられた通りに辿れば、家の前に着いた。

『どなた』と、入口の格子戸の鈴《りん》を聞きとがめる声に応じて、『私』と一言で、もう奥から。

『あら嬉しい、お隆ちゃん』と、美しい姿がはや眼の前に。

『お久しぶり』と眼をあげると、

『会いたかったの』と、少し沈んだ声音。

『お隆ちゃん、いらっしゃい。まあお俊のなりを見てやって下さいな』と出て来た伯母さんが袖で笑いをかくす。

久しく見ぬゆえか、ただ優しい面《おも》を打ち仰いだのみの隆子は、今伯母の言葉により、その姿をよく見ると、驚いてしまった。

梅雨のまだあけやらぬ今日この頃、世の人はネル地の上に、袷羽織《あわせばおり》をかけるほどにするなかを、この美しい人は、またなんの思いあってか、身も透るばかりの素絹の明石の袖に、絽《ろ》の長襦袢を重ねて、夏の帯。

『まあ、風邪をひきましょう』と、隆子が呆れて叱るように言うと。

『だって、隆ちゃん、紫陽花が咲いたんですもの』と、子供のように仇気《あどけ》なく、その夏着の袖をかざして打ち招く。

『お聞きなさいな、隆ちゃん、こうなんですよ、この奥庭に紫陽花が咲き出したら、簾《すだれ》をかけさせて、どうでしょう自分は御覧のような風体で、まるでなんだかのようですね、それで舞扇をもって、保名《やすな》でも踊ろうものなら』と伯母さんが、軽く笑って言った、とめても聞き入れぬゆえ、今は娘のなすままに任したという風に。

『でも隆ちゃん、（お俊の狂乱）を踊ろうって言うのじゃあないのよ、ただこうして見たかったの』とお俊ちゃんは静かに言って座した。

見れば、開け放った縁のふちに、青簾がさげられて、その向こうに紫陽花が咲く、紫の影が簾にうつってゆれる。

紫陽花が咲く、青簾をかける、明石を着る、舞扇を持つ。この謎のような仕草が隆子には解された。ひとり隆子のみか、笑った伯母の胸には痛いほど、わかっているはず、それをわざと笑いにまぎらす大人の世界の苦しい思いよ……。

あわれ、幾年《いくとせ》の昔ぞ、隆子が母に手をひかれて、升重の店の奥に入ってから、従姉とは姉妹《きょうだい》のようになって育ててくれた。

店の柱に掛けた大きな板札に、漆で沢々《つやつや》しく、木綿問屋升屋重右衛門としるされた、その主の伯父はよくふとった福々しい好い伯父さんだった。

よく隆子を抱いては、『いいか、しっかりしてお父《とつ》さんの後継《あとつぎ》になれよ。いまに大きくなったら伯父さんが絵を習わしてやるぞ』と言った。

そのとき、傍で縫物《おしごと》をしていた隆子の亡き母が針の手をしばし止めて、心嬉しそうに微笑むのだった。

隆子の父は不遇な旅絵師となって世を去ったのだった。伯父さんは不幸な義弟の忘れがたみの隆子に絵を習わせて、せめてその志をつがせたいと願っていたので、常に口にして言うほどだった。

隆子が十二の夏、母は海辺の病院の窓で、寂しい生を終った。

その夏、升重の奥座敷に眠る隆子とお俊ちゃんの青蚊帳《あおがや》の中に蛍が時たま迷うて入ると、お俊ちゃんが言った。

『隆ちゃんのお母さんが、私達につかまえれって入って来たの』

二人でお床の中で、手を合せて拝んだ。

その子らに捕えられんと母が魂《たま》

蛍となりて夜を来るらし

――窪田《くぼた》空穂《うつぼ》――

この歌は後の日に隆子を幾度泣かせたことだろう。

母のない後は、伯父と伯母とに、なおさらに愛された。お俊ちゃんは身体が弱いので小学校を出たまま、家で好きな舞いや三味線を稽古していたが、隆子は望むままに女学校へも入れて貰えた。隆子はもうおのずと絵に親しむようにその頃から明らかに見えた。

そのおりから、伯父が碁を打ちに客となって行った先で、碁盤の前で碁石を手にして、倒れたまま、幼い頼りない者達を後に残して、逝った。

それからが、よく世にある常で、巨万の富と外から見えた（升重）も、やはり儚い豪商の名を残して、主人の亡き後は負債の山が、か弱い女手一つの伯母の肩にかかってきたので……。

まず店は閉める、土蔵は貸す、そして隆子が学校をよしてしまう。もとより、伯母さんとお俊ちゃんと三人でならば、屋根裏で水ばかり飲んでもと決していた隆子は悲しみもせなんだけれども、お俊ちゃんが一夜を泣き通した。そして明けの朝、習い覚えた芸を助けに歌妓となって、隆子には、これから絵を習わせてあげると言い出した。『お父さんに代って、隆ちゃんに絵の修業をさせてあげるのですよ』と、その時ばかり、日頃の優しい気性に反して、眉をあげて、人々のとめるに耳を貸さなかった。

かくて、紅灯《こうとう》のもとに緋《ひ》の袖かざして舞い唄う身となって、母を養い、隆子に学資を貢いだ。

隆子はこの従姉の情けにはげまされて、今の師の許に教えを乞うて絵筆を朝夕握って稽古の汗を知るに至った。

その従姉の――家に今、病いゆえに舞扇を捨てて再び母と共に佗び住居の、この縁のほとりに咲き出でた紫陽花を眺めて、隆子は前なる明石の袖の主の心を思いやったので……。どうして忘られよう。忘れていいものか。過ぎし日の初夏、升重の奥の座敷で、隆子の母がお俊ちゃんの真夏の晴着明石を裁って縫い上げた、『私に似合うでしょうか、着て見たい！』こう言った娘らしい願いに甘えて、まだ躾けの糸の取れぬのを、そのまま絽の襦袢に重ねて着て、帯まで高々と手伝って締めてもらった。その時、日のさす縁に簾をかけて土蔵へ通う細道のこちらに群がって咲く紫陽花の花の紫の影がさすのを、簾越しに受けて舞扇を胸にかざして、しゃんとして見せた。その時の美しい姿の晴々しい優しさの中に、伯母が三味線で小唄を弾くのが溶けて薄紫に流れるように隆子には思われた。その美しい明石の袖かざす人の前には、亡き隆子の母もいた。同じく伯父も笑って眺めていた。そして、伯母も隆子も――。

ああ、花の色も形も変ることなく人の世に、かくて咲けども、その上《かみ》の過ぎし日は永久《とわ》に返らぬ。隆子の母も伯父も去って、家を離れて、今ここに、三つの胸に寂しさ抱いて、ゆかりあるその花の前に向かい会おうとは！　あわれよ、あわれ、せめてもの追憶ありし返らぬ日の幸いのためにか、明石の袖をかざして舞扇を手に、見よや青簾の紫の花影をそえて、思い出の夢に酔わんとみずからたくらむそのあわれさよ、いやまして寂しい……ものを……。隆子の膝に涙が……たまりかねて、溢れ落ちた。

『嫌ねえ、泣くなんて、隆ちゃんあの大事なお約束を忘れてしまったの？』

咎めるごとくかく言って、お俊ちゃんは星のように潤んだ瞳を隆子に注いだのである。

あの大事なお約束――それには一つの美しいローマンスがあった。

隆子の師事する先生の許《もと》に、これもまた絵の稽古に通う某家の姫があった。その邸《やしき》の新築祝いにと、新邸の披露をかねて祝いの宴の開かれた時、同じ門に学ぶえにしをもって、師のもとに集う者は皆招かれた。隆子もその一人であった。今日を晴れと着飾った姫君達の中に、隆子ひとりは銘仙《めいせん》の絣《かすり》に紫の古い袴をつけただけ、小さくなっておどおどしていた。

祝いの宴が酣《たけなわ》になりし頃、その日の興を添えるためにと、姫君の絵を学ぶを幸いに、その席で緋の毛氈《もうせん》をひろげて、絵絹よ、短冊よ色紙よと、蒔き散らすように乱して、絵筆の心得ある、門下の人々の染むるにまかせて、記念の筆の跡をと邸の主人側からこうのだった。

長い振袖に華美《はで》やかな思い思いの模様を競うていならぶ、おのおのの絵のお弟子の前に、平伏してあるものは白扇を、あるものは半折《はんせつ》をまた色紙をと、差し出しつつしきりに栄ある筆をと願う客が入れ代り立ち代り賑合《にぎお》うた。

邸の姫が友垣として、絵に親しむその日の美しい若い客人の前にかくて絹地や色紙の山と積まれた中に、ただひとり隆子の前には誰とて色紙はおろか懐中紙一枚持って染筆《せんぴつ》をこいに来る者はなかった。

これやこれ、孔雀にまざる雀一羽の哀れさよ、我れと我が身が遠ざけて席の一隅に控えた隆子は歓楽に酔いしれた客の中には、路傍の小石一つと見逃がされてしまったので……。

諦めたとは言え、十五の少女――いま眼のあたりのありさまを見てはそぞろに気も弱く、うつむいて涙が胸に湧き出でるのを――こらえようと忍んで、そっと眼をあげた前に、進み来た人は――この席で美しいという真実《ほんとう》の美しさに添うるに気品をもつのは、ただこの方だけと、隆子が思うたこの館の若夫人、その方だった。

身を恥じるように、隅にかしこまったままの隆子の方へと、若夫人は近よられた。

『あなたも絵を遊ばすのね。こちらへお寄り下さいましな』

若い夫人の声は涼しく、ほがらかに――。

『は、はい』

と口の中で小さく答えて真赤になった隆子は石のようにかたくなってしまった。

若夫人の見た隆子の前には、短冊の端一枚出してない、まったく忘れられ去った絵のお弟子であった。若い夫人が、じいっと隆子の姿を見つめても、その唇を柔らかに噛んだと思うと、優しいその青い星の二つならんだような瞳に露が浮かんだ。

『あなた、お願いがございますの。ぜひ描いて下さいませ。私がこちらへ嫁《く》る時、実《さ》家《と》から持って参りました、屏風の一双がその儘、綺麗になっていますの、あれへ何かあなたのお手で風情を添えて戴きたいのです、是非ね、お願いいたしますよ』

隆子は夢かと思うた。今日の客人の中に見捨てられて、かえり見られぬ貧しい絵の弟子の、そのみすぼらしい姿の前に、一双の屏風に揮毫《きごう》を乞うと言う、あでやかな若き夫人は狂たのではなかったかと――否、否、夫人は真心を面に現して情けをこめし眼ざしを隆子の顔に送ってかく言うたのである。夫人の命ずるままに僕婢はいと丁重に奥より一双の畳みし屏風を隆子の前に運び来った。夫人がつと立って、なよらかに身をあげると見るや左右に颯《さ》っと袖のゆらぐと共に、屏風は押し開かれた。そこには輝く金色《こんじき》の一双の屏風、日のさしたごとく金泥《きんでい》の表に一点の曇だに見せぬ清らかさよ。その金屏風のそこに現われて開かれた刹那、宴の席に誇らかに積まれた薄い絵絹も色紙も、大風の前の木の葉のごとく散り失せ、消え去ったかと思われて、集うた満座の視線は隆子の方へと、身も消ゆるばかりに、おじけた隆子はただ若夫人を仰いだばかり。

『あなたをお見込みしてお願いするのですから、どうぞ描いて下さいな』

ああ——その声よ、その声のほがらかさ。隆子のちぢこまった魂は、その声に活きた、『描かせて下さい。きっと描きます。私がこれにに描ける自信の出来るその日まで待って下されば、一生懸命で修業して必ず描かせていただきます』

隆子は涙と共に答えて端然として屛風の前に、雄々しく決意の色を示した。

『よく言って下さいました。ではお待ちいたします。あなたのお筆の染まるその日まで、この金泥の表には毛で突いたほどの汚れもつけずに蔵《おさ》めて置きますよ』

かく言い残して若夫人は再び立ち上って、あちらにと静かに去る後姿を、その時一間へだてた次の間の閾《しきい》に手をつかえて伏て拝んだ美しい歌妓——それぞお俊ちゃん、後で語った、『あの時、隆ちゃんがしょんぼりと片隅に涙ぐんでいるのを見ると、私はたまらなくなって自分の舞衣の片袖をちぎって持って行き、『絵の先生これへ描いて！』と大きな声で言おうと、思いつめていたほどなの。隆ちゃん、あのお邸の若奥様の御情は七世まで身にきざんで仇おろそかに思っちゃならないよ』

お俊ちゃんが、ほろりとして説き聞かせたのを隆子は忘れぬ、奇しきえにしよ、あの宴の席《むしろ》の余興の番組の舞いと唄いのその中に、その頃の歌妓《かぎ》として加わって来合せたので、あの隆子の身の出来事は始めから息をこらして見つめていたとて、今にいたるまで、隆子の顔さえ見れば、『あの大事なお約束を忘れては』と口癖にしていいだす。『ええ、きっと描くつもりなの』隆子は、その約束を誓うた日の思い出におののきながら答えた。

『何をかくつもり――、隆ちゃん、後生、あの花を、あの花をね』

明石の素絹身にまとう人は指したあなた、簾の影に紫を夢から浮いたように湧かせた、その花よ、その花よ。隆子は微笑んでうなずいた。

その日から隆子の細やかな肩に二つ（約束）の誓いの綱が結ばれた。

一つはあのお邸の若夫人の金泥の屛風に筆をとること、二つは画材はお俊ちゃんの願うあの紫の花を描くこと、それであった。やがてこの二つの誓いを果たす日が隆子の前にめぐって来た。それは、かの優しい従姉のお俊ちゃんが、み空に紫の星一つ流して儚ない葩《はなびら》と散って逝きしよりちょうどひととせの夏、おりしも咲くや紫あわれその花よ、その花の影よ。隆子は邸の門を訪れて、若夫人に金の屛風を乞うた。もとより、誓いは守られて、かたくも封じ蔵められし一双の屛風は再び隆子の前に金泥の輝く表を打ち開いた。

奥まりし離れの室の襖を閉めきって、金泥の屛風を前に隆子は筆を握った。

筆をおろそうとすれば、眼がくらむ、見る見る広がりゆく一面の金泥の海、波が打つ、右に左にゆらぐ、隆子は手がわなわなとおののいて、ためらい、たゆたい、いつ筆先をつけようか、とても叶わぬ。あせればあせるほど、なおさら身がかたくなって手がしぶる。

『ああ。やっぱり描くのは早すぎた、こんな気の弱い私がお父さんの志を継ごうとするのが間違いだった。もう絵は一生思い切って——思い切って——』

隆子は決心した。若夫人には手をつかえて詫びて今日かぎり師の許を立ち去ろうと。かく心にさだめて、持ちし絵筆を下に捨てようとした時……さらりと素絹の袖が金泥の平《たいら》なる面にすれあう気配がしたと思うと、——隆ちゃん描いて——忘れめや、その声、過ぎし日かの紫陽花の影を身に浴びて明石の袖に舞いの扇をかざせし佳き人の声よ、まさしく——。金泥の波をへだてて、素絹の袖に裾に紫の花房がうす紫の雲と湧いてゆらぐよ——、隆ちゃん描いて——再び声が——やがて消えた、幻が、現《うつ》つに見しまぼろしが、美しい幻影が、消えた——

隆子が、わなわなな手に砕けよとばかりに、絵筆を犇《ひし》と握って、きっと金泥の面《おもて》に向かって、目に見えぬ空に言うごとく、『お俊ちゃん、今描きます』と凜と言った。

ああ、心をこめて命をうち入れて、描くや絵筆に染みゆく紫の滴り、隆子の涙に溶けし、薄き紫、金泥ににじみて夢より咲きしか淡《うす》い花の影、半ば溶けて夢に入り半ば現つの幻と咲くや、その葩あわれ紫陽花。

露草《つゆくさ》

——この物語の序に代わる曲——

寮舎の窓の
　さみどりの
カーテンひいて
　つとよれば
かなたの空は
　たそがれて
しのびやかなる
　ゆうぐれの
やさしく人を

おとずるる
心にくきは
かかるとき
たが鳴らすや
ヴィオロンの
ゆく春なげく
歌の曲
そぞろに
なみだわきいでて
かえらぬ日をば
なつかしむ
わが胸にさく
思い出の
花のその名は
あわれ、つゆくさ、

秋津さん――この呼名のもとに浮かぶその人は、美そのものの結晶であるかのように誰もが思いました。それほど、この方が美しくて優しい人だったとも言えましょう。けれども、一に一をたすと二になりますと、いうように、その美しさや優しさを名ざして説くことはできません。

なぜならば、それは処女の現し得る美しさでありまたやさしさでございましたから。秋津さんはその年の春、卒業なさってすぐに補習科へいらっしたのでした。そして東寮にいらっしたのです。

古い方の建物の寄宿舎を東寮、新しい建物の方を西寮と名づけてありました。秋津さんのおいでになる東寮、それはずいぶん古びたものでした。でも古い建物の中には、たとえばささやかな柱にも黒ずんだ壁にも古き時代の歴史を織りこめているのですもの。

歴史と言っても試験の時に暗誦させせられるような、何千何百年、いつの頃、なんとかがなんとかして、そこへ何々という人が何々と戦争をしてどの国の何々の何が――、という風な、恐ろしいほど記憶力を出さねばならぬものではなくて、ただわけもなく少女の柔らかな涙をさそうにはふさわしい声なき声がひそんでいるのではないでしょうか。

ともあれ、その寮に秋津さんは、涼子といっしょにおりました。

涼子は親なし児のいじらしいほど弱い性格の子でした。二年生でした、でも割にませた静かな寂しい人柄でした。

夏が来ると、この二人の住む東寮の庭に露草の花が咲き出でました。

夏のたそがれ、東寮を見渡すと、うす紫の波がゆれているのです、紫の海を帆走る黒い船のように東寮が見えました。

誰いうとなしに（露草の寮）と申すようになりました。

秋津さんは涼子と共にこの露草の寮におりました。

秋津さんは涼子を愛しました、真実の妹のように、涼子は秋津さんを慕いました、お母さまのように、そしてお姉様のように。

二人の仲善《なかよし》は、たいがいの人達に知られておりました。

下級の人達は、みな秋津さんを好きでした。そして慕っていたのでしょう、けれども秋津さんには、近づいてゆく前に身のしまるような気品が陰《いん》に仄めいていました。

多くの方々が、この秋津さんを遠巻にして眺めて憧れました。

同じ部屋にお机をならべ得て、朝夕姉妹のように親しめる涼子はこれらの人達にとって、あまりに幸いな人でした。

なんという果報者！　涼子はこう噂されました。

露草の花咲く頃、東寮の黒板塀に落書のチョークの跡が残されました。

露草の花さく小さき寮に
われ、愛する友と住めり

なんという気の利いた、なつかしい落書きでしょう！

秋津さんと凉子との友情の幸《さ》ちを祝福した詩のような言葉は同じ寮舎の小さき詩人の手になったものでしょう。

真赤になって、はじらってバケツに水をくんできて布で洗い落す落書きの板塀の前で、秋津さんは思わずこの句を唇の中に人知れず唱えました。

秋津さんのいる処にはかならず凉子が伴ないました、それと同じように凉子の行く処に秋津さんがまたついて行く影のように見えました。

秋津さんは凉子を優しく『凉ちゃん』と呼びました。

凉子は懐しい名のままに『秋津さん』と呼ぶのでしたが、その『秋津さん』と呼ぶ声の調《トーン》が一種の異なる調《トーン》を帯びておりました。

凉子がその唇に言う『秋津さん』という響きは音楽的な感じがいたしました。

もしこれを五線紙の上に音譜で書き現しますなら、あきつさん――この『あき』と『つ』の間に半音の差を示すのです。『き』から『つ』に渡る音譜に一つの嬰記号《えいきごう》を付すわけになります。この音楽的の呼名『秋津さん』は寮の誰かれに模倣されました。

秋津さんにとってはこのいたいけな口調で呼ばれる我が名が、どんなに心嬉しかったでしょう。何もかも打ち捨てて、よりすがってくる可憐な涼子のために、秋津さんはほんとに善いお母様でお優しいお姉様でした。

涼子と同じ級《クラス》の方で、一條さんという華美《はで》な目立つ人がいました。

少し雨が強くても風がひどく吹いても、お迎いの車が校門に来る、遠足の時には宝丹《ほうたん》や傷薬を一束も用意して女中さんが二人もお供をして付き添ってくるというように、お家にとっては大事な一人娘で育った方でした。

この一條さんは秋津さんがまた大好きだと見えて、よく秋津さんの寮へ遊びにまいりました。綺麗な草花を持って来て、人知れず秋津さんのお机の上の一輪ざしにさして知らん顔をして見たり、秋津さんの読みさしの御本の中程に美しいリボンのしおりを入れておいて、翌日秋津さんの処へ行って、

『あの、昨日《さくじつ》あの御本の中に何か変ったことがありませんでした。』

なぞと、かくすように現わすように尋ねて見たりするのでした。

一條さんも華やかで可愛いひとでしたけれども、秋津さんにとっては、なんと言ってもやっぱり同じ部屋の涼子が一番親しみを覚えるのでした。

涼子は北の国に住んでいる伯父さんの家からこの学校へ来ているのでございます。不幸な寂しい子と思って秋津さんにとっては、外《ほか》に自分を慕ってくる多くの幸福な

快活な美しい小さい方達を眼にもとめずに涼子のためにならなんでも一生懸命になりました。

涼子が何かでせわしくて、ついお洗濯ものを、捨てておいたりすると、いつの間にか秋津さんが綺麗にして下さいました。

涼子が少し風邪をひいて寝ますと、秋津さんは美しくて優しい愛の深い看護婦に早変りしました。

涼子は思いました。(病気は嫌なものだと言うけれども、私は時々病気になりたい)と――。

一條さんがあんまり繁く秋津さんの寮にまいりますので、ある日のこと誰かお友達の一人が笑いながら一條さんに申しました。

『一條さん秋津さんがお好きでしょう。』

一條さんは別にはにかみもせず、いつものように活気のある瞳をあげて、

『私、自分でわからないの。』

と言ってのけました。けれどもなかなかお友達はそのまま素直に離しません。

『御自分でわからなくても、私達によくわかってよ。けれど一條さん、あなたの大好きな、そして私達のたいがい好きな秋津さんは涼子さんを一番妹のように可愛がっていらっしゃるのですよ。ですもの一條さん――。』

お友達は言うだけの事を言ってどこかへ行ってしまいました。後で一條さんは魂のぬけたような顔をして黙って考えておりました。

それからでございます。一條さんの様子が変ってまいりましたのは、――あれほど快活で華美に見えた一條さんが、沈んだ様子でどこかしょんぼりして見えました。

たいていのお友達に取り巻かれて、ぱあと淡紅色の葩《はなびら》を散らすような笑い声を出して、よくはしゃぎまわったその人が俄《にわか》に二つ三つ齢をとったかのように大人びて寂しい人になりました。

秋津さんの寮には、ちっとも行かなくなりました。今までは学校の教室などで秋津さんの姿はおろか、その片袖の端をみとめても、小鳥のように飛んで行って、甘えてまつわりついたものを、もうそんな様子は少しもなく、秋津さんの姿を見ると、自分で自分をかくすようにいたしました。たまさか廊下などで顔を見合わせると秋津さんが優しくほほえみかけても一條さんは唇をかみしめたまま、悲しげに下をうつむいて、ものも言わず逃げるように行きすぎました。

秋津さんは少しおかしい人だと思いましたけれども、そのまま別に気にもとめずにおりましたが、凉子の静かな気持にはすぐに一條さんの素振りやその悲しみを堪えている面《かお》の色まで感じられました。

それで涼子の心の中には新しい苦しい思いが湧きました。

その頃の事でございました。ある日涼子の許に北国の伯父さんから手紙が参りました。涼子が開いて読むと中には、こんなことが記されてありました。

伯父さんは今度商売の手違いから、少し家計が困難になったから、今までのようにお前を遠くの学校の寄宿舎へおいて修学させてやるわけにはゆかぬ、この手紙を見た上決心して速やかに帰国してくれ、できることなら当地の何か技芸学校のような処にでも通わせるかも知れない。

と、こういう事でした。涼子はこの手紙を読んだ時、どうして帰国などできよう、親もなく伯父さんの淋しい家で田舎の技芸学校などに通いたくはないとこう思いこんでおりましたが、でも学資を伯父さんが出せないと言えば、それまでの事ですから涼子は思い悩みました、第一に相談したのは秋津さんでございます。

秋津さんは涼子の伯父さんの手紙のことを聞いてやはり愁いました。しばし、秋津さんは考えておりましたが、とうとうある決心をいたしました。

『涼ちゃん、心配しなくてもいいの、私ね、お母さんにお願いして涼ちゃんの学資ぐらいどうにかして貰うつもりよ、そして今までより私少し倹約して涼ちゃんの学資のためにつくしましょう。ね、それなら涼ちゃんは伯父さんのお世話にならなくてもいられるのですもの、いいでしょう、涼ちゃん。』

こう言って、秋津さんは涼子を胸に抱いて暖かに真心から慰めて、不幸な少女の涼子にとってただ一人の味方となり同情者となって力づけるのでした。

涼子はこの秋津さんの言葉を聞いた時、どんなに嬉しかったでしょう。涼子は泣いて秋津さんの胸にすがりました。秋津さんも本気になって涼子のために尽してあげようと思いました。そしてその明くる日、土曜日から日曜にかけて御自分の家へ帰省して、お母様に、お気毒な身の上の涼子の事情を話して願いました。秋津さんのお宅は富豪でございましたし、お母様も優しい方だったので、それほどまで年下のお友達の身に同情している我が子の真心に動かされて、毎月《まいげつ》涼子の学資を秋津さんの分に加えて送って下さることになりました。そのうち涼子を秋津さんはお母様に紹介するとお約束して喜び勇んで寮へ帰りました。

この嬉しい知らせを秋津さんの口を通して聞いた涼子はどんなに喜んだでしょう。愛される者の幸福、愛する者の幸福、共に秋津さんと涼子は心から味わいました。

けれどもそれは一時の現象でございました。いつともなく涼子の様子が変り出しました、秋津さんは心の底から涼子のために尽くそうとする気持は少しも変りませんが、涼子の気持は妙に変ったようでした、そして今までのように、どんな事でも秋津さんの言うことは聞いて素直に仕えたことは皆忘れたようでした。

なんでも、かんでも秋津さんの言葉にはとげとげしく角をもって口答えをしました。

秋津さんが右と言えば左といい、東といえば西という、上といえば下という、白といえば黒いというように、反抗しました。

秋津さんの前で粗暴な振舞いもいたしました。秋津さんは吃驚《びっくり》しました。けれども小さい時からいろいろな目に合った上、また今度のような困ったことになったので、心がひがむようになったのだと思って、自分の愛情でどうかなおしてあげたいと思いまして、なおさら前よりも優しく柔らかに涼子に対しました。しかし、それにもかかわらず涼子の態度はますます乱暴に烈しくなってゆきました。

秋津さんは心の荒んでゆくような気のする涼子をなぐさめようと、わざわざ綺麗な表紙のついた美しいノートを二冊揃えて文房具屋から求めて来て、涼子に贈りました。

『涼ちゃん、これ可愛いノートでしょう、お使いなさいな。』

と秋津さんが軽く言って、右のノートを二冊涼子の机の上に載せますと、涼子は机の前で何か考えて、ぼんやりしておりましたが、少しも嬉しいという顔もせずに、そのノートをつかんで投げるように秋津さんの机の上に返しました。

『私そんなものいりません。』

こう素気なく言ったまま、涼子はくるりと後ろを向いてしまいました。

秋津さんは呆れてしまいましたが、我慢してもう一度、このノートを涼子の机まで持って行きました。

『ね、涼ちゃん、そんな事を言わないで使って頂戴な、せっかくあげようと思って買ってきたのですもの。』

と哀願するように申しました。

けれども涼子は、そんな言葉を耳にもかけずにまたあのノートを投げ返しました。

『涼ちゃん、お気に入らないでも取っておいて、何かに使って頂戴ね。』

秋津さんが優しくこう言って、涼子の肩に手をかけて、ノートをその手に渡そうとした時、涼子は顫えておりました。

『いらない、いらない、いらない、こんなもの使わない。』

こう、暫くたって涼子が烈しく言いながら、手に渡されたノートを両手に力を入れて、びりびりと裂いてしまいました。そしていく片にもいく片にも裂き切ってしまいました。

『涼ちゃん、ごめんなさい、そんなに怒らないで頂戴。こんどもっと善いのをあげましょうね、ごめんなさい。』

秋津さんは、こうおどおどして涼子に優しくあやまりました。

こうした事もあってから間もなく涼子は行李《こうり》をひっぱり出して帰国の仕度を始めました。

秋津さんがいくら止めても聞き入れず毎日帰国の仕度を続けました。秋津さんは今はもうこの人をどうする事もできないと思い切ってしまいました。

そうした事のあったのは、もう一学期の試験も近づくという七月に入った頃でした。

涼子は秋津さんが校舎の教室にいらっしゃる時、寮を出ました。

秋津さんが寮へ帰って来た時は、もう部屋の中には涼子の物は何もありませんでした。

秋津さんはうつろになった部屋のような気がして侘しい涙が湧き出ました。

力なくよりかかった自分の机に一通の白い封筒が置いてあるのが眼に入りました。

秋津さんが、その封筒を取り上げた時、それが涼子のかいた手紙であると知りました。

秋津さんは、その手紙を持ったまま寮の庭へ出ました。庭には露草の花が開いておりました。秋津さんは黄昏《たそがれ》のうす明りに、封筒を開いてレターペーパーの上を読んでゆきました。

秋津様——

私は今日お留守の間にお別れして帰ります。お目にかかると私は悲しくてせっかく決心した帰国の心が折れるといけませんからこの手紙を残したままいり、もうけっして再びお目にかかる事はないと存じます。私はあなた様をお姉様のように心から世界でたった一人の方と思ってお慕いしておりました。あの伯父からの手紙がまいりました時にも、私のために学資まで出して下さるというお心を知りまして私は嬉しい中にも悲しく恐ろしくなりました。私のような不幸な運命の者をお愛し下さるために、あなたがいろいろの苦しい重荷をお持ちにならねばならないと知りましてから、私は苦しくなりました。こうして私がお傍に御一緒にお世話になっております間は、どうしても御親切なお心からそうした重荷を背におうてお悩みになることと思いましてから、私は一日も早く私のような者は仕方がないと離れて行って下さるようにと、悲しい決心をいたしましてから、毎日お姉様の（字の上でだけでも、こう呼ばせて下さいまし）、お心にそむくような行いばかりいたしました。それでもお姉様は少しもお怒りにならないで、あんなに優しくして下さいました。あのノートを裂いた時にもお姉様のお優しい手で私の肩をお撫でになってなだめて下さった時、私は顫えました。こんなにまでしても、なお私のために尽して下さると思うと、もう私はお傍をはなれて帰国するよりほかいたし方がございませんでした。いろいろとお情けのこもったお言葉にそむいて私はかくれて泣きながら帰り仕度をいたしました。そして今日まいります。お姉様をお慕いしていらっしゃる一條様やそのほかの方達は、けっしてお姉様の重荷にはならない、幸い多い方でいらっしゃいます。私はいくら自分は不幸な身の上でございましても、自分の不幸のためにお慕いするお姉様までにお苦しみをかける事は、できません。私はどうしてもお別れして行かねばなりません。私は生きている限り、どんな処におりましても、お姉様の幸福を祈っております。どうぞ幸いでいらっしゃいまし下さいませ。

この最後の文字まで辛うじて読み終った秋津さんは、気を失なったように露草の花の上に倒れて泣き伏すのでございました。

ダーリヤ

夏のいちにちは暮れて行きました。四季を通じて暮れ方の気持は誰も寂しく思うでしょうものを、とりわけもののあわれを知り初めた少女の柔らかな胸には、いいようのない儚ない愁いを懐《いだ》かせるのでございました。

道子はこの黄昏《たそが》るる中に、ひとり窓によって外の暮れゆく風景を見つめておりました。道子のよっている窓は、この町に立つ大きい建物の一つ、慈善病院の三階の窓でした。

道子はこの病院に働く若い看護婦でございます。高い三階の窓から街の夕暮の景色はよく見渡すことができました。

あちこちの窓の家々の灯が、うす紅くまたたいて、昼間の騒がしい音の名残りを止《とど》めてか、潮の引いてゆくような音が聞えました。西の山の端は、今日の勤めを終って別れゆく太陽の濃い光に燃えて、地の上には、そろそろと灰色の暗がりが拡がってまいります。

『ああ、今日もいってしまう……』道子は窓に手を掛けて、こう嘆くように申しました。道子は町の小学校を終ると、すぐにその春からこの病院へ見習看護婦となって働くようになりました。病院の中で朝から晩まで少しの隙もなく立ち働くことは、年齢《とし》のゆかない道子には重荷でございました。その上、華やかな明るい世界を憧れ初《そ》める少女の瞳には、あまりに病院の中がむさ苦しく汚なく情けなく感じられました。

そして一方では、道子の瞳に病院の外の華やかなありさまが美しく映りました。

六年の間、同じ教室に机をならべたお友達の誰かれは、もう女学校の一年生として、気持のよい袴に靴のいでたちで街路を燕のように歩いています。そのお垂髪《さげがみ》に匂う緋《ひ》のリボン、パラソルの派手やかな色！　その希望に輝いている、美しいのんびりした双《ふたつ》の瞳！　そうしたものは道子をどんなに羨ましがらせたでしょう。

道子が自分の身のまわりを見まわしました時、飾りのない白衣《きもの》、小さな束髪《そくはつ》に載せた白帽、なんという質素な寂しい色彩でしょう。

若い少女の春を、その白衣《びゃくい》の姿の中に埋もらすのには、あまりに少女の春の明るいのを道子は嘆かずにはいられませんでした。けれども、それはせん術《すべ》もないことでした。老いた両親と多い兄妹《きょうだい》を持つ、ささやかな暮しの家に生れた道子は、人並みのように女学校へ入って学ぶことを許されなかったのです。そのために道子が働く職業として選びまた与えられたのはこの慈善病院の小看護婦でした。道子は寂しい辛い思いを堪えて毎日この病院の中に働いていました。

白衣の姿の働きは辛いもので、道子は心に悲しみながらも働いていましたが、時おり、自分でどうすることもできない辛い思いに攻められて、人知れぬ陰で涙ぐむのが慣しとなりました。ああ、いかに悲しい慣しでしょう！

『ああ、今日も暮れてゆく！』道子は、いま病院の三階の窓によって、暮れぬく外面《そとも》を見渡しながら、こうして日ごとに若い少女の日の空しく灰色の病院の中で過ぎ去ることを、しみじみ心の底から悲しく思うのでした。

その夜は、道子は当番でした。夜の間も、代り代りに看護婦は起きて病室を廻って看護婦の務めを果たさねばならない当番でした。いま窓によって暮れ方の空を仰いで、今宵の寂しい心を思いやるのでした。

『夕焼け、こやけ、

あした天気になァれ――』

子供達の唄う声が、町の通りから高い三階の窓まで聞えました。道子はその子供の声で、ようやく気がついたように窓を離れました。

気がつくと道子は体温器を持って病室を一廻りする時間でした。

道子が重い足を引ずって、三階の登り口にまで降りた時、けたたましい足音が廊下に響き渡りました。何事が起ったのかと、道子は思いました。

『初野さん、婦長殿がお呼びです』と、下から道子を呼ぶ声がいたしました。

『ハイ、ただいま』と、道子は段梯子を駆け降りて、看護婦長の部屋へと走りました。

途中で道子は大変慌てている婦長さんに会いました。

『ああ、初野さん早く来て下さい、今ね、茂川《もがわ》様のお嬢さんが大怪我をなさって、こちらへ担ぎ込まれたのですよ、あなたは今夜当番ですが、こちらへ来て下さい』

婦長さんは気をせかせかさせて口早にこう云って、道子を引ずるようにして外科室に連れて行きました。

あまりににわかの出来事で道子は呆然としました。茂川家の令嬢は学校で知っていたのです。夢のような気持で婦長さんの後について外科室へ入って行きました。

外科室の手術台の上には、黒髪を人魚のように乱して、美しい袖は泥にまみれた、痛ましい姿の美しい少女が横たえられてありました。

純白の手術服を付けた、医師達が数名その周囲に立っていました。

ことの起りはこうでした。

茂川氏というこの町での豪家《ごうか》の令嬢が、俥で外出の途中、向こうからきかかった荷馬車の馬が突然荒れ出して、俥夫に突きかかって令嬢を載せたまま俥は地に打ち倒されました。車上の令嬢は街頭に放り出されて足に大怪我をしたのでございました。

通行人の人々や巡査達が救って、近くの慈善病院へ担ぎ込んできたのです。とにかく、医師が応急手当をしたのですが、さらに大手術を決行しなければ、一生不具となるかもしれないと言うので、外科室の手術台の前で、医師は茂川家から駆けつける人々を待っていました。

道子は外科室へ入るや、医師の命に従って力の及ぶかぎり、この令嬢の手当のために立ち働きました。道子の身に付けた白衣の袖も胸も、この美しい令嬢の細やかな真白い足から流れ出た血潮に彩どられました。

令嬢の禍いを知らせた電話によって、茂川家からは多くの人々が駆けつけました。これらの人達の前で、医師は今までの委細を報告いたしました。

『一時は人事不省でしたが、今は意識は明瞭です。ただ今までは単に出血をのみ止めて置きました。お家の方達立会いのうえで、大手術をしなければならないのです』

医師の言葉の下から、その手術の依頼は茂川家の主人の口から涙とともに出ました。道子は消毒した白衣を再び身につけて、手術台の傍に立ちました。その役は令嬢の細やかな腕の脈を手術中常に見る務めでした。

道子は、かぼそき令嬢の手首を我が手に、そっと握った時おののきました。

紅玉の輝く指輪のはかなく光る白魚の指、力なくしおれて、砕くる如き手首、道子は片手に時計を持ち添えて、右手に、美しい人の冷たい手首をとりました。

薬の香《におい》によって今深い眠りに落ちゆこうとする手術台の美しい少女の面《かお》は、刻々石《せき》蠟《ろう》のように冷たい色に変ってゆくようでした。

ふと、瞳をあげたその人は、我が横たわる床の傍に立つ白衣の人を見出したのでした。

『……初野さん……』

まあ、その声、なんと言ったらいいでしょう、あの水晶の玉が、色は紫のその玉が、水盤の中で溶けたような声とでも——。

道子は胸が波打ちました。同じ小学校の校庭で折々姿は見たことがあっても豪家の令嬢と、ささやかな暮しの家の子の道子とはおのずと区別がありました。いっしょに遊んだ事とては、団体遊戯の時よりほかはなかったのです。けれども、ああ、けれども、今、この非常の際、道子の名を茂川家の愛嬢春恵は呼んだのでした。

『茂川さん、大丈夫です、私がおりますよ、きっと、きっとお治りになります』

道子は涙に潤んだ瞳を春恵嬢に向けて、真心から打ち顫《ふる》えつつ申しました。ああ、その声はどんなに春恵嬢に安らかさを与えたのでしょう、嬉しそうに頼もしそうに春恵嬢は、すやすやと眠りました。

息をひそませて見守る家の人達、銀色《ぎんしよく》冷たく光る洋刀《メス》をかざした医師、そして我が手は道子の真心こめた掌に握られて、かくして春恵嬢の美しい身体は眠っておりました。

恐ろしい大手術も、人々の不安な吐息の中に無事に終りました。周囲の人達は安心の吐息を吐きました。

車のついた寝台の上に身体を移らせられて、春恵嬢のいたいたしい姿は、道子や近親の人達に守られて、病室に入りました。

この病院はその名の示すように、慈善のために建てられてあったのでございますから、ここへくる人は多く貧しい人達の群れでした。

富家の愛娘の入院する所ではないのですが、途中の怪我で取りあえずここへ担ぎ入れられたので、手術後もここへ入院されることになりました。

『初野さん――』

院長の老博士が道子をその春恵嬢の入った病室で呼びました。

『あなたはこのお嬢さんとは、お友達でしたか？』

老博士は優しく尋ねました。

『いいえ、学校で同じ組でございましたが、別にお友達と申し上げるほどお親しくもいたしませんでしたけれども』

道子はおどおどして答えました。

『ああ、そうですか、しかし学校友達であるしまた、先ほど手術の際にもあなたの名をお呼びになるほどで、やはり懐しく頼りにしていられるのだろうから、これからあなたがこのお方の付き添いになって、よく看護しておあげなさい』

この院長の言葉を聞いた道子は心の中で、どうしても自分の赤心《せきしん》で春恵嬢の身体は治してあげようと決心いたしました。

『はい、できるだけお世話して差し上げるつもりでございます』

と道子は雄々しい返事をいたしました。

『どうぞあなたよろしくお願いいたします』

と、春恵嬢のお母様は叮嚀に道子に挨拶されました。

その夜から、道子は昼夜この病室の美しい春恵嬢の床の傍に付いて看護いたしました。

優しい真心を持った小看護婦の看護は、春恵嬢を喜ばせ楽しませました。

貧しい人々のみが病み疲れて入って来る灰色の感じのした病院の中の一室に、これはまた不似合な華やかな空気が入りました。

春恵嬢の病室は面目を一新して、いろいろに明るく美しく飾られて気持よくなりました。道子はこの病院に看護婦として入ってから、こんなに美しい病室で綺麗な方を看護するのは始めてでしたから、嬉しく思いました。今までは、むくつけき労働者の群れや、汚ならしい老人達、鼻たらしの裏長屋の子供達、どれも道子には嫌な感じがしたのです。

それゆえ、つい自分の職業を情けなく思って溜息をついたりしたのですが、今この華やかな富者の愛娘の病床に侍《かし》づいてからは、明るい世界に逃れて来た気持になって、いそいそと働きました。

幾日かたって、春恵嬢の怪我も半ば治りました。春恵嬢はもとより、一家の喜びは大変なものでした。

愁いの眉を開いた茂川家では、春恵嬢が病院を退院されると、その祝賀会を仰山に本邸で開くことになりました。

その祝いの席には、かの病院の院長から医師看護婦達、もちろん道子も招待されました。

今まで小さな我が家と慈善病院の陰気な病室の中よりほか知らない道子は、その日茂川邸に招かれて行った時、その華やかな宏大な屋敷の構造や華美な生活のありさまに吃驚《びっくり》したのでございました。

やがて茂川家の主人は壇に立って御挨拶を申し述べました。そうして言葉をついで、

『今日この席においで下さいました皆様の前で、このたび奇禍にかかった娘春恵のために実に得難き親切な優しい看護婦を御紹介いたしたいのです。春恵が全治に近づいたのは、まったくこの若い看護婦の御尽力の結果でした。ここで特にお礼を申し上げ

て、その功に報いたいと思うのであります』

この主人の改まった話が終ると、壇の上には、松葉杖をついた春恵嬢を助けて歩みつつ道子は白衣の姿で現れました。

『私のために皆様お祝いにいらっしゃって下さいまして、ありがとう存じます。この方が初野道子さんでいらっしゃるのです、皆様もどうぞお礼を仰しゃって下さいまし』

と、春恵嬢はにこやかに申しました。道子は人に押し上げられるようにされて、春恵嬢と共に壇上に進んではきたものの、この意外の栄《はえ》ある紹介にどぎまぎして進退を失いました。

その時、壇上にまたもや可愛い二人の幼ない令嬢の姿が現れました。十歳と七つばかりの、可愛いお嬢さんです。そのふたりの双手《もろて》で、一つの大きな真紅のダーリヤの花束を捧げていました。

その小さい二人は道子の前で立ち止まって、可愛い声で申しました。

『お姉様がお世話になりまして、まことにありがとう存じます、このお花をさし上げます』

そしてその紅の花束は道子の胸に捧げられました。

なんという、それは可愛く美しい光景でしたろう、来客は思わず拍手いたしましたほど……。

あわれ、雪より真白き白衣の胸に深紅の花束抱きて、はじらう壇上の若き人の俤《おもかげ》よ！

『小さき、我がナイチンゲール嬢……』

誰かの、口から叫ぶ声が聞えました。

今まで覚えない、この眼のまばゆいほどの華やかな席上で、この目立つ壇上の主人公となった道子は、土の穴からひょいいと顔を出した土鼠《もぐら》のようにたじろぎました。

道子の弱い幼ない胸には、あまり華やかであまりに明るく、すべてが仰山に響いて、その鳩のような柔らかい胸はおどおどしてまいりました。

茂川家の令嬢、春恵嬢の快気祝の宴で、美しい栄ある名誉とともにその双手の上に贈られた真紅のダーリヤの花束は、道子の聖い白衣の胸を飾りました。そしてさらに、その誉れを含む、大きい美しい花束は、かの慈善病院まで持ち運ばれて、若い看護婦連の控え室に置かれました。質素な色彩に乏しい部屋の中！　その中の粗末な卓子《テーブル》の上へ置かれた花は、あざやかに輝いて、大きい不調和の上に、この寂しい室内の空気を破って咲き誇っておりました。

『初野さん、おめでとう、ほんとうに幸福ねえ、あんな綺麗なお嬢さんを看病なさって、その上、こんな立派な花束まで贈られて、まあ仕合せな方！』

『私――羨ましい！』

こんな声々が、同じ働き仲間のお友達から伝えられました。実際、誰の目にも、道子はこの上もない、幸福なものに見えました。思われました。この仕合せ者の道子の上に、さらに喜ばしい事ができ上りました。それは、ある日の朝でした。病院長が、道子を呼びました。

『初野さん、あなたをお呼びしたのは、ほかでもありません、実は、先程、あの茂川家の御主人から、こうしたお手紙が参っているのです』

と、院長は一本の手紙を、道子に示しました。

その手紙の中には、どのような事が記してあったでしょう。道子は院長のお話を通して、委細を聞くことができました。

茂川家では、春恵嬢の災いを身に受けた際、親切に優しく介抱してくれられた道子に対して、一つは感謝のためと、また一つには、春恵嬢の信頼する学友として、しばらくは松葉杖に頼らねばならぬ愛娘の傍にいて貰いたいという、この二つの望みから、一家で協議の上で、また春恵嬢自身の切なる望みにもより、このたび道子を茂川家に迎えて、茂川家の家庭の一員として待遇し、適当な女学校にも学ばせた上、春恵嬢と同じように稽古もし、また遊びもして、将来とも茂川家の保護のもとに充分に教養して差し上げたいと云う、希望でありました。ついては、見習看護婦として、病院内で働いておられる、今の境遇から脱け出て茂川家へ来る事を院長の寛大な心で許可していただきたいと付け加えて願ってきたのでした。

これだけの意味を、噛んで含めるように、道子は院長から聞かされました。

『ともかく、あなたのためには、実に祝福すべき機運です。茂川家なら人格を信じてよい方々です。あのお宅へあなたが引きとられて、今までと異った明るい順当な生活をお送りになって、良家の子女として、教育をお受けになるのは願っても無い幸いですから、当病院としては、少しは困りますが、それもあなたの将来の幸福のために道を開いてあげるのですから、この際喜んであなたの病院で勤務すべき三年間の月日を除いて、そして快くあなたを茂川家へお送りいたすつもりでおります。こうした幸いも皆あなたの優しい心の徳の招いたことですよ』

院長は自身まず、進んで道子の前途を祝福するような口調でこう申されました。

道子は俄《にわ》かに返事ができませんでした。

『こう言っても、あなたも一通りは、お家の方へお話しした上でお決めにならなければお困りでしょうから、今日にも取りあえずお家の方と相談して、茂川さんへご返事をすることにしたらよろしいでしょう。ともかくあなたの身の上に取っては善い事に異《ちが》いありませんから、別にお家の方でも反対をなさるはずはないと思いますが』

『はい、家の方へこの事を話しまして、ご返事いたすことにさせていただきます』

道子は院長の言わるる通りに、家へこの事を話した上で、決めたいと望みました。もちろん相談するまでも無く、今度のことは双手《もろて》を挙げて、家中の者が喜んで快諾することだとは、わかっていました。けれども、道子の胸には、あまりに俄かに開かれてきた自分の運命の華やかな光に眼が眩《くら》むようでした。そしてその底には言い知れぬ不可解な恐怖の気持さえ湧き出るのでした。

自分の行く手の路《みち》が、夢のように美しい銀燭の光を浴びて開かれて行くのを、驚きと不安の心の悩みを持って眺めながら、道子が病院のがらんとした廊下を歩いておりました。

その時、どこからか、小さい子供の泣き声が聞えてきました。道子が耳を澄ますと、（お母ちゃん）（お母ちゃん）と、消え入りそうな声で、間断なく呼ばわりながら、しくしく泣き続けている様子でした。それは患者の病室からでも無く、また、外科、内科、いずれの室からでもない、どこか病院の裏庭の隅の方から、聞えるらしいのです。

『いったい、どうしたのだろう、迷児《まいご》が病院まで迷いこんで、そして泣いているのかしら？』

不思議に思った道子は、上草履をはいたまま、裏手の庭に出て見まわしました。日当りの悪い薄寒い裏庭の隅に、一人の小さい女の子が泣いているのを道子は見つけました。その女の児を見ると、それはこの間から、病気でここへ入院させて置く子供でした。

『おや、どうして、こんな処にいるの？　早くお部屋へ行って寝台の上にねんねしましょうね、こんな処にいると、きいきが悪くなるんですよ、きいきが悪くなれば、もっと、たくさん苦い薬を呑まなくちゃあ、ならないでしょう』

泣く児をすかして病室へ連れて行こうとしました。女の児は、今まで悲しい声を張り上げて、母を呼びながら泣き続けていたのですが、道子が傍に来てから、水に溺れる者が、すがる一枚の板を得たように、その細い、いじらしい両手を道子の身体に巻き付けて獅噛《しが》みついて泣きじゃくりました。

『いい子、いい子、泣くんじゃあありませんよ』

と優しく、お河童の可愛い髪を撫でながら、道子は女の児を抱き上げました。身にこそ粗末な着物は着ておりますが、円い顔に鈴のような大きい眼に涙をいっぱいためて、しくしくとすすり泣いている子供の様子は、ほんとに可憐なものでした。

『あなたのお部屋どちら？』

道子が女の児に部屋を尋ねますと、子供は涙に濡れた楓《もみじ》のような手をのべて二階の病室の一つの窓を指し示しました。

道子は病室の中へ連れて来ました。もとよりこうした病院の事ですから、一つの部屋にもいくつもの寝台《ねだい》が並べてありました。その中の小さい一つの空いた寝台は、その女の児のでした。女の児を寝台の上に寝かせて、静かに頭を撫でてやりました。子供は、さっき非常に泣き叫んだので、疲れたのでしょう、道子に頭を撫でられると、いい気持そうに、すやすやと眠りました。

『まあ、その無心の寝顔！』

母よ、母よと、あれほど泣き叫びながらも、今自分の手を信頼して、やすらかに眠り行くその可憐な小さい魂。道子は涙ぐましくなってきました。そこにことことと扉《ドア》が音をたてたと思うと、病室の扉が開いて、誰か入って参りました。見ると、古びた木綿の筒袖のはんてんを着て、髪も油気もなく櫛巻にした、やつれた姿の婦人でした。いま、道子が頭を撫でている子供の寝台の前に来て、子供の寝顔を打ち眺めて、嬉しそうに心から微笑むようでしたが、道子の方を見て、叮寧にいくども いくども、お辞儀をいたしました。

『お陰様で、きみ坊が寝たんでございますかね、まことにありがとうさまでございます。今日も昼には何か食べるものでも持って来てやろうと思いましたけれども、つい仕事の方が手間取りまして、さぞ待っていたんでございましょう』

こういう、女のひとの眼の中には涙が浮かんでおりました。道子には、そのひとがこのきみ坊と呼んだ女の児のお母さんであって、そしてきみちゃんが、お母さんの来るのを待ち遠しがって裏庭に出てまで泣いて母を求めていたのかと、そぞろに哀れさが増《まさ》りました。

『お母さんを、ずいぶん恋しがっていらっしたようですが今私が抱いてお寝かせしましたら、もう安心して、すやすやおやすみになりましたよ』と道子が申しますと、母親は嬉しそうに、子供の寝顔を見守りながら喜んでまたお辞儀をしました。

『私も、この子の病気は実に気になって夜分も休めぬほどでございますけれども、何ぶん父親のない家ですから、こうして私が、なりふりかまわずに朝から晩まで働きまして、ようやく、只今、こうして少し閑《ひま》をつくって見に参りましたので……』と、母親は、うら悲しい表情をして、片手にさげてきた風呂敷包みを開きました。その中には紅い林檎が五つばかり入れてありました。

この五つの小さい林檎も、たぶんこのお母さんが一日働く額の汗の滴で求め得た貴い林檎――それは黄金《こがね》にも真珠にも珊瑚にも優る慈愛のこもった林檎に相違ありません。病む児《こ》のために母が街頭で求めた、その林檎の一つ一つには、どれほどの情けと愛の涙がこめられてあるのでしょう。

この貧しい母子――母が労働者としてみずから働いて、病む児を養い見舞う、その悲しい辛い境遇――幼ない児は母を慕うて泣き叫ぶ、哀れな様子、それを先程から見ていた道子の胸の底には、まだ覚えなかった深い深い新しい泉が湧き出した。

――何はあれ、私はこのお母さんと、おきみちゃんと云う、このいたいけな児のために力を貸してあげたい、今、自分がこの病院でできる事であったらなんでも、してあげたい！

こうした一つの望みが烈しい力で道子の胸に生きました。この時、道子の身体には言い知れぬ快い活気が加わったのでございます。眠っていたおきみちゃんが、ふっと眼を醒しました。

無邪気な夢から醒めた、おきみちゃんの瞳には、懐しい母の俤《おもかげ》とならんだ優しい白衣の道子の映った時、どんなに嬉しかったでしょう。母の膝に首をかしげながら、片手に道子の手を握って、可愛く微笑みました。

『お母さんが来ないって泣いたのかい？』

母親の、こうした、いとしげな問いに対しておきみちゃんは甘えるように、ふふんと笑って、ちょっと道子の方を見ました。

『でも、すぐおとなになって、ねんねしましたね』と、道子が、小さな顔を覗くと、はにかんで、お母さんの膝の上に顔をかくしました。まあ、その姿はなんという仇気《あどけ》ない可憐さでしょう。

『お母さんがいないでも、このご親切な、お姉さんがいらっしって下されば、よくねんねして、早くきいきを治しますね』

母親が、こう訓《さと》すように聞かせますと、円い眼を見張って、うなずきました。いくども。

『いい子、いい子、きみ坊はいい子』

母親は労働のために節くれた掌で、我が児の柔らかい頬を可愛くてたまらないと云う風情で撫でさするのでした。

傍で、見ている道子の眼には、涙がいつの間にか溢れるのでした。自分はこの親子のために尽してあげたい。眼の前の親子ばかりでなく、この世の中には、こうしたいじらしい子供こうした哀れに健気なお母さん達が、いく百いく千あるか知れない。もしこの病院がこの方達のために門を開いて置くのなら、私はその門の中で、いくらでも赤心《まごころ》をこめて働く事ができる。働いても働いても働き切れぬ仕事がある——

道子は祈るがごとく、つと立ってその病む児の頭に白い細い手をかけました。

『おきみちゃん、今日から私がおきみちゃんのお姉さんになりましょう、そしてお母さんの代りにも……』

道子の声は顫《ふる》えていました。胸から溢れ出る美しい愛の力が、あまりに強くその心を打ったのでしょう。

道子が幼な児の頭にみずからの手を置いて誓うが如く、こう言った時、道子の胸の中には、この部屋のほかに、毎日自分の接する、あまたの患者の、いじらしさ、哀れさが、身に浸み渡りました。

今までは、ただ薄汚ないとか、気味が悪いとか、陰気くさいとかそういう寂しい情けない気持で、接して働けばこそ、自分の仕事になんの光も幸いも認め得られなかったのだ。今は、そうした観念は風に吹き散らされた、木の葉のようにどこかへ遠く去ってしまいました。そうして今はただ、みずから望む献身！ みずから望む努力！ みずから求める満足！

この三つの新しい力を得て働いて行こうと、道子は強い決心を起しました。

『お姉ちゃん、いっちゃ嫌』と道子が病室を出ようとするのを止める、おきみちゃんをお母さんが叱ると、子供は寂しそうに、

『また来てねえ、また、来て頂戴』と、かわいい声でいつまでも繰り返すのを、後ろに聞いて、道子は下打向《うつむ》いて二階の段を、とぼとぼと降りました。

ともあれ、自分の働きに光を認めて、みずからを捧げたいと思う心のその下から

――湧き上る魔力ある一つの言葉は、今道子を苦しめ悩ますのでした。

――茂川家からの、あの幸福な申し込みはどうするのか？ 願っても無い幸いな華やかな運命の鍵は眼の前に与えられているのではないか？

もし、その美しい明るい境遇に、お前が入ってゆけば、お前の親や兄弟や一家中の喜びはどれほどだろう？

一生――長いお前の生涯を華やかに楽しく暮すのも、今の決心できまる。また薄暗いじめじめした病院で青い顔の貧しい人々を相手にして寂しく暮らすのも、今の心一つできまるのだ。

恐ろしい魅力のある声は、こう道子の耳もとで囁きます。

『ああ、私はいったい、どちらの路を取るのが本当なのか？　私は――どうしたらよいのかしら？』

道子の胸には、二つの相反する心が戦って苦しんでおりました。

道子は、ひとまず家へ帰って、茂川家から自分を招いて家庭の一員としてくれる幸福な知らせを告げました。この話が家中の者の顔を明るくした事は申すまでも、ありませんでした。

道子は自分の今の悩みを察する人の無いことを知って、さびしく病院へ帰って来ました。その一夜は、どんなに道子の思い悩んだ苦しい夜でしたろう。その翌日こそ、茂川家に対して、とにかくなんらかの返事を送る日でした。院長は道子の答えを待っていました。朝にも道子は院長の許へ返事を知らせに参りませんし、昼にもまだ姿も見せません。ついに五時近くになりました。五時の時計が鳴れば院長は病院から家に帰るはずでした。あの幸福な事柄の答えをなぜ早く持って来ないのかと院長は怪しんでいました。

やがて院長室の扉を打って、入って来たのは道子です。

『初野さん、今日は茂川さんへご返事をしなければなりませんが』

院長は道子の顔を見るとこういってせき立てました。道子は一礼して、

『先生、どうぞ茂川様へは断わってください。私はこの病院で働きとうございます』

『なぜ、なぜですか？』

院長にとっては実に意外の答えでした。慌てて院長は問い返しました。

『私は、華やかな美しい生活が私に与えられる前に、もっと貴い大事な働きをしなければならない少女でした。可哀想な貧しい方達の病いの床の前で、光となり力となってあげとうございます。茂川様のお嬢様はお一人です。あの方には私でなくとも、いくらでも立派な看護人をお求めになる事ができます。けれども、貧しい病人の群れは数え切れぬほど、たくさんでございます。私はそのたくさんの方達の親切なお友達になって働きとうございます。それが一番私の安心して持つことのできる本当の（幸福）でございます』

道子は言葉を終るとともに、叮寧に一礼して室を出ました。

呆然として院長がその姿を打ち見た時、それはいかに気高く輝く愛の化身と見えたことでしょう。

道子は看護婦の控え室へ入って来ました。室の中央の卓子の上に、真紅の眼のさむ

るばかり咲き誇った、かのダーリヤの花束が、黄昏に陰影《かげ》さす部屋の中に目立っておりました。

道子は、つと双手をのべて、その花束を取り上げました。そして室の外側の窓の一つを開けました。その窓の下は、この街の裏を流れる河でした。道子の手が、ついと窓の外へ動いたと見るや、ダーリヤの大きな花束は、水の面《おもて》に投げ捨てられました。流るる河水は紅い花束を載せて、夕暗の中を走りました。

道子は遠ざかりゆく、水の上の花の影を、じっと見送りながら静かにつぶやきました。

（ダーリヤよ。お前は華やかで美しい、しかし、私の友ではない――）

燃《も》ゆる花《はな》

雪深い北国の都会に、古い創立のミッションスクールがあった。そこには幾多の年月を経た寄宿舎の建物が添うていた。

お正月——といっても、そうした初春のよろこびは、もう去年の暮のクリスマスに何もかもいっしょに祝ってすんだつもりで、遠い故郷を持つ人達は帰らないで短い冬の休みに寄宿舎にたてこもるのが毎年のならわしであるから、冬の休みといっても、やはり寄宿舎のあちこちの窓には夜毎に灯がまたたいて、時おり讃美歌の声などが聞えてくる。

それは年が明けてから、ようやく二日目の夜、朝からの雪は夕方から吹雪となって銀の粉を蒔き散らしている。

お休み中は、いくら寄宿舎でも自修室の夜の勉強は自由になったので、もとより進んで自修室の卓子《テーブル》に『おめでとう』を言いに行く者とてはなく、誰いうとなく『何かして遊ばない――』と言い出されて、たちどころに一決、トランプをその晩はすることになって、皆の集まったのは、寄宿舎で無邪気で可愛いと言われている、ベビーちゃんのまたの名のある、姓も名も心あってか美しい春藤《しゅんどう》みどりという本科の四年のひとが、一人でいる小さい六畳ほどのお部屋。そこのお部屋を選んだ理由《わけ》は、舎監室に一番遠くて騒いでも聞えないからって……。

電灯をひくくして、まるく輪になって、トランプの札を取った。

『私に札を切らせて』と、部屋の主のみどりが手をのべた。トランプの札を切るのでは、このひと多少の自信があるがごとく双手に札を軽く集めて、美事にばちばちと右と左に札を綺麗に切ってゆく。

『まあ、春藤さんお上手ね』と皆の眼が、その動く手許に集まると、みどりは嬉しさに堪えかねて指先をはずませて札を飛ばしてしまう。

どっと一度に笑い声が起きた。

『だから、あなたは大きい赤ちゃんよ』と誰かが言ってまた笑い出した。

きまり悪そうに赤くなって、みどりさんがしょげた時、――その折、森《しん》とした校内に、けたたましい門の鈴が鳴り響く。

『あら』と一人が小さく叫ぶと、みんなのものは同じように耳を澄ました。

『裏のご門よ』と二、三人の口からわかりきったことが言われた。

鈴は鳴る鳴る、狼の群に襲われた羊飼いの鳴らす命懸けの牧笛《まきぶえ》のように哀れに、切に——鳴り響く……。

しかし、門へ出る者はないと見えて、とだえながらも鈴はうったえるように寒い雪の夜空に打ち響く。その鳴る鈴の音が地に積る雪の上へ音譜に乱れて凍りつきそうに思われる。

『私、先生へお知らせに行く』とみどりが、ついと立ち上った。

この人は背が高い、立ちながら袖に電灯をはらってゆるがせて、手に持ったトランプの札をばらっと散らした。

美しいトランプの札が裏表を乱して灯のもとに、打ちまけたように乱れる——

『まあ、乱暴なッ』と胸のあたりにまで札を颯《さっ》と打ち当てられた人達が叱るように言った時はもう——みどりは部屋の外へと身をぬけて長い廊下をまっしぐらに舎監の室《へや》へと走り入った。

『先生』

息をせわしくついて、こう外から呼びかけると、中で音はするが返事がない。

『先生門の鈴が鳴ります』

今度は声高く言うと、ようやく部屋の中から先生のお声がした。

『小使にそう言って下さいね』

『はい』と、みどりは部屋の前をひきかえす時、ふいとお餅のこげる匂いが、そのあたりに漂うのを知った——。いつもの時なら、みどりの仇気《あどけ》ない口から伝えられて、舎内の生徒を笑わせる、好《い》い材料であったかも知れない。

けれどもその宵のみどりには、そんな余裕がない。あの裏門の鈴の音には自分の責任があるような気持がして、不思議と身が軽い、またもや小使の室まで走って行った。

小使部屋へ飛びこむように、かけ入ると電灯ばかりが、つけっぱなしで、茶色の畳の上には置炬燵が一つ、しょんぼりと留守居のように捨ててあるばかり人影はさらにない。みどりは胸がどきどきした。

また鳴る鳴る、門の鈴が……。

みどりはとうとう思い切って裏口から門へと跣足《はだし》のまま走りだした——もとより傘はささない、袂に裾に雪は乱れる。

冷たさをうち忘れて門の閂《かんぬき》を横に打ちぬくと、扉は颯《さつ》と吹きよせた雪片《ゆきぎれ》といっしょに内へ流れて開いた。

その扉の陰！

すんなりと人影が、動かぬ石像のように立っていた。

雪女——伝え聞く、北国の冬の夜を人の魂を迷わす、あやかしの姿がさまようという、この東洋的な踊らぬ静かな妖精が今ここに訪れたのだ——と、みどりは可哀相に身も魂も消ゆるばかり、じいっと立ちすくんだまま一語も発し得ず、門に手をかけて佇んだ。

『ありがとう、早く後《あと》を閉めて下さいまし。あなた』

吹雪の中から不意に美しい声がした。もしこの声が無かったら、みどりはそのまま雪の中に埋もれたであろう。

みどりが夢心地で再び門をもとへ戻して黒い扉をおした時、ぎいっと扉は寂しく、きしっと閉じられた。

それから、みどりは初めて見返った。白銀《しろがね》をけずって散らしたような雪片《ゆき》の中に立つ面影を——雪明りに、その半面の影が浮いて見えた。沈んだ消えそうな灰色に見えるお高祖頭巾《こそずきん》の中から黒水晶のような眼がのぞく、どこを見るともなく、その心の窓は開かれてうるむ。細やかなコートの肩があまりにこけて、ふりつもる雪が積ってすべってさらに止まらぬ。

『ワグナー先生に会わせて下さいまし』

その雪の中からまた美しい声が流れた。

『はい』

みどりは、つつましやかに答えるとともに、先に立って雪を踏んで歩み出した。

寄宿舎から校庭を間に置いて、やや離れた樹木の陰に青い洋館がある。そこには老いた校主のミス・ワグナーが神に捧げた老いの生をこの桜咲く島に聖《きよ》く終ろうと、心さだめてその青館《ブルーハウス》に住む。

そこへ、みどりは雪の中を見知らぬ人影と添うて歩んでゆく。

もう夜はふけてゆく。

石段の上に雪を振り落して鈴《ベル》をおした。待つこと、二分、三分、扉は開かぬに、二階の窓は開かれた。颯と階上の窓から下の入口の段の上へ斜めに灯火《ともしび》の光がさしかかった。

銀の燭台に白蠟の灯ゆるがせて純白の寝衣《ねまき》のゆるやかな袖をかざして、半身を窓の中に現してミス・ワグナーは外を見おろしているのだった。

『あら』

みどりが、ミス・ワグナーの姿をみとめて声をあげた時、その下から、門を開けてから、ちょうどこれで三度目のあの美しい声が奇しき今宵の客人の唇からこぼれた。

『ミス・ワグナー』

それはまあ――なんといったらよかろう、堪えられず咽《むせ》び入るような、その呼び声――この時、白蠟の灯を正面に受けて石段の上、佇む影が明らかに見られた。

『おますさん――』

窓の上から老いた外国婦人のさびた温和《テンダー》な声がした。

やがて扉は開かれた。入口にミス・ワグナーが現れた。その時、奇しき客人はお高祖頭巾をとって、やや乱れた上品な丸髷に珊瑚の紅い玉を根じめの、あでなる姿を明らかに描き出した。細面《ほそおもて》の美しい顔は、まともに向けられて、つとミス・ワグナーの白衣の胸にくずれるが如く倒れかかった。

――扉は内からしまった。

みどりは扉の外から叮嚀におじぎをしてまた雪の中を寄宿舎へ帰った。

この不思議な夢の場面のようなことがあって、その冬休みも終った。

第三学期の始業式の日、講堂に集まった全校の生徒の中《うち》、さらに一人が加えられた。新しい生徒として加わったその人の面影は、ただ知るみどりのみ、忘られようか、あの吹雪の夜、みずから門の扉を開けて中に招き入れた、その美しい人だった。

あの夜の若い人妻らしい丸髷は、上品な束髪の油気のない寂しい髪に代えられて、白い襟に茶色濃き銘仙《めいせん》の柄にうつりよく、さらに茶の袴の胸より、しなやかに流れて裾を煙ぶる風情の柔らかい懐かし味の慕わしさよ。みどりはお伽話の奇蹟を眼のあたりに見せられたような気がして子供らしい瞳を見はって、その人を見つめた。

美しい人の黒い涼しい、しかしどことはなしに漂うて去らぬ優しさ憂鬱の瞳が、やはりみどりの仇気《あどけ》ない顔にそそがれて微笑とともに優雅な瞳は声なき声を語った。

あの宵はありがとう
可愛いあなたと
お友達になりましょう

その日から、美しい人は英文専攻科の一学年の教室へ入った。その人をミセス・片岡と教師は紹介した。

ミセスといっても、未亡人が独立のために思い立ったり、良人《おっと》の洋行中に無駄に月日を送らじと心掛けのいい夫人達が、思い立って来ても、級の生徒達はそんなに驚きもしなかった。むしろ皆が驚かれたのは、その寂しい美しい姿であった。

片岡夫人は、その日から寄宿舎に移った。ミス・ワグナーがみどりを、ひそかに呼んで言われた。

『あなたが門の扉をあけて、最初におますさんを助けた――』

ここまで言いかけて打ち消すごとく、ミス・ワグナーが笑いにまぎらせて、

『そうでしょう、あなたが一番適当な、あの方のお友達になるはずでしょう』

みどりは笑っておじぎをして先生の室《へや》を出て、寄宿舎の自分の室へ来て見ると、いつの間に用意されたのか、総桐の簞笥が用簞笥をのせて壁の向こうに据えてある。細

長い姿見のついた鏡台が並ぶ、黒塗りの衣桁《いこう》がある、そこには美しい帯一ながれ紅葉に映ゆる滝のごとくに掛けられてある。下には乱れ箱が備えられてある、窓の下には黒檀の文机《ふづくえ》が黒く沢《つや》やかに光る。きざんだ菊の葩《はなびら》に貝を飾った桐の丸胴の火鉢には仄かに赤い桜炭の上、銀瓶《ぎんびん》の輝く口から湯気が長閑《のどか》に立ちのぼる。その前に紫地の縮緬に朱で大きい麻の葉をつないだふっくらとした座蒲団が敷かれて、またその横手には金泥に古代の色つきし短冊を散らして張った小屛風の二つ折を背に、紫檀の台の上に青磁の花瓶をのせて、中には部屋中に匂う黄水仙の花が投げ入れてある。それより離れて向こうの壁ぎわに、これのみは異なる洋風の立派な書棚一つ、中には緑のカーテンが覆われて、おぼろに床しく浮かぶ金文字の英字が皮の背表紙にならんで夕靄のかなたにきらめく星のよう……その上には額が一つさげられてある。ミレーの描いた晩鐘《ジアンジエラス》。ゆうべの鐘はそこから鳴り響いて、野の面《おも》に働く夫妻の聖《きよ》い祈りが溢れている。

みどりは自分の粗末な小机などは、その存在を認められないほど俄《にわ》かに変化され美化された室内のありさまに呆れて立って、異《かわ》った世界へ足をふみ入れた気持で眺めていた。

『みどりさん』

ぼんやりしているみどりの肩を優しく打った人がいる。ふりかえる後ろに立って肩ごしに美しい瞳を見せた片岡夫人。

『あなたと私のお部屋じゃあありませんか、入って頂戴』

つと手を取って中へ入ると、まだ握った手を離さずに夫人はさらに語る。

『あなたのこの小さいお部屋へ私は願っても入れて戴きたかったの、そら覚えていらっしゃるわね、あの吹雪の宵ここへ夢中で逃げて来た私――ほんとにあの時は一心だったのです。雪も夜も暗《やみ》も世間も何もかも忘れて、あの門にしがみついたのですよ。その時扉《ドア》をあけて私を迎えて下さったのはあなたでしたわね、忘られない――あの時の可愛いお顔！　あなた、後生、あわれな馬鹿な飼い鳥が籠をぬけ出てこのお部屋へ飛びこんだと思っていっしょに暮らして頂戴な。世界の中で私の魂のやすみ場所は、たった一つこのお部屋の中ばかりなんですの』

いゝいゝ、しんみりとした口調で、こう願うように嘆くように片岡夫人が言い終った時、みどりは綺麗な詩句に酔わされたように、うっとりとして早くも涙ぐんだ憧憬の瞳を夫人に向けて誓うがごとく答えた。

『私――あのお侍女《こしもと》になりますの、美しいお妃の――』

夫人はいぶかしげに問い返した。

『お妃とは！　お侍女《こしもと》とは？』

みどりは円《まろ》やかな瞳をあげて、夫人の足もとに膝まずき胸に手を合わせて祈るが如く言う。

『あなたは美しいお妃でいらっしゃいます。私はお侍女《こしもと》になって仕えとうございます』

『まあ』

耳の根もとまで颯《さっ》と赤く染めた夫人は優しくとがめるようににらんで、しかも可愛くてたまらぬようにみどりの肩を抱いて母が幼児にするように頬摺《ほおずり》をして囁いた。

『まあ、お伽芝居のようですわねえ、じゃあ、私お妃になりましょう、そして利口なお侍女に救って戴きましょう』

――嬉しそうな四つの瞳が夢の中に咲いた桃色の薔薇のように輝いた。

美しいお妃に仕える侍女の心で、みどりは朝夕、片岡夫人と起き伏しをともにしているのだった。

この学校において解き得ぬ不思議な一つの美しい（謎）となって衆目の注がるるその片岡夫人の行くところ、到るところ形にそう影のごとくに付きまとうのは、その忠実なる侍女としてみずから美しきそのひとの前に我が身を捧げて惜しまぬ、みどりはそのひとであった。

『ミセス・片岡！　まあ、あのお方はお寂しい風でいらっしても、なんて魅力《チヤーミング》な方でしょう。春藤さんはもうあの方に酔わされていらっしゃるようね』

校内の生徒達の中で誰か一人、噂の女主人公《ヒロイン》について軽い唇をほころびさせると、どこからか、

『ええ、ほんとに不思議な魔女！』

と叫ぶ声が起きた。

誰いうとなく、その声に和して、

『魔女！　魔女！』

なんの故ぞ、かくて片岡夫人は（魔女）と呼ぶ怪しき名を、その優しい肩に負わされるのだった。

——魔女の小さい侍女！

それは、みどりの背に人柄の悪い笑いとともに投げられた言葉であった。

けれども、みどりはそうした言葉の前になんの恐れも恥も感じはしなかった。

魔女よ！　魔女よ！

おお美しい魔女よ！

私はあなたに仕えましょう。

みどりは胸に唄った。

それはある真夜中のこと。

みどりはふっと眼を覚しました。きさらぎの寒い真夜中、昔なつかしい趣きを慕うてか、片岡夫人が宵ごとに部屋のかたえにさしおく雪灯《ぼんぼり》の燭《ひ》が仄かに、うすく影さすあたり、そこには黒天鵞絨《びろうど》の夜具の襟柔らかに、ふかふかと埋めた雪のうなじ、真白き薔薇の眠るがごとく日夜仕える慕わしい夢の王妃はそこに、まどろむ——とみどりはえも言われぬ懐しさと仇気《あどけ》ない瞳をむけると——そこに思いもよらぬ驚きが湧き出でた。やすらかに美しい顔を夢の灯の陰に咲かせていると思うたお妃は影も形も失われている。

純白な羽根枕が、汀に眠る白鳥のように空しい床の上に置き捨てられて、その上に敷かれて乱れる黒髪の主はない、見えない！

『まあ』

思いがけない驚きと失望のために、みどりは胸をとどろかして起きた。

広からぬ部屋の隅から隅まで——お戸棚の中まで、みどりは雪灯をささげて、佳き人の姿をひたぶる探し求めた。

とにかくお部屋の中ではない——みどりはさらに静かな夜に襲われた舎内の廊下へと出た。

雪灯をささげた忠実な侍女は、こうして廊下のあなた、こなたをさまようて失うた宝石を尋ねる哀れな踊子のように、寒い凍りつくような夜の沈黙の流れの中を、なおもさまようてゆく。

みどりは、そうして舎内を歩き迷うて、廊下の突きあたりに行きつくところ、そこは旧式な露台《バルコニー》である。

露台《バルコニー》の前をさえぎる重々した古典な硝子《ガラス》戸は、み空の星影をさやかにうつして白く闇に光る――

そのかなたに、ふと真白き衣の袖のひるがえるを、夢のようにおぼろに、みどりは認めたのだった。

息もつまる思いで、みどりは雪灯もつ手をわなわなとおののかせて立ちすくんだ。

けれども失うた美しい宝石の跡を追う、けなげな踊り子のみどりは、はかり知れぬ勇気を持っていた。

瞳をさだめて見すかすかなた、露台《バルコニー》に立った人影！

それは真白い寝衣《ねまき》のたおやかな姿のまま、黒髪を肩になびかせて露台《バルコニー》の欄によりすがる――あでなる人！　片岡夫人、そのひとの夜の奇しくも、あでなる姿であったものを。

『まあ』

みどりは踊り上るような勢いでその扉をおしあけた。

冷たい月の光が斜めに露台《バルコニー》に立つ人の肩より、その背の黒髪にとすべってゆく。氷の宮殿に封じこめられた王妃のごとく、みどりには痛ましくも神々しくも見えた。

『私、どんなに探していたでしょう』

ようやくのことで探しあてた大切な宝石を胸に抱きしめて囁くように、あえぎながら言う。

氷の宮殿に封じられたと思うその人は、その時、夢から醒めたように、ふいと黒い瞳の花を開いて、みどりの柔らかい掌を握った。

『吃驚なさって！　お気味がわるい？　私――あのごめんなさいね』

夜、しかも真夜中、その月光の冷たくそそぐ沈黙《しじま》の露台《バルコニー》に黒髪を肩にしめらせて立つ人の心は、みどりには、とてものこと解しえなんだ。けれどもその憧れる人の行いになんの厭《いと》いも持つはずはなかったゆえ、ほほえんで、その手をひいて、

『帰りましょう、お部屋へ、お床の中へ』

と静かに誘《いざな》うのだった。

『かんにんして下さい、我儘なことばかりして』

と美しい妃は優しくいくたびとなくあやまる。みどりに手をひかれて部屋に帰った夫人は、床の中にみどりを掻い抱くようにともに身をよせて、その耳に打ちささやく、

『いつまでも、いつまでも、そうした純な処女《おとめ》の気持でいて頂戴』

こういって夫人の手が、さらに強く、みどりのかじかんだ子供らしい双の手の上へ置かれると思うと、

『大人になっては嫌、大人になってはいけません』

と、とぎれとぎれに聞えた時、その手の上にほろほろとふりおちる熱い涙の雫が、流れる。

白芙蓉の葩《はなびら》を溢れて落ちる秋の白露のように……。

あわれ、この麗しい夫人の胸の銀《しろがね》の壺の底深く沈みひそめる悲しみは何んであろうか？

みどりの心には解き得ぬ、いみじく奇しきこれやENIGMA！　これや謎！

人には告げ得ぬ悲しみを胸を抱いて、しかも美しいその夫人の愁い仄かに立ちのぼる不断の香の煙に、おぼろに浮かぶ影を見せて、その校舎の中に、かくて日を過してゆくのだった。

ある日の午後。あの不思議な魔女と呼ばれる夫人と、その忠実な侍女の住む部屋の扉をたたいて、小使が一葉の名刺を差し示した。

『このお方が片岡様にお目にかかりたいと仰しゃるのです』

文机によってクリーム色の皮表紙の英詩の小本《こぼん》に瞳を吸われていた夫人は、その名

刺を手にして、いとうべきものを、ゆくりなくも今手にしたように優しい眉を曇らせて沈んだ顔色になった。

『ワグナー先生が私に代ってこの方にお会い下さるでしょう』

とつぶやく、その下から、

『ワグナー先生はただいまご不在ですから』

と小使が事もなげに言う。

美しい人ははたと憂愁の色をさらに深めて、身も世もあらぬ思いに胸を抱く――。

『みどりさん』

と日頃親しむ呼名が、そのあえかな唇を程へてまろび出る。

『はい』

と、素直に答えて、これも同じく机から振り向いた、みどりの前にそのきらりと金縁の小形の名刺を示す。

『あなたが会って下さい、このひとに、そして私を救って下さい、あの吹雪の夜の門のように――』

言葉は短かくとも、その瞳が手をさしのべて、願うと見える。

みどりは立ち上った。

『はい、お目にかかりましょう』

頼まれた者もなぜと問い返すこともせず、そのまま応接室へと走り去った。

応接室の栗色の重苦しい扉の前へ立って把手《ハンドル》に手をかけようとしてさすがにみどりは胸に波打たせた。

あの天人《てんにん》を救わねばならぬ責《せめ》を荷うて、今この室に入るかと思うと……。

みどりは祈るがごとく眼を空にあげて――、幼なき我に力を与え給え――と。つとその把手《ハンドル》をまわした。次の瞬間、扉はきいいと開いてゆく。

美しい妃を助けようと一身に重い使いを荷うて、応接室に走ったみどりは、今は祈りをこめて開いた扉！　内には声があった。

『おますさん、待たされましたよ、ずいぶん』

みどりは、つと扉の表へ身を現して、静かに扉の把手《ハンドル》を戻した。

『おやあなたは』

訪ねる人の入り来し気配と軽々しくも、かく信じて声をかけたみずからの過失を、やり場なく小さな怒りに混ぜて、とがった声をかけたその人を、みどりは見つめた。

中央の円卓子《まるテーブル》の片側、古い重い時代のついた長いカーテンに覆われた窓の方に、これも古物然《こぶつぜん》とした籐椅子を斜めに向けて、その向こうに立っている人、その声の示したような婦人であった。

その姿の円く短かい、金魚の直立したようにも感じられる。けれども、けっして金魚のように青い藻の陰に水泡を吸うという紅い可愛い影ではない。なんというのか、ぴかぴか線香花火のように光る宝石ずくめの櫛を三枚くるっとめぐらして、後生大事に囲んだ大きな束髪、もちろんそれは自分の髪の毛ではない、作りあげた黒髪の形を後からのせて、冠《かぶ》せたものに相違ない。円くて血色がよい、といっても薔薇色の頬ということは許されない。細かな皺の上に濃く白いものを塗って、その上にトマトーの液の浸み出たようにとでも思われる。油じみた顔である。眼も鼻も口もすべて無意味で、愚かな欲望と小さな虚栄のために、使われる道具のようにも思われる。

ずいぶん、高価な服装なのだろうけれども、惜しいことに、みどりには少しもその価値は認められない。(ちょいと、小さい娘さんこの奥様のなりを見てごらんよ)と無言の中《うち》に示すがごとく、その婦人は昂然として、籐椅子は離れて前へ進んだ。お召というのか縮緬というのか知らない、みどりにとって世界で一番いい着物は、紫色の銘仙《めいせん》であるから——何しろ銘仙などと異《ちが》って、どっしりと重々しいくすんだ色合いの着物を、ぞろぞろと何枚か重ねた上へ、また同じような地の半コートと言うものを着て、ふくれたいほど、さらぬだに短かい身体をふくらして、またその上に襟もとに真黒な毛皮の襟巻をふわりとかけ垂らしている。

そして無性《ぶしょう》なことを外国風に真似たこの日本の婦人は、黒い毛皮を筒にしたものの中に、両手を突っこんで、そして突っこみながらも右手にきらめく黄金の腕時計がかくれぬように充分注意をはらっている。みどりは驚いて、妙な仰山ないいでたちの婦人を眺めながら、その腕時計を見渡した時、時計の面《おもて》の針が、時ならぬ七時半で止まっているのに気がついて、とまった時計をなぜ腕に巻くのだろうと正直に心配した。いうまでもない、この婦人は思うにこの新調の腕時計を求めて以来一度だって巻いたこともなく時間を知る必要も持たなかったのであろう。

ともかく応接室へ入ってから、その襟巻をも取らないで、武装しているところは、時間を急ぐのか、寒いのか、腹を立てているのか、けれども、みどりは平気で立っている。たまりかねたらしく、この婦人はいいいらいらして問い出した。

『あなたはなんですえ？』

声の調子が下品に張ってひびく。

『私、ええこの学校の生徒でございます』

みどりは真面目な顔で、先生にお答えするかのように返事をした。

するとかの婦人は胸高に黒い毛皮の筒を持ち上げて、ぐっと反《そ》り身になって、

『私はね、あの片岡の若奥さんに大事な用があって伺った者ですよ』

何を、お前のような小娘に会う用はないのだ――お門違いもはなはだしい、という素振りを充分その態度に仄見せて、しかる後にその婦人は前なる籐椅子にクッション

をひしいで、むざと腰をおろした。校主ミス・ワグナーが日本へ来られた際、持ち運ばれた校内第一の古参の古い籐椅子が、この突然の重量に驚いて、キキと悲鳴をあげてゆらいだ。

みどりは呆気に取られた。世慣れない処女の身にはどう処置していいか思い迷うた。

『でも、私は、あの、私は貴女の仰しゃる片岡のあの——若奥様の代りに出たのでございます』

ようやく、みどりは言い切った。

『まあ、それは——』

黒い毛皮に包まれた婦人がこの時猫のような顔を前へ突いて、みどりを眺めた。その肩に手に光る気味悪い毛皮のものは何か、考えるまでもない、その肥え過ぎた短かい姿と、その口振りから想像すれば、狸——狸も古狸、山の里で旅人をばかして、お酒を盗む古狸のその毛皮と見るがふさわしい、その婦人狸の毛皮の中から古猫に似た顔をのぞかせて、みどりを見る——。

『おますさんが逃げを張って、何も知らない小さいひとを私に会わせて、ごまかすんですねえ』

むっつりとふくれた婦人は、がっかりしたらしく籐椅子に背をもたせた。みどりは黙って立っていた。

『あの、なんですか、片岡の若奥さんはご病気なんですか』

『いいえ、ご丈夫でいらっしゃいます』

『丈夫でいらっしゃるなら、ねえ、こうして私が伺ったんですものちょっとおいでになったって、いいじゃありませんか、ねえ、あなた――』みどりはそのとき凜々しく答えた。

『あなたに会うのは嫌だと、片岡様が仰しゃいました』

それには答えもなくて、ただかの籐椅子のみ、ききと鳴る――みどりはほどへてさらに言うた。

『なんの御用ですか、私が代って伺っておきます』

籐椅子にからんだ狸の毛皮が、右に左にゆれた――。

『まあ、おかけなさいよ』

と、主客がどっちかわからない、この応接室は自分のもののように、毛皮の婦人は、前の小さな椅子をみどりにすすめる。みどりは、ちょこなんと椅子にかしこまる。

『いったい、若奥様は毎日どうしていらっしゃるの？』

『毎日勉強なさいます』

『へーえ、勉強――何を？』

『だって、生徒ですもの、学課を何んでも、テニソンやミセス・ブラウニングの詩を時々私にも訳して下さいますの』

片岡夫人の勉強ぶりを、みどりは忠実に報告しようとした。

『まあ、呆れますねえ、物好きにも程があるじゃあ、ありませんか』

聞いてさらに呆れはてたという婦人の容子《ようす》に不満を覚えたみどりは、

『勉強するのが、なぜ物好きなのでしょう』

と、とがめるように言えば、婦人は大きく、合点して、猫の口をひるがえす。

『まあ聞いてごらんなさい。あの若奥様はね、片岡の長者といえば銅でも石炭でも、掘れば飛び出してくる宝の山の持ち主の令夫人じゃあありませんか。まあ一目あなたにお目にかけたい、あの立派な広い大きいお邸《やしき》とそしてお庭をねえ。早い話が、銀の呼鈴一つで、綺麗な、小間使が十何人ずらりとお次の間へ三つ指突いて、（奥様なんと御意《ぎょい》遊しましたか）という風にねえ。その栄華のおくらしぶりはどうして廿四孝の雪の中の筍《たけのこ》なぞ、朝御飯の前に、ちゃんとお膳立ができるんですからねえ。そのあなた、願っても容易に平民（？）にはできない何十万の財産を、お邸も皆ふりすててあの雪の日に、昔生徒でいらっしったこの学校へ逃げていらっしったんですよ。ね、いったい何が不平なんです、何がもの足りないんです、我々の如き平民には、とてもわけがわからないんですよ。あの御立派なお城のようなお邸をぬけ出て、あのこう申しちゃあ失礼ですが、また正直に見たところ西洋の尼寺かと思われるようなみすぼらしいこの寄宿舎へなんだって好きこのんで大荷物を運ばせて、そして毎日、そら何とやらのお勉強で納まっていらっしちゃあ、まったく御当人はそれでよくてもお傍の私達はやりきれないじゃあ、ありませんか。ねえ、あなたどこの世界に一家の令夫人が家を外に異人さん学校で何やらペチャクチャお稽古なんぞしている者があるものですか、それも立派な鉱山王のお家ですよ、九尺二間の裏店住居《うらだなずまい》と異って、何十万という小判のお宝がうんうんうなっているお邸の令夫人ですよ、まったくどこがよくってここへ住まうんですね、若奥様の物好きにも困ってしまいますねえ』

狸の毛皮の猫婦人は実にかくの如き雄弁家であった。

可哀相にみどりはついに一語を発するの余地もなく椅子にかしこまって小さくなってしまった。猫婦人はさらに唇をひるがえす――

『まあ、これが呆れないでおられますか、何十万の財産も御殿のようなお邸も名誉も何もかも捨ててまで、まだ外《ほか》に望みがあるのか、こうしてここへいらっしてさ。是非とも今日《こんにち》は私がお邸へお連れしなければならないのですよね、だからあなた、若奥様に会わして下さい、その代りね、お礼はなんでも上げられますからね、あなた、さあ若奥様に会わして下さいなね』

猫婦人は猫のごとく眼を細めかつひろげて、狸の毛皮を左右にゆらがして、古き籐椅子を鳴らして、みどりを味方に引き入れようと、言葉を猫撫声に化して巧みに言い寄った。

みどりは不意に涼しい声音を張り上げた。

『あの片岡様は、あのたくさんの富も名誉もあらゆる幸福もすべて現実の世のそうしたものをお捨てになって、まだもの足りぬ一つの望みを求めてここへあの吹雪の宵逃げていらっしたのですって！　またなんという気高いお方でしょう！　なんという美しい霊《ソウル》を持っていらっしゃるお方でしょう！　私は――私は。もう何も言えません』

泪にほとばしる感激の声を顫《ふる》わせて、みどりは小さい胸になみうつ新《あらた》なる憧憬《あこがれ》と尊敬の念をかの片岡夫人の上へ起したのであった。

みどりが泪をはらはらとこぼして胸に袂を重ねて強い感情を抱いている時、猫婦人は俗の世のあらゆる考えをめぐらした。

『もし、あなたしっかりして下さいよ。戯談《じょうだん》やお芝居をしにここまで来たんじゃあ、ありませんからね。若奥様を学校からお家へお帰りになるように一つお願して戴けないでしょうかねえ。あのそら異人さんの先生に――』

みどりは泪の中に頭を振った。

『いけません、いけません、あの気高いお方を学校から離してはいけません、いけません、いけません』

駄々子が大事なお菓子を人に取られるのを、怒る如くみどりは強く重ねて言い張った。猫婦人もその意気込に呑まれて、まごまごしてしまう。

『いえ何も、あなた今すぐどうする、こうするというのじゃあありませんよ。あのうちにねえ、学校の先生方からよくこの事柄をお話し下さって、そして若奥様が無事にお邸へお帰りにさえなって下さりゃあ、それで結構なんですよ。いかがでしょう。そうした事にはゆきませんでしょうか？』

　老巧な外交官振りを発揮しているつもりで猫婦人小さな額に汗の粒々を浮かしている。もちろんこの春先部屋の中でさえ何のおまじないか狸の毛皮を身から離さぬから……。

『あの、そうしたことは私にはわかりませんからワグナー先生に仰しゃって下さい』

　一時逃れに、とにかく訪問者を早く立ち去らせようと思う心から、みどりはこうも言いは言ったが、ワグナー先生が後で迷惑なさると気が付いてはっとしたが、向こうはいい方法を教えて貰って鬼の首でも取ったよう、気味の悪い笑い方をして膝をすすめ出した。

『まあ、そう、ではその、ええとワグナーさんとやらに委細申し上げるのが何より近道なんですね、じゃあ早速ですが、ただいまお目にかかれましょうか？』

　相手を小娘と見て人を呑んだものの言いよう、みどりは息をつく隙もない。

『ワグナー先生は今日はお留守でございます』

『へーえ、じゃあいつ伺ったら会って下さるんでしょうかねえ』

嘘を言うたとでも思ってか猫婦人、皮肉な口調で問い返した。みどりはおどおどした正直さを示して、

『先生の面会日は毎週金曜日の午後二時から五時まででございます』

『ああ、じゃあ金曜日に伺えば、きっといらっしゃるんですねえ』

『はい、そうです』

『これはいろいろとありがとうございます、とんだお邪魔をいたしましたよ、これで今日はごめんを蒙りますよ』

と、かの婦人はこの時ようやく籐椅子から偉大な身体をゆり起こしてけろりとして立った。そして毛皮の襟巻をさらに撫でつけて、応接室を澄まして出てゆく――。

呆れて後《あと》見送ったみどりは、今まで張りつめた気の、ほっと安らかになったゆえか、扉によりすがったまま、しばらくは身動きもできぬ。

みどりはややしばらくたって後、片岡夫人の姿を求めて寮の一室へと立ち帰った。しかしそこには美しい人の姿は見られなかった……。

みどりは懸命に探しまわった。

最初、窓から運動場を見渡して木立の陰まで隈なく見つめていたが、それらしい人影は動かない。

次に、みどりは校舎に付く講堂というよりは、むしろ礼拝堂と呼ぶ方がふさわしい大講堂の中にと入って行った。平常《ふだん》は窓の帳《とばり》もおろされて四辺《あたり》はうす暗い、正面の壇を左にして栗色の古い大きいオルガンが据え付けてある。うす暗い中に押しならんでいる長椅子と高い天井との空間《あきま》に言い知れぬ沈んだ寂しい気分が漂うているのだった。

折からの夕日のあかねさす光は、上の硝子《ガラス》窓を超えて帳を透って壁を斜めに横切って床の上に煙るが如くにさし込む。

その夕陽の仄かに落ちる古いオルガンの陰に、身を伏して像の如く動かぬ影――。それは片岡夫人である。みどりが足音を忍ばせて近づいた時、夫人は身を起こして立ち上った。

『みどりさん、あのお客様は？』

夫人は、いつものように静かに落ち付いた声音で尋ねた。みどりはそれには答えもせず、夫人を見上げて吐息をつくがごとく――。

『ほんとうに、あなたはなんという気高いお方でしょう。ほんとうに、あのほんとうに、私は――私はもうどう申し上げていいかわかりません――』

夫人は吃驚してこの突然の昂奮したらしいみどりの口調に会ってどきまぎするのだった。

『ああ、なぜなぜ――そんな事を仰しゃるの？』

みどりは顫えるように感動した声で――。

『もう、私はついさっき何もかも知りました。あの吹雪の宵に、ただひとりでこの学校の門まで逃げていらっしたことが――あのたくさんの財産と御立派なお邸を、後にお捨てになって、そして、そして、ただ神の許へといらっしたということを――財産も栄華も現在の御幸福も皆お捨てになっても、真実の神をお求めになりたいと願う、その気高いお心は――もう私はなんと申し上げていいか存じません――』

みどりは感きわまって泣き出すように、夢中になって言葉をつらねてひるまない。夫人は真赤になって、同じようにおののいた。

建物の中には、日暮時の佗しい冷々とした夜近い風が忍びこんで、窓の外には月影が夢のように早春のおぼろの曇を帯びて浮かび出た。すべては夢を含くみ夢に明けて夢に暮るるなれば、甘くも優しい灯ともし頃のもの懐しさは礼拝堂の中に佇む二人の影をめぐって、巧みに心憎い（夜の曲）を奏でる。

あわれ、こうして、人の世の春の一日は暮れて行くのであろう。

それはさらに春に入ってからのことであった。一台の自動車が学校の門をくぐって、獣の吠えるような、けたたましい荒い音をたてて校庭の砂利を縦横に蹴散らして玄関の三和土《たたき》の上まで乗り込むほどの勢いで、まっしぐらに侵入して来た。

その車内から飛び降りたのは、焦茶のモーニングコートを着た肥大な紳士（？）。

一口にその人物を説明しようとするならば、それはまったく、あの（活動写真に出て来る悪漢達の結社の一員の人物）を連想させるような人品であった。

彼は昂然として玄関の呼鈴を鳴らした——出て来た小使に横柄な口調で、

『ミス・ワグナーに会いたい、ちょっと取次いでくれ』

と言いざま、かれの右手が服のポケットに入ったと見ると、指先に一枚の金貨をつまんで、小使を見おろすようにして、

『おい晩の酒でも買うがよい』

——開校以来勤続してこの秋の記念式には表彰されようとしている忠実な老小使の藤作爺さんは仰天して呆気にとられた。

『旦那御戯談をなさっちゃあ、困ります』

『きさまに手数をかけるからだ、うまくワグナーという異人の女に取り次いでくれ、おい、しっかり何分頼むよ』

無礼な来客は、こういらだって言ったが、藤作爺さんは冷やかな態度で、

『お客様のお取次をいたすのは私のお役でございますからね、あなた様からお心付け戴くわけがありませんですよ』

藤作爺さんは、そう言うと立ち去った。

ミス・ワグナーがかの無礼な傲慢な来客を、その応接室へ通したのは間もなくであ

った。

藤作爺さんは、今日の無礼至極な来客者を怪しくも、うたがうと同時に、ミス・ワグナーが老いた優しい身体を応接室に運ばせたのを見て、心ひそかに憂いを抱いた。そして蔭ながら、ミス・ワグナーを護《まも》るつもりで、ひそかに応接室の扉の外に身をひそめて内《うち》の様子をうかがっていた。

その藤作爺さんの耳もとには、かすかに下《しも》のような話し声が響いた。

『片岡の若奥さんを取り返せばなに、こちらにはなんの文句も苦情もないんです』

『私どもは、けっしておますさんをあなた達から取り上げたのでは、ありません。おますさんが自分でいらっしゃいました』

『こちらへ逃げこんだ雛なら追えば出て行きますからね。そこをよろしくお願いいたしたいのですがいかがでしょう――』

『おますさんを今追い出せと言うのですか、それはいけません、私どもにはできません』

ミス・ワグナーのきっぱりと言う声の下から、太い濁った声が湧く。

『さあ、そこですよ、そりゃあまあこちらもまあ学校を建てて、こうして経営しておられるのですから、一人の生徒をへらせば、まあ早い話が月謝という収入を一口棒にするわけですからな、いきなり今そうした損をみすみすおかけするような世間知らずの事は、まあ手前どもではいたさないつもりです。どうでしょう、御迷惑をおかけする穴埋めに一万円投げ出すつもりで始めからかかっている仕事です』

『一万円、それはなんのためのお話ですか』

『そこですよ、ね、一万円どうです大したものでしょう。あなたの方で若奥様をうまくこちらへ渡してさえ下されば、千両箱を十個積んで進上するんですぜ、蝦で鯛を釣るって、まったくこのことですな』

『もう一度よくお話をして下さい、私にはあなたの仰しゃる事を解することができません』

　ミス・ワグナーの呆れ惑うたらしい調子の声がした。

『まったくあけすけにお話しているんでさあ、あの片岡の若奥様をてまえどもの方へお渡し下さりゃあ、一万円を包んで差し上げるんです。あなたの方へでもまた学校へ寄附とでもいう名義でね、それがお礼なんです』

　ややしばらくの間をおいてから、やや顫える声音も烈しく、ミス・ワグナーの答えが与えられた。

『わかりました。あなた達は一万円お金を私どもに与えて、そしておますさんを学校から出すように願うのです。しかし、それはいけません。私どもはおますさんを学校から出すことはできません。おますさんが自分で学校を出ないならば、もちろん私どもはあの人を喜んで生徒として教えるはずです』

『でも、一万円ですぜ！』

卑しい叫び声が、おしつけるように起きた。

『いいえ、いりません、私どもはあなた達からお金を戴くならば神様に恥しい人にならねばなりません』

『では、どうしても、若奥様は渡せないと言うんですか』

荒い声が破れた鐘のように響く。

『おますさんはあの人の自由を持っております。私どもはどうすることもできません』

ミス・ワグナーの声は沈んで重々しく気高かった。

『金を貰えば恥になるって。これほど頼んでも言う事を聞き入れてくれなきゃあ、こちらにもまた相当の考えがありますぜ、このまま、へいそうですかと言っておめおめ引き下がることはできないんですぜ』

『私はあなたにもうお話することはできません、またあなたも私にその乱暴な話をすることを止めて下さい』

ミス・ワグナーは椅子から立って扉を開けて立ち去ろうとした。その落ち付いた寂しげな老婦人の後ろ姿を睨《ね》めつけて立ったかの客は吐き出すように叫んだ。

『後悔するなッ、こちらには命知らずの人間を金で買って、どんな事でもやらせてやるぞッ』

烈しい語気を発して椅子を蹴立てて、これもまた扉の外へ――そこには藤作爺が鋭く見守っていた。

校庭の桜が、皆ほころびるにはまだ間があっても、北の国にも春という幼ない旅人は訪れて桜の梢に紅を差して行った。

その頃の日曜の夜の明け方に近い時――。春の曙の眠りの長閑《のどか》さに若い処女達は寮舎の窓にいろいろの桃色の夢を織るに余念もなかった。その夢の梭《おさ》の行き合う真中を、ぶっつりと切った恐ろしい魔の叫び！

『火事！　火事』

藤作爺さんのしわがれ声とともに、鈴《ベル》の音が烈しく鳴り出した。叫び声がどの窓にも響いた。

見よ、見よ、その時すでに一団の焔の束は吹き上った。U字型をなす寮舎の中央に一室突出している小さな図書室の屋根を焔に染め砕いて。

廊下に烟《けむり》は濛々とたちこめる――その中に絹の裂くように声が入り乱れる。

『早くお逃げなさい、外へ！』

先生達の必死となって叫ぶ声が、あちらにも、こちらにも、校庭へ出る出口の戸は押し破るようにされて、生徒が流れ出る。

火に明るく照された校庭の桜樹のもとに、寮舎の生徒は集まって先生達の点呼を受けた。

『春藤さんがいらっしゃらない！』

『片岡さんがお見えにならない！』

――不安にふるえる声々がおのおのの群から伝わりつづいた。

烟に包まれた建物の中に二三人の人影は走った。そのとき消防夫の一隊は、けたたましい雑音を立てて校庭に流れ入った。

烟よ、焰よ、水の線よ、散る火の粉よ、かつて無い修羅場がそこに出現された。

『片岡さん――春藤さん――』

悲壮な調子で呼ぶ声が烟の中をくぐってひびく。

『あらッ、ワグナー先生がワグナー先生が！』

生徒は恐怖の声を出して騒ぐ。ミス・ワグナーは焰に包まれて立つ建物の中に今と び入ろうとしているのだった。

『あぶない、あぶない』

消防夫達が叱り飛ばすように叫んだ。けれどもその時はもう老いたる外国婦人の姿は焰の渦巻の中に消えて行った。

ミス・ワグナーが入り込んだ焔の中——そこには、あわれそこには、片岡夫人が銀糸の帯高く粧《よそお》いあでなる姿を烟に半ば包まれて立つ、その傍にみどりは女王にかしずく侍女の如く紫の袴を裾に敷いて膝まずく……ミス・ワグナーが絶叫した時、片岡夫人は焔の中に見透した。

『先生お帰り下さいまし、早くお逃げ遊ばして、私はこのまま——焔は汚れたものを浄化させてくれるでしょうものを！』

夫人は一歩も動かなかった。刻一刻烟は濃くなって二つの影を覆うてゆく。紅蓮の焔の中に咲く真白き花よ！

かくて匂い高くも葩を散らして焔の中に！

重き柱の倒れる音、絶え間なき叫び、この一大雑音裡に、ああそこのみはいかに静かに美しい場面《シーン》であったろう！

かくて、春の一夜の怪しの火は古き歴史を持ってミッションスクールの半ばを灰に化して、綻び初めた校庭の梢の春を泪の露をにじませて奇しくも美しい伝え話を後の日まで。

釣鐘草《つりがねそう》

小雨に濡れて、届いた一通の便り――それは、さびしい、しめやかな初秋の灯とも し頃だった。白い封筒に、優しいなかにどこやら謹厳な気持という風な、つつましや かな筆のあとも床しい。裏を返すと、見知らぬひとの名――いうまでもなく女の方――もう一歩進めて言うならば――うら若い処女の方であろう――なぜならば、その示す住所には単に××県女子師範学校寄宿舎とのみ記されてあったから。

秋の灯のもとに、私はその遠い未知の方からの厚く幾重と巻きこまれた文を読んで ゆくのだった。冒頭には誰もが、こうした場合かならずかくように、見知らぬ者から の突然の書翰《しょかん》を送る失礼を云々と詫びてある。そして次に、つつましい文字《もんじ》のあたま は綺麗にならべてあった。私はその一つ一つの文字を辿った。

私はただいま××女子師範学校の本科一年生でございます。私は生まれたところは同じ県内の△△と申す小さな山麓の村でございました。私の家と申しますのは村でも指折りの豊かな家でございました。私の幼ない頃は楽しく面白くただ夢のように育てられておりました。ところがああ、なんという呪いが我が家にかかっていたのでございましょう、父はいつとはなく酒食に荒んで日々を送るようになりました。村からほど近い田舎街に行ったまま家に帰ることを忘れて、酒に溺れて汚れた巷をさまようような浅ましい人になってしまったのでございます。母の嘆きはどんなでございましょう。たまさか父が家に帰った時に涙ながらにいさめましても、父は少しも母の言葉など耳に入れず、はては母が一言二言言い出すと、もうすぐに乱暴な事をいたします。そして家にあるお祖父様から伝わった目ぼしい家財まで持ち出すようになりました。こうして私の家もおいおい零落してゆくのでございました。

親類の者達もいろいろと手をつくして父の乱行を止めさせようといたしましたが、なんの効もなく、父の悪行は日々募るばかりでした。いつかはお父さんも眼が覚めて真面目になられて家にもどられ、かたむいた家をもう一度立派に起こして下さるだろう、その日までは石に噛りついてもと、母は健気にも覚悟されて、傭い人もいなくなり、家《いえ》も荒れはてた、家《うち》の中に、私と弟の雄吉と二人の子を育て守って、一心に働いて下さいました。そのうち父の重なる借財のために先祖から代々永く住みなれた、広い屋敷が人手に渡ることになりました。村では一、二を争う旧家だった私どものなつかしい家もこうして他人の手に任されることになりました。

そうなると、今まで我慢していた母の実家では、もう父に愛想をすっかりつかしてしまいました。そして、母は無理やり実家に帰らせられることになりました。もう私どもの家にはなんの財産もなくなり、また住むべき家も失われたのでございます。ああ、そのうえ天にも地にも、かけがえのないただ一つの立ち寄る木蔭だった母の身をも、うばい取られてしまった私と弟は、どんなに辛かったでございましょう。思い起こしても、もう胸がいっぱいになって何も書き現すことができません。

今でも忘れません、十三の秋、朝から弟と私は隣村に古くから医師をしている伯父の家へ、伯父が迎えに来て連れて行きました。伯父の家では従兄弟達といっしょに、裏山で栗などを落として他愛なく遊んでおりました。やがて、夕暮となったので、家に帰るのに気がつくと、もう寂しく家に留守居している母がなつかしくて弟といっしょに、これから急いでお家へ帰ると申して出かけようとしますと、伯父も伯母も今夜は泊って行けと申します、でもお母さんひとりで寂しいからどうしても帰ると申してききいれず、弟とふたり伯母の手を振り払って無理にも走り出そうとした時、伯父が恐ろしいような声で、『お前達がいくら急いで帰っても、もうお母さんはいやしないのだよ』と申しました。

はっとして、私と弟は、『どうして、どうして、伯父さん』と問い返すと、『お前達のお母さんは子供を見捨てて自分のお家に帰ってしまったのだ』ときっぱり伯父は言いました。

どうしてほんとの事と思えましょう。私は一生懸命で伯父に言いました。『お母さんがお家へ行っておしまいなさるはずはない、あのよいお母さんが――』と言い続けようとすると、伯父は『ほんとだ』と、冷たく言いました。弟は『姉さんお家へ帰ろうよ帰ろうよ』と泣き声を出して袂にすがってせがみますので、伯父さんの言葉がうそかほんとか、家へ帰って見ればわかると思いまして、『じゃあ、お母さんがいるかいないか、お家へ行って見てくる』と申して弟の手を引き出かけようとしますと、伯父はまた申しました。『そうして、お前達ふたりは、いったいどこへ行くのだ』私は返事をしました。『私達のお家へ』その言葉の下から、伯父は『お前達がいくら走って村へ帰っても、もうあの家にはほかの人達が住んでいるのだ』と言うではございませんか、私達姉弟《きょうだい》はもう言葉もなく泣き倒れました。

こうして、とうとう不幸な姉弟は、その夜から時雨さびしく秋深むままに、伯父の家に寄宿するはかない者となりました。たとえ貧しくとも小さくとも、自分のほんとの家に育ったらどんなに嬉しいでしょう、大きい裕福な従兄弟達といっしょに養なわれて行く姉弟には、人知れず蔭で抱き合って、母恋しと嘆くのがたびたびのならいでございました。

そのうちやがて私は村の尋常科を卒業して高等科に入りました。尋常科を出た時、郡の女学校へ入るお友達もかずかずでございました。私も父さえ家を守ってくれたら、やはりその春女学校に進んで、明るい少女の春に酔い得たでしょうものと、幼稚な心には、女学校の入学試験の準備に卒業間際毎日居残る人達がどんなに羨ましかったか知れません。

母には別れたまま、その日から一度も会いませんでしたが、人の噂に聞き伝えれば、母は伊勢の方のある街に嫁いで行ったとか申します。遠く伊勢路に行った母も、残して去った二人の子を思う時どんなに辛いことでしょうに。あの乱行を続けた父はその後身の行方さえわからないということでした。伯父も伯母も父や母の噂をする時は、いつも不快な気持で罵るようでした。私ども姉弟は父母の罪まで着て、伯父達の前にどのように肩身せまく、はずかしく思ったことでございましょう。

弟の雄吉は、幼ない東西も知らぬうちから父に生き別れ、また母に生き別れた哀れな身とて、もう世界にたったひとりの姉として私を大変に慕いました。姉ちゃん、姉ちゃんと言って片時も傍を離れません。学校に行く朝も私を追ってどうしてもききません。そしていっしょに学校までついて行きます。私が教室にいるときには、寂しそうに、ひとりぼっちで校庭で砂いじりをして私の出るのを待っていました。そして放課後また連れ立って伯父の家へ帰るのでした。子供心にも、弟は日曜を喜びました。

(明日は日曜楽しき日、姉ちゃん朝から家にいる――)などと、自分でませた言葉を綴って歌いながら、子兎のようにぴょいぴょいと跳ねたりいたしました。日曜といっても私は伯母のいいつけで朝から夕方まで何かと家の手伝いをいたしました。弟は小さい手で私のする仕事を手伝おうとするのでした。

ある時、お米を磨いでいますと、一分も私を離れまいとする弟が井戸端へ来て、姉の疲れを慰め顔に、ちょこちょこと両手を桶に突きこんで一心にお米を磨ぎはじめました。せっかく弟がしてくれる間にと、私は気になっていた算術の宿題を井戸の傍にいたまま、雑記帳を出して見ていますと、弟はせっせとお米を磨いで、それから水を代えようと桶をかたむけた時、小さい腕に何升というお米の重さに堪えかねて、あやまって桶をくつがえしました。さっとばかりに白い水といっしょにお米はたくさん流しへこぼれ落ちました。私は慌てて桶をかかえて、お米をひろいあげましたが水の勢いでどぶへ流れ出たお米は溝《どぶ》の底に仄白く残りました。弟はもう可哀想なほど、しょげてしまいました。私は叱られたら姉ちゃんがあやまってあげるからと申して慰めました。伯母に溝をのぞかれて後で大変に叱言《こごと》を言われました時、私がお米を磨いだのですから、皆私の責めになったのですけれども、その時、弟が薄暗い台所の隅でしくしくと顔に手を当てて泣いている姿のいじらしかったこと！　ああ、私は永久に忘れえません、その時、私の心から、姉一人弟一人の身の上で、ああ、力におたがいになってゆくのは、姉からは弟、弟からは姉一人だと思いました。弟は私が高等科に入った時、尋常一年生になりました。親がなく姉に頼ってゆく身には、おのずと心も引き締ってゆくのでしょうか、たいへんによくおさらいをいたしました。そして同じ年の従兄弟よりも学校の成績もすぐれて、二年に進級する時は、優等生で級の総代になりました。私はほんとに嬉しゅうございました。弟が私にとっては一つの頼みの綱であり唯一の慰めでございました。私は高等科の二年になった時、自分達ふたりの行末を思って、どうしても私は他日独立して衣食し弟を育てて、ひとかどの教育を受けさせて世に立たせてやりたいと望み出しました。それで県の女子師範に入学してゆきたいと思って、伯父に願いましたが、伯父は高等科を出たらお針の稽古をさせて家でなんとか家事を見習わせるつもりでいたので、なかなか承知してくれなかったのでございますけれども、私が強いての頼みにとうとう望み通りにさせることになりました。そして私は一心に勉強して高等科を卒業した春、女子師範の入学試験を受けて首尾よく合格いたしました。天にも昇る気持でともかく嬉しゅうございました。弟はまた総代の優等生で尋常三年生になりました。私は春休みの間にいろいろと生れて始めて、寄宿舎生活の仕度を母なき身には、我が手で寂しく調えていました。弟も子供ながらに、手伝いをしたがったりするのでした。そして弟はなんとなく沈んで悲しげな様子でした。なぜか、それは私にもよくわかりました。姉に別れるのが嫌なのでした。私が××市の師範の寄宿舎に行ってしまえば、あとには伯父の家に、よりすがる胸を持たで、佗しくすごさねばならないからでした。私も弟を後に残して立たねばならぬのが、ほんとに心辛うございました。

　でも、やはり別れの日がきました。私は寂しく弟を後にして××市に出て女子師範の寄宿舎に入りました。入舎してからは、ただ毎日夕暮れになると窓によって、別れて来た幼ない弟の事のみ忍びました。そして、ただなんの理由もなく弟が、暗い台所の隅でしくしく泣きながら私に会いたがっているような気がしました。そして生徒の練習している、いく台かのオルガンの打ち重なった音色が階下から響いてくると、堪えかねたように涙が流れるのでした。父もなく母もなく家もない私は伯父の家で寂しい思いをしましたが、それでも愛する弟がいたのは、どんなに力強かったでしょう、けれども離れて寄宿舎に来て見れば、ああやはりそこも淋しき人の子の冷たい世の風が吹いていたのでございます。私は夏休みまでをどうしても待ちかねて我が家ならぬ伯父の家ながら帰りたくなりました。なぜというまでもなくただ一人の弟の雄吉に会いたいばかりでございました。

　僅かな日数離れていても、それはまるで十年も二十年も相見なかったような気がして、土曜から日曜へかけての短かい帰省が、どんなに嬉しかったでしょう。弟の喜んだのは申すまでもございませんけれども、私は弟を久しぶりで見て、さらに弟のふびんさを知ることができました。姉にゆかれた後の弟は伯父の家でほんとに、みじめな子供でした。両親の手許で何不自由なく甘やかされて育った従兄弟達は、弟に対しては皆我儘で小さい暴君でした。なんの遊びをいっしょにしても、一番ひどい目にあうのは弟でした。いじめられて悲しいとて泣きじゃくったとて、その涙を優しくぬぐってくれた姉さえ、もう傍にはいなかったのですもの——私は、そうした弟の幼ない日頃のあわれさを思うと胸がいっぱいになりました。いっそ学校に学ぶことはよして、弟を守って村の乙女になろうかと思いましたけれども、永い将来のことを思うと、やはり辛くとも悲しくとも忍耐しなければならぬと思うとあきらめるのでございました。

その頃、従兄弟はめいめい木馬を伯父から貰って毎日の遊び友達にしていました。木馬…木馬…男の子供にとって、それはどんなに嬉しいものだったでしょう。はいはいどうどうはいはいどうどう従兄弟達は得意になって馬上にそりかえって皆大将のつもりで、木馬を持たぬ弟ひとりは可哀想にいつも兵隊ばかりにされます。たまに一度でも乗りたいあまり、子供心にそっと木馬に手をかけると、従兄弟達はすぐに見つけて、『こらッ大将でなけりゃあ、おん馬《ま》に乗ってはいけないッ』といばり散らして口々に叱るのでした。傍でそれを見ている私は腹が立ちました。鼻ったらしの甘えっ子で学校ではいつも悪い成績のくせに、家の中でばかりいばっている従兄弟達にくらべて、弟の雄吉の方がどれほど大将になる資格があるか知れないと思うと、ただ木馬一つが持てない許《ばか》りああしていじらしい目に会う弟が可哀想でなりませんでした。どうにかして木馬一つを弟に買ってやりたいと私は切に切に思いました。そして木馬を買うためには、どんな苦労をしてもよいと決心いたしました。

この短かい帰省の日の間に、私は伯父の家で木馬のために弟の悲しみの増したのを知りました。私は日曜の午後、××市に帰るために、弟に送られて村の渡し場へ参りました。その途中で私は、『雄ちゃん、木馬を姉ちゃんが今度お土産に持って来てあげるからね』と申しますと、弟は力なく頭を振って、『お姉ちゃん、いいの、雄坊木馬なんかいらないの、大きくなって、ほんとの大将になれば、生きたおん馬に乗れるものねえ』と言います。『だって、木馬がないと雄ちゃんがみんなに馬鹿にされるから、姉ちゃんはどうしても木馬をひとつあげるからね』とさらに言いますと、雄吉はいっぱいになった円い眼を姉の方に向けて、『雄ちゃん、木馬なくても我慢するから大丈夫だよ……だって、姉ちゃんお金をたくさん持っていないんだもの……だから、雄ちゃん、いらないんだよ』と言いました。

ああ、その哀れにいじらしい心根、姉の私は身を切られるようでした。ああ、どうかして、木馬一つを求め得たら私は一国の女王になるより嬉しいと願うのでした。渡し場で私は船の中、弟はひとりしょんぼりと河の堤の上に立って見送りました。弟は声がよくて学校の唱歌も上手でした。そして上級の生徒の習う歌までいつか覚えてしまいました。雄吉は、そのうち取りわけ、この歌が好きでよく歌いました。

――旅順《りよじゆん》開城《かいじよう》約成《やくな》りて、敵の将軍ステッセル、乃木大将と会見の処はいずく水師《すいし》営《えい》、庭に一本棗《ひともとなつめ》の木――幸うすき子の唇より出ずる歌声なればか、弟の歌声には言い知れぬ哀調さえこもっているように思われました。いま船が水の面《おもて》を静かに動き行こうとすると、弟は涙ぐんで今にも泣き出しそうにしていますから、私は弟の気持をまぎらすために、船の中から。

『さあ、雄ちゃんお上手な旅順開城のお歌を上手に聞かせて頂戴ね』と声をかけますと、子供心に姉に歌をこわれて嬉しく声はり上げて歌いました。――旅順開城約成りて敵の将軍ステッセル――おいおいに歌の進むとともに船は川岸を離れて遠ざかるのでした。船の遠ざかるのを見やりつつ、涙ふくみし眼もとすれど、泣かじと声をはげまして、――乃木大将はおごそかに、みめぐみ深き大君《おおぎみ》の大詔《おおみことのり》つたうれば、かれかしこみて謝しまつる――船はだんだん遠ざかる堤に立つ幼ない子の影は、小さくなってゆきました。

あわれ、あわれ、歌声も顫《ふる》えおののいて涙の声と、とぎれつつ河風に伝わって船に響きました――われに愛する良馬あり、今日の記念に献ずべし――厚意謝するにあまりあり、いくさの掟に従いて他日わが手に受領せば――ながくいたわり養わん――身は向こう岸についても、なお哀れ深き歌声のみは、かすかに響いて来るのでした。夕陽は赤々と茜さして、河のあたりの落日の風景、私は涙に濡れて立ちつくしました。ただひとりとぼとぼと、姉に別れて寂しく帰りゆく野路《のみち》の夕日に照らされた弟の小さい姿を思いやると、私はもう一度船を返して弟の後を追いたいようでした。

私はその日からあの木馬のことを一日も忘れたことがございません。どうかして木馬を求め得られる価いだけのお金が欲しい欲しいと思っておりました。その切なる願いを天の叶えて下さったのでしょうか、私は新聞の広告で、写字生を募集するのを或る日見つけました、古い書籍を新たに書き移す仕事でした。

私は早速、その広告主の豪家を訪れて写字をさせて戴きたいと申し出ました。その豪家に昔から伝わった古本の記録類を写すのだということでしたから、まだ若い女学生なぞでは役に立つまいと、向こうの人が言うのを無理にと切に頼んで、できるかぎり立派にいたしますと言って、ようやく写字をさせて貰うことになりました。そして紙や原本をたくさん包んで、寄宿舎へ帰りましてからは、お友達の雑談の時間を自分ひとりは机に向かって、しかも人目をかくして、ひそかに写字の仕事をいたしましたが、何事も時間や規律にしばられている生活の悲しさに、思うように写字がなかなかはかどりません。

それでも身も痩せるばかりに苦心して毎日少しずつでも片付けてまいりました。村へちょっとでいいから帰って弟の顔が見たいとは思いますが、その帰るひまに、急いで写字をして、一日も早く木馬を持って家へ行こう、木馬を持つまではと、我慢して帰りませんでした。

そのうち夏の休みも近づいて恐ろしい試験も始まりました。のどかな女学校の気分と異って、どうしても女子師範の試験気分には、せっぱつまったものすごい、とがった風がありました。成績の良否が卒業後の位置までを支配するからでございましょうか。私もやはりその渦巻に捲きこまれねばなりません。そして写字の方はしばらくはできませんでした。

学生の身で金銭を得るために写字をするなどということが先生方のお耳に入らばどのようにお叱りを受けて退学にでもなりはせぬかと心配して私はどこまでも秘密にいたしておきました。そしてやっと試験が終ると、ホッとする間もなくまた写字をいたしました。ようやく授けられた部分だけ写し終って、飛ぶように頼まれた許へ持参いたしました。私はそこで生れて初めて自分の力で得たお金を受け取りました。それは十円札が一枚でした。ああ自分の額に汗して苦しみから得たそのお金で弟へ木馬を贈る――こう思うと天にも昇る気持でございました。

それは夏休みは明日からという前の日でした。その日までに仕上げようとずいぶん私は励んで写字を急いだのです。すぐその日街で木馬を買おうと思いましたが、門限の時間が間がないので、明日停車場へ行く途中買ってゆくことにきめて、そのまま急いで寄宿舎へ帰りました。明日は木馬を持って村へ……弟の笑顔を見ると思うと胸がおどってその夜ねむれませんでした。木馬を持ってゆくことをわざと弟に知らさずに、不意に持って行って吃驚《びっくり》させて喜ばせようと私は弟への手紙にも木馬のことはかいてやりませんでした。木馬を姉の持って来てくれるなどとは夢にも知らない弟は、片仮名で可愛くかいた葉書をその日よこしました。

オネイサマ、ナツヤスミニナリマシタ、ハヤクカエッテクダサイ、雄ボウハ、マイニチ川ノソバヘ行ッテ、ネイサマヲノセテクルオ舟ヲマッテオリマス。

とかいてありました。涙とともにその葉書を胸に抱きしめて、『雄ちゃん、早く帰ってよ帰ってよ』と私はつぶやきました。

待ち遠しい一夜が明けて今日から帰省と思うと、そわそわして落ちつきませんでした。荷作りを調えて出ようとしている最中、隣室に大騒ぎが始まりました。それは隣室の方の一人が、お金を盗られたと舎監へ申し出たためでした。自分はけっして失った覚えはない、昨日の机の上にのせておいたが、今朝はもうなくなっていたということでした。

それで舎内が大騒ぎになりました。せっかくの帰省の仕度中を皆外出禁止になって、いちいち取り調べられることになりました。ああ、その時、舎監の眼に、私の持っていた十円札が異様に映ったのでした、なんという不幸な偶然でしたろう。隣室で紛失したお金も同じ十円札一枚とは――私の身の上が叔父の補助で辛うじて修学を続けているということが知れている以上、夏休み前になって、思いがけなく十円札を持っているなどということはどうしても不思議だったのでした。舎監は他の寄宿生には、帰省をその日から許しても、私だけは外出を一切止められて、舎監室へ呼びつけられていろいろと問い出されました。もとよりなんのやましい処もなく我が身は潔白でございますから、私はそのお金は人のものをうばった汚れた行為で我が手に入ったのではないと申し立てましたが、なかなか舎監のうたがいは晴れませんでした。私は写字をして得た金銭であると説明しようとしましたが、もし、それが知れてかえって退学でもされてはと始めは言わずにおきました。その騒ぎに、その日も暮れて、翌日となりました。私はついに決心して身に覚えのない悪名を着たのを晴らすには、どうしても写字をして得た正当の報酬であるのを打ち明けねばならぬと思いまして、舎監に、そのことを申し出ますと、舎監は打ち驚きながらも、まだ信じかねる様子で、しぶしぶ自分であの写字をさせてくれた豪家まで問い合わせにまいりました。そして先方の証明を聞いて、初めて安心して帰って来られました。

ようやく、こうして身のあかしはたてましたが、その日も出立できずに夜になってしまいました。その翌日早く寄宿舎を出て、街で小さいながら美しい木馬を一つ求めて急いで帰省の途につきました。村へ出て、あの渡しを船でゆく時、向こうの堤に弟が立って待っているだろうと、船の中に木馬を抱えて私は微笑みました。船は向こう岸に近づきましたけれども、弟の姿は影も形も見えません。どうしたのだろう、今日はまだ帰らないと思って来ないのかと、なんとはなしに心配して弟の姿の見えぬのが物足りないようでした。木馬を大事な宝物のように抱えて、向こう岸へ上りますと、そこにちょうど渡しの船を待ち合せていた、村のお爺さんに出会いました。

そのお爺さんは私を見ると、『おおよいところで会った会った』と申しますから、なぜかと問いますと、お爺さんは気の毒そうに、

『あのな、わしは、先生に（伯父のこと）頼まれてなあ、これから町さ電報ぶちに行くところだったよ』と言いますから、

『お爺さん、いったいなんの電報？』と問い返すと、お爺さんはちょっと言いよどむようにして、

『あのうなあ、あのう、雄坊が……あのう、おっ……おっ死んだだよ……』

おお、その言葉を聞いた時、聞いた時、私は無我夢中で走り出しました。気の狂《ちが》った女のように私は走りました、走りました伯父の家まで。

ああ、それは事実でした。あくまでも冷やかな現実の出来事でございました。雄吉は、はや世に亡き小さき亡骸《むくろ》となって、姉の前に横たわっていたのでした。伯父は語りました。

『疫痢《えきり》という恐ろしい病気に冒《おか》された子供はたいてい儚なくなるものだ。伯父が医師だったから、発病してから二日間でできるだけの手当もし、高価な注射を幾本となく試みたが、叶わなかった。悲しいではあろうが諦めて貰いたい』と伯母とともにあやまるように言われた時、私は誰をも怨み罵るわけにもゆかなかったのです。ああ誰を怨み叫べばとて、一度去りし小さき生命の再び地に戻りましょうぞ、私はただ弟を抱いて泣きました。泣きました。

一夜を泣き明かした翌朝、小さき亡骸は村の山寺に葬られて、清珠院天与雄光童子と黒鮮やかに記されし一本の白木の墓標の下に永久の眠りにつきました。思えば幸うすかりし十年の短かき生を離れて、山風さびしき村寺の隅に、幼なき者は何を夢見つつ眠るのでしょう。墓の傍に姉が泪とともに供えし新しき木馬一つ！

ああ、今一日早かったなら、せめては臨終の枕辺になりとも、見せ得られたこの木馬、いま二日早かったなら、その手綱を握りて喜々として乗り得たその木馬、ああ、あのいまわしき金銭の騒ぎさえ起きなかったならば、自分が卑しき盗人のうたがいをかけられなかったら、——思うと胸もつぶれるばかりに辛く悲しい嘆きの木馬と私には思えました。幼ない児のこの世を去りゆく刹那、いかばかり一人の姉の胸にすがりたかったでしょう。

私はもう何をする気も失せました。毎日毎日、長い夏の日を明け暮れ弟の墓の前で泣くばかりでした。『雄ちゃん、おん馬をお土産に姉さんが持って来たから、早くお乗り、雄ちゃん早く乗って大将になりましょう』と墓に言葉をかけて木馬の背中を撫でつつ、私は幾度泣きくずれたでしょう。『雄ちゃんの好きなお歌をいっしょに歌いましょう』と私はひとり悲しく声張り上げて逝きし子の好みし歌を歌うのでした——旅順開城約成りて——と私は墓に対して合唱するが如くに歌いゆきました——形ただして言い出でぬ、この方面の戦闘に二児を失ない給いたる閣下の心はいかにぞと、二人の我が児それぞれに死処《ししょ》を得たる喜こべり、これぞ武門の面目と大将答力あり——歌いつつ私の頰を泪が伝わって声はいつしか顫えてゆくのでした。村の者達は私が気が狂ったのかも知れない、可哀想になどと噂をするほどでした。

長い夏休みも終って秋近くなりました。村の野路に秋草が咲き出でました頃弟の墓近くに古代紫のいとしい釣鐘草が群がって咲き出しました。小さき魂の声伝えよと釣鐘の小さき葩《はなびら》が心あって咲き出でたのでしょうか、私は紫のその花を幾本か墓前に供えて弟を呼んで泣きました。紫の花を木馬の背にも飾りました。ああ紫の花咲く弟の墓に離れて明日よりは再び、思い出痛ましい寄宿舎にと思うと私は心も沈みゆくのでございました。

けれども、思えば不幸の中にも丈のびて育てられ、弟逝きし後に一人残る悲しい自分にも、やはりこの世に努むべき使命が与えられているのだと思いました。親身の弟を失なった私は、この上は広い世の中の子供達を弟として、心から愛して教えてゆきたい、その職に身も魂も捧げて一生を清く送りたい、ただその一つの希望が私の寂しい心を励ます光であり力でございました。弟は形として世になくとも常に不滅の幻影となって私の心を鞭打ち励ましてくれるのでございます。弟よ、弟よ、姉は御身の分まで世に尽くしましょう、と私は墓前に誓いました。明日は村を去る前夜月光淡くさす山寺のほとりで、露浴びて濡れ咲く釣鐘草の花の中に立ちて、私は心から誓いました。

翌朝早く村を出ました。あの渡し場の堤に秋風が白く吹いていました。この春はそこに立って歌った小さい姿は今やいずこに——私は船の中で泣き咽《むせ》びました。——今私はこの寄宿舎で寂しく一心に勉強いたしております。私は誰に打ち明くべきよすがもない胸の悲しみをせめては紫の花に託して伝えたく、このお手紙を幾夜もかかって書きつづけました。ただ筆取るに先立ちに泪のみしげくこの思いあまれる胸の意を現し得ぬを甲斐なく怨むのでございます。あまりに思いあがれる望みながら、もしも、もしも、いつの日にか、花物語の中に色もさびし紫の釣鐘草のこの一枝をお加え下さいますならば、どのように幸いに存じましょう。さらば——

末は泪に消えゆきし丈なす文の、秋の灯影に仄白う流れて、さらさらと夕風になびいてひるがえる、あわれ悲しき玉章《ふみ》を吹くその秋の夜風は、同じこの時かの村里の山寺のほとりに咲きし紫の花を打ち鳴らして、真白き墓標を吹き、傍に侍るがごとき木馬の背の鬣《たてがみ》さびしく吹き乱そうものを、あわれ秋風心あらば紫の花咲き鳴らせ吹き鳴らせ、我が世悲しと鳴れよ、鐘草《かねぐさ》、鳴れよ鐘草……。

寒牡丹《かんぼたん》

それは今よりは少しばかり昔のお話だそうでございます。

貴族の姫君方のために特に女学校のようなものがございましたそうで——それはただ今もあるのだそうでございます——けれども、これがまだあの青山あたりの原の中にとか移らない前の古い時のことだそうでして……。その学校の三年級の桃小路公爵家の一番お上の姫様の則子様が御在学だったそうでございます。

世に知らるる桃小路家は京都のお公卿様の系統をお引きになるのでして、公卿と言えば昔の大、中、納言《なごん》、参議、三位《さんみ》以上を指すのですから、ずいぶんと立派なお家柄でございます。そこに生い立たれた則子様は栄ある御家門にふさわしく、まことにお美しく気品高き姫君でいらっしゃいました。

どのようにお美しかったかと、これを委《くわ》しく写し現し示すことは絵にも文字《もんじ》にもあまりにむつかしいことだそうでして——ただこの一つの現象だけをあげて全部の形容詞に代えるよりほかいたし方がございません。その現象と申しますのは、その貴族の女学校で――その頃はただ今のようないかめしい校名でなくて、ただやさしく貴族の女学校というような名称だったそうでございます――その校内で、あのたったひと言（桃小路様）と申し上げただけで、もうどなたのお瞳にも懐しい涙がふっと浮かんで、お胸がわなわなとおののくのだそうでございました。

その美しき姫、則子様が、晩春のある日いつものごとくお俥で御登校の途上――ちょうど或る坂道へさしかかった時――その路の両側の桜の梢の花はおそい春に舞いつかれた踊子の簪《かんざし》のように微風にゆれ落ちていました。その中をすうっと金紋打った幌俥が佳き人を乗せて朝風に走ったのです――ただそれだけの風景なら、（ああよいところ、絵にしたい）などでおしまいになるのですけれども、ところがどうでございましょう――その時、坂道の向こうからのこのこと――大きな獅子でも出て来ると、大変でしたけれども、幸いに獅子にあらず、また虎にあらず、もちろん鼠ではございません――それは一人のお爺さんでした。そのお爺さんのいでたちをちらちらうち見ると、字典には無い俗語の（赤毛布《あかけっと》）の部類に入る旅人のようでございましたけれども、その頃の暖かい陽気でしたので赤毛布は身に掛けてない代りに紺の風呂敷包みを首に懸けて結んで背中に負うておりました。そして手織木綿の盲縞《めくらじま》の着物の裾を引きからげて草鞋《わらじ》ばき、そして片手に古い洋傘《こうもり》を大事そうに杖について――古い洋傘を大事に持つといっても、けっしてこのお爺さんはあの竹中先生ではなかったのですよ——ひょっこりひょっこり——春の日永をとうとうたらりとうたらり、と歩いて来ました、——ところへさしかかる幌俥——塗つややかなかじ棒を握って勢いよく『はいッ、はいッ』などと掛け声をして走る黒鴨仕立の若い俥夫、それなん桃小路公爵家お抱えの俥夫職常吉《つねきち》氏でした。大事なお邸の姫君をお乗せして今学校へお送りする途中であることは言うまでもございません。

ひょっこり歩くそのお爺さんもう少しで俥にぶつかりそうになりました。常吉氏その時日頃の練習の苦心空しからず巧みにかじ棒をあやつって無難に通過いたしました。しかしお爺さんはそのまま俥を無難に通らせなかったのでした。

『あっ、俥屋さんちょっくら待って下せい』

と、こうお爺さんは呼びとめました。けれどもかの常吉氏は同じ俥は引いても公爵家のお抱えの身分で、けっして見も知らぬ田舎者に俥屋さんなどと慣々しく呼び止められる理由を認め得なかったのでございましょう、素知らぬ風をして、さっさと走りぬけようといたしますと——その時、幌の内より銀鈴をまろばす声音が洩れました。

『……ちょっとおとめ……』

いかに見識高き常吉氏も幌の内よりのお声がかりでは、たちどころにぴったりと俥を止めました。それを見ると喜んであのお爺さんひょこひょこと俥の傍近く参りました。常吉氏の前に一つお辞儀をして申しました。

『へえ、あのちょいっくらお尋ねしやすがね、え――と牛込区――の――』

と言いかけて、お爺さん慌てて懐中に手をおし入れて、こそこそと取り出したのが鬱金《うこん》色の袋財布、その中へ片手を入れて、大事なお宝のように、つまみ出した一枚の紙片をひろげて読みあげました。

『え――牛込区筑土《つくど》八幡町三十一番地――須山弥十の家はどこでがんしょかな』

こう言って、しょぼしょぼした眼を向けました。

桜の咲いている麹町辺の路の真中で、牛込のどこどこをと、問い出すのはもとより、その行く先の家まで教えて貰おうと望んだこのお爺さんのお頭《つむり》には、つい二、三日前までちょいん髷を載せてあったのでしょう――。

江戸ッ子だそうな常吉氏は我慢がし切れなくなって、叫び出しました。

『なんだい、お爺さん、顔を洗いなおして……』

たぶん（出て来い）とでも言い続けるつもりだったのでしょうが、ところを幌の内から綺麗なお声が流れたので。

『……遠いところからいらっした方じゃ、ありませんか』

と、優しくたしなめる如きそのお言葉には、江戸ッ子の意地のやり場に困りながら常吉氏沈黙いたしました。それを耳の遠いかのお爺さんなんと姫の言葉を聞き違えたのか、とんきょうな声を張り上げて――。

『わしの国でがすか、わしの国は野州《やしゅう》の下野《しもつけ》のざいでがすが、須山弥助ちゅうもんでがす、はァ、弥十ちゅう悴《せがれ》がはァ若いのに、なかなかの働き者でがしてね、はァこの東京さ来て、はァ牛込の筑土八幡町ちゅう町へさ炭屋おっぱじめたでがすよ、はァ、それでわしも生れてから一度はすべいと思う東京見物に、はァやって来ましただよ、はァ、今朝上野へ着きやしたがね、着く時間知らせて電報ぶつのとんと忘れやしてねえ、迎え人がなくて方角を立ねいで、困り……』

常吉氏ははらはらしました。幌の中なる御人体をやんごとなき姫君と知るによしなき一老爺《ろうや》が勝手な放言を見すごすのは、あんまりもったいないので――

『おいおい弥助爺さんとやら、交番へ行っておまわりさんに聞くがいいよ』

と言い捨てて走り行こうとすると、ああ、また幌の内より――ほがらかな声――

『……あのお方をこの俥でその炭屋さんまでお送りしておあげ……』

えへェッ――常吉氏吃驚《びっくり》仰天――こはお家の一大事とばかりで太夫《たいふ》に代って諫言《かんげん》いたすべく切り口上で申しました。

『お姫様、御戯談《じょうだん》ではございません。お大切な学校のお稽古にただ今私めがお送りする途中で――』

と、言いもはたせず幌の内より……

『いいえ、かまいません、私は今から降ります、ちょうど路ばたの花を眺めて学校まで歩きましょう――早くおろして』

と、お気が早い――幌の内ではもうお立ちになった気配――

常吉氏呆然自失して、しかと慌てて幌をはずすやいなや――颯《さつ》と紫のお袴裾長う胸高く匂うや二尺の袂紅《くれない》の振り乱れて、ひらりと優しき姿は早くも地の上に――

『あなたどうぞお召し遊ばして』

と――その小笠原式とかいう御様子で、淑《しとや》かにお爺さんを俥へと招じる――

ああ！　弥助翁いま己れが老眼の前に、ありありと立ち現れ給いし、気高く美しく臈《ろう》たけし姫の姿に――今さらに驚き果てて、哀れ七十有余歳の翁の魂は空《くう》に飛んで消ゆるのかとばかり――身を顫わして石の如くかたくなって古い洋傘を力杖としがみつきました。

『どうぞ、お召し遊ばして』

一度ならず二度までのお言葉――面目身にあまりて――弥助翁心中ひそかに、ああこんな事なら村を立つ時赤十字社の会員章を胸につけて来れば少し礼儀に叶っていたろうにと後悔しつつ――俥の上へと這い上がりました。

あわれ、あわれ、無残にも緋の獅子毛燃ゆるばかりの蹴込《けこみ》の上にむんずと載ったは、野州は下野の村奥の泥を踏んだる古草鞋――和蘭《オランダ》渡来の本天鵞絨《びろうど》で張ったクッションには紺の風呂敷包を負う岩の如き背がよりかかった。

このていを打ち眺めて常吉氏思わず涙をほろりと――心中ひそかに思いました。この果報者の老爺の牛込へ俥でゆられて行くまでに罰が当って身体が腫れ上がって火吹き達磨のように必ずなる――と。


ああ、ついにかくして弥助翁を載せし俥は走り去りました。

後には桜の花陰、立つは姫のみ。

この時万朶《まんだ》の梢の花、散りゆくならばこの姫の黒髪に、袂にと、颯と渦巻くや花の吹雪――姫の姿は葩の雲に包まれて、そのまま霞の奥へ舞い登り給うかとばかり――それを現《うつつ》と呼ぶべくあまりに美しくあまりに聖《きよ》かりしありさまでございました――と言い伝えられました。


これは、則子様のたくさんある逸話のなかの、一つに過ぎないようでございます。

さればこそ（桃小路様）と申し上げただけで、瞳に露が湧いて胸のときめくのも、さらさら無理ではなかったでございましょう。

その貴族の女学校の姫様方が、皆則子様の親しい友の位置を得たいとお望みになったことでございましょう。けれども優しく美しい中《うち》に一脈の冷たい気品に流れみなぎって、近付きがたく犯しがたい――仰がば高嶺の花、伏せば水底の星影――手に取るべく、しかも及びがたい――ちょうどそれでした。

けれどもここに一つの例外がございました。爵位こそなけれ、非常な権力（？）ある富豪升元達右衛門氏の令嬢千鶴子さんが則子様の同じ級の方でした。その千鶴子嬢だけには則子姫が高嶺の花にも見えず水底の星の影とも見えず、むしろ宝石商の飾り窓の真珠の腕輪ぐらいに見えたのでございましょう。それゆえ自分のような富める家の子は直ぐに手をのばし得る権利が天然に備わっているとでも思われたのでしょう。（則子様は私の親友《インチメート》よ）という素振りで、姫の傍を離れず去らず、とうとう我物顔をおし通してしまうという気の弱い大宮人の子孫のお集まりの中では、この武者振りにはどなたも叶うことはできません。

この千鶴子嬢のお祖父様に当る方とかは、昔は長屋住居の小商人であったのだそうで、それが蚕の卵を紙に張って外国へ売り出されるようになった時、蚕の卵の代りに何かの小さい豆粒を張って、それを純良な蚕種の卵と称して船へ積んで送って、巨額の黄金《こがね》を得て一代にして富豪伝中の人物となって、孫娘を華族方の学舎へ馬車で砂烟《しやえん》をあげさせるというのだそうで、これは口悪《くちさが》なき京童の言いふらす噂に過ぎないでしょうけれども、千鶴子嬢の則子様をお友達に独りじめして、そりかえっている処など、血統——精神の遺伝は争われられない、——やっぱしメンデルの遺伝の法則は信ずべきよなどと非常に感じられた某医学博士のお嬢様もいらっしたそうでございます。

それはともあれ、則子姫にとっての、ほんとの懐しい胸に刻んだ友達はけっしてこの千鶴子嬢ではなかったのでした。それは確かなことでございました。それならば、あわれ、そも誰《た》が子ぞ、かかる美しき姫のみ胸に生くるという世にも幸あるその君は？　同じ級の中、大須賀子爵の愛子《まなこ》、初音様と呼ぶ俤《おもかげ》さびしい方でいらっした。

——この君は則子姫とは幼い時からの、たがいにお好きな優しいお友達の間柄でございました。幾年かの昔おふたり揃うてお稚児髷《ちごまげ》に振袖姿可愛いらしく、さる宮様の御前で（鶴亀）の仕舞をなさったという——そのおりの記念のお写真はお二人とも朱の手箱の底に今もなお蔵《おさ》めていらっしゃるでしょうに、——しかしそこに一つの（運命の嘆き）の壁が築かれました。

大須賀子爵がある時ふとした事から一つの鉱山をお求めになりました。そしてその鉱山に仕事を始めて見ましたら、いくら掘っても鉱石はただの一片も出ないで、出るのは粘土や石のかけらや木の根ばかり——やっぱしこの山の売り主も蚕の卵を豆粒と取りかえるお仲間であったのかも知れません——、その事あってから子爵家の財政は日に日に傾いて——もうこの頃は代々お家に伝わる御家宝の品々さえひそかに骨董商の手に渡るという噂さえ立ちました。

幼い時からの友垣にも別れゆく時が来たのでしょうか、その頃からいつとはなしに初音様は則子姫を避ける御様子でした。

初音様、初音様と、優しく則子姫が近づいていらっしゃってもみずからの身を恥じてか、つと花かくれ飛ぶ鶯のごとく――。今は則子姫も強いて、しばらく逃ぐる小鳥の羽袖を追い止めようとはなさらないのでございました。

初春に入ってからのある宵――桃小路家では則子姫の御主人役で歌がるたのお催しが開かれました。邸内の御門に集う姫君方の群々――松平様、何平《なにひら》様、何園寺様、何小路様、一条様、二条様、三条様、五条の橋で弁慶が牛若丸に泣かされた――というように、まあまあ、そろった金紋の幌車、黒塗のお馬車、お供の面々、提灯の数々――初春の夜の華やかさをここに聚《あつ》めたごとき邸内の有様、何十畳の大広間に照りわたる灯《ともしび》の影は金泥の屏風にゆらいで、佳人《よきひと》達の紅の袂に錦の帯に照り映える――もとよりその集いには、学校の級友《クラスメート》の方達も、たいていお揃いになっていらっしゃいました。いうまでもなくかの千鶴子嬢はその夜の先頭第一のお客様として大広間へ乗り込んで金屏風の前に満艦飾《まんかんしょく》の我が姿今日を晴れとばかり、席を占められたのでございます。またここにその夜一番遅く最後の客として見えたのはかの初音様、お家の不運に会われてから、このかた華やかな同族方の集まりの宴になぞ、みずからをかえりみてけっして、お出掛けにならなかったのでしたけれども、今宵ばかりは優しい幼友達の則子姫から再三のお招きを受けては、さすがに辞《いな》みがたくて遅ればせながら公爵邸へと――灯明るき大広間、――これやこれ孔雀の園に隠れし鶯の色淡き衣に身を包みて袖も佗しく、寂しい姿に面伏せて力無う一座にまじっていらっしゃったのです。

敷きつめられた緋毛氈の上に、ばらりと散り乱るる歌留多《かるた》の札――源平に分れての数度の戦い、――それも終りてこんどは双方より一人ずつの名手を選びて組み合せての一騎打ち、これぞ今宵の興多きもの――いよいよ双方から誰様と誰様と、おのおの選び出された一粒選りの名手の顔々、まず最初に組み合わされたのが、千鶴子嬢と――そして初音様、何んたる対照ぞ、紅と白、墨と雪、灯の前に相対する二つの姿よ、豊頬に紅さして眉を描き白きをほどこし眼ざむるばかりの色とりどりの衣うち重ね、あまつさえ黄金の鎖をまとうて誇らしき人の前には、薄き化粧の跡だになき寂しき面に佗しき襟もと、古びし紫の袂も萎えしそのひと。

このいたましく奇しき対照のもとに、一騎打ちの競いは始まろうとしました、ほかの方達は勝負如何にと眼を見張って左右に颯と陣を引いての見物役と控えられました。

その時つと進み出た、その集まりでの、唯一のおどけ者の某海軍中将の令嬢何子の君が、銀泥の小扇を颯と打ち開いて、今差し向かう二人の中にかざしつつ、声張り上げて高らかに――

『東――千鶴ヶ浦――西――初音山』と日頃父君に伴われて両国橋畔の回向院へ御見学の甲斐空しからで天晴《あっぱれ》の行司振り、満座はどっとどよめき渡れば、お次ぎの間に御馳走を用意してお待ちする小間使や三太夫の面々、思わず釣りこまれて拍手喝采をして後で気がついて慌てて畏《かしこ》まったというほど……この仇気《あどけ》ない行司が袂の陰に扇を収めて引き去った後に、のっそりと出て坐わったのはその夜の読み役を一手に引き受けたさる婦人――新橋の女髪結お何さんの新年の傑作とでも言うのか番外型の大きな丸髷を頭に戴き顔には真白きものを塗り肥えたる肩にすべらす衣紋《えもん》、羽織の紐が金鎖でなければばがまんできぬとばかりに光らして灯の下に大きくなって、そりかえりました。

この婦人、素直にそのまま札を読み出せば、それでよいものを、なんと思うてか薄い唇をひるがえして、

『升元様のお嬢様、お勝ち遊ばせ』と千鶴子嬢を見やって会釈をして、ほほほほほと打ち笑う――。いったいそれは何事です、なんです、公平なるべき読み役が、競技に先立って個人的の応援をするとは、富豪や権門の児に媚を呈して叩頭《こうとう》するのを社交術と心得たこの婦人は平然として衆目の中にこういう行いをしたのでした、しかもほほほほと妙な笑い声を立てるとはなんです、なんですッ。

この時、さらにやや離れし方に声があがりました。澄み渡った凛々しい声音――

『初音様、お負け遊ばすな』

その声の主とは誰あろう——その夜のまどいの主人の姫みずから——優しき瞳に情をこめて、いとしき友の寂しき姿見守りつつかく言われたのでございました。

やがて読み手の声とともに、札は左右に飛び散りました。声も無く音もなう静かに淑やかに、初音様の細い指先ひとたび札にふるるや、電光石火の早さ、颯と飛びかいて尺ばかり——地を離るるほどの巧みさ、眼の速さ、しかも内輪に内輪にと柔かい札の扱い手のさばき、見る目にも美しく快よい——一方の千鶴子嬢は、これはまたなんという物々しさ、お手よりはお声が先で絹をつん裂くごとき悲鳴叫喚ただならぬ振舞でした。札をとる手指のみで足らで腕《かいな》をあげ、腕のみで足らで肩を揺り、肩のみで足らで半身を動かし、袖舞い裾乱るるという大童《おおわらわ》での奮戦にもかかわらず、続いて美事に初音様に持札を引き抜かれがちなので、いまは気をとりのぼせて半狂乱、両手の指を楓の葉とおしひろげて、ばたばたと我が前の札の上いっぱいをおさえて動かぬという有様——そのうち早くも初音様のお手許の札は僅かに三枚残るのみ。

「しづこころなく花の散るらん」と「ひるはきえつつものをこそおもへ」と「雲井にまがふおきつしら波」とだけ——けれど、千鶴子嬢の手許にはまだ十枚ばかり残されました。この様をちらりと見やったかの大丸髷の読み役は、おのが手にせる読札の中、初音様の手許の札のが出て来ると、手早くそれをあとへ繰り入れて、けっして読まず、ただ千鶴子嬢の持ち札の分のみ選んで、せっせと読みあげるそれゆえ出るのも出るのも、みな千鶴子嬢の持ち札のものばかり、不思議などとはおろかなこと千年万年たったとて、どうして初音様の手許の三つの札の一つだって読まるるはずはない、読み手の婦人は始めより千鶴子嬢へ勝利を贈りたかったのですもの——そのままでいったなら、結果はどうなろう、初音様はわが持ち札の読まれぬかぎり今は手を束ねていと静かに、もはや千鶴子嬢の陣まで切り込むのも差し控えていられる——

『お願いでございます、私に読ませて下さいませ』と、かなたに美しい声満座の中を貫いてひびきました——声もろともに早くも則子姫は灯のもとへ進み出でて、丸髷金鎖紐の婦人の前に座すや双手を揃えて、

『どうぞ、読み札をおゆずり下さいませ』

呆気にとられたその婦人——生れて初めて驚いたような表情をしてもじもじ、『お役を私に代らせて戴きます』涼しき語調よ眉凛々しく上って——姫は再び迫られたのでございます。いまは婦人もその威に打たれてすごすごと読み札を姫のお手に渡してどこの隅かに退いてしまいました。

姫は手渡された読み札を改めて、ぱちぱちお綺麗に切り代えられました。そして朗かな声音に読みあげられる、その始めがわざと詠人《うたびと》の名あげて、

『法性寺入道前《さき》の関白太政大臣……和田の原……』

と声も半ばに初音様の三つのうちの一つの札は、しとやかに裏返されました。次に

は二つ三つ千鶴子嬢の札、その次は『御《み》垣守《かきもり》――』とだけで、またも初音様の二つの札の一つが裏がえる――次に千鶴子嬢の方の札が一つ二つ飛びはね返されて、その次に、

『久かたのひかりのどけき春の日にしづこころなく花の散るらん……』と床しき余韻を引いて姫の誦し給うを待ちて初音嬢の前の残るひとつの札は桐の一葉のそのごとく――勝負は明らかに決りました。

その時ついと踊り出た、おどけ役のあの何子嬢、軍扇代りに銀の小扇を颯と初音嬢の片えにあげて仇気なく吟《くちず》さむ即興の小唄。

千羽の鶴の羽ばたきも
春告鳥のひとことの
その初音には及ばざりけり
その初音には及ばざりけり

と唄い舞いつ銀扇かざして、さしめぐる――この君の父上某《それがし》の中将は大須賀子爵家のお国の藩士の末であったので今宵の晴れの宴《むしろ》で藩主の姫の栄えある勝ちを、かくまで祝い唄うも、あわれ無邪気におどけた様ながらその裏にこの心をこめて忘れねば

こそ……その舞姿をお瞳に泪うかべて見つめられた則子姫がすらりと嫋《たお》やかな姿を正面の南天柱の床の間近く現わして、その床の上、春に因《ちなみ》し古軸を懸けし前に据えられた青磁の壺の投入れのおりから匂う寒牡丹《かんぼたん》の花。

——その花の枝ひともと、つとぬきとって懐紙に濡れし根本を包み袂を添えて進みよる初音様の胸のあたり、その花捧げて美しゅう——

『勝ち軍《いくさ》の大将の君の御前に、この花一枝《し》まいらせん』

声ほがらかに曰《のたま》えば——一座はまたもどよめき立ちました。

姫のささげし花受けて、頸《うなじ》をあげし初音様の面には寂しき影失せて葩の色の映えしか紅淡くさして初春の光を浴びし少女の微笑がはじめて浮び出でました。はじめて浮び出でました。

秋海棠《しゅうかいどう》

　T女学校の今年の二年生は校中切っての少壮気鋭の群れとの評判でした。この定評ある二年生二つの級に分けられてありました。

　それは一の組と二の組とでした。

　同じようなものが二つ揃った時、勢い競い合う形になり易い例えにもれず、この二つの組もたがいに団結して対しました。一の組の受持ちの先生は、開校以来何十年勤続の裁縫の先生、二の組の受持ちは、その年の春、お茶の水をお出になった若い地歴の先生、これだけでもずいぶん題目《テーマ》になりそうな対照《コントラスト》でございましょう。

　いわゆる、少壮気鋭の方達にとっては、裁縫室はとかく鬼門の方角に当って先生のお覚えめでたからずという、たぐいにもれません。これは一、二の組を通じて同じようでした。けれども、熱心で親切な裁縫のA先生は声を嗄《から》して――

『皆様――この裁縫と申しますものは、女子の貴い天職でございまして……』と二尺

指《ざし》を教壇で斜にかまえるという風采──

それに引き代え──地歴科のO先生は教員室第一の花形でいらっしゃるとかで──きびきびした口調で、

『将来我が国の婦人は、昔時《せきじ》の島国根性を捨てて、世界の大勢を知り過去と現在との関連をさぐり、新しき時代の国民として立たねばならないのでございます。それゆえ、地理も歴史の課目も……』

と──教卓の上で金文字の表紙の御本を颯《さつ》と、お開きになるという御様子──

それゆえに教室内の寒暖計が、たちまちにして沸騰点の百度を突破するという騒ぎ──強将の下に弱卒無し──と言って、二の組の方達が肩を反らせると、一の組では虎の威をかる狐ども──と言って白い眼をする。

わきで見ると、おかしいけれども、当の群れはどこまでも真剣のつもりでした。とにも、かくにも、O先生を戴く二の組の勢いは、眼に見えて高かったようでした。

ある時のテニス会でした──この一の組と二の組も東西に分れて選手の仕合をするようになりました。

おたがいに負けたくない者ばかり！

自分の組の選手のコートに立つたびに、応援の声をあげて、勝ってと祈る東西の声々は、盛んな勢いで、人々の耳を破るかとも思われました。この様子を見ると、一の組の生徒の前へ早速A先生が駆けつけていらっしゃいました。

『皆さん、皆さん、いったい、これはなんという事でございますか——女と申しますものは、よろず何事も控え目に慎しみ深く立居振舞を致すのでございますよ、それに、まあ、これはこれは』

先生は呆れて慌てて生徒連の応援を制止なさいました。二の組の生徒連の前には、その日の競技の審判官のO先生が活発に飛んでいらっしゃって、浮き立ったお声で『戦いの勝負は最後の五分間ですよ、皆さんしっかり！』

こうした有様ゆえ——一の組の選手達が懸命になったサーブも、哀れにも空しく、コートのラインにネットの背に儚ない露の珠と消えて——敗軍の旗色はしおれて、どっと声なく沈んだ組の人々——

勝ち誇った二の組のどよめきを遠く聞いて、泪の浮かぶ瞳を見合して、

『きっと、きっと、この日の思いを返しましょうね』と、一の組の者達は誓ったのでございました。

テニス会の日の悲しい心の傷をいつの日か癒し得るのでしょう！

けれども、ついに機会は参りました。その秋の学校の創立記念日に行われる大文芸会こそ！

T女学校での年中行事の中で第一番に指を屈するのは、この文芸会でした。この文

芸会のためには、校中は前から非常の活気をていしておのおのの級が思いをこめて、あっぱれ当日の白眉たらんと苦心惨憺たるものでした。

一の組の生徒はこの文芸会の壇上で、あの校庭のコートで受けた悲しみを癒さねば、と思い立ちました。そして、二学期の始めからもう文芸会へ対しての準備をいたしました。

その会には、音楽や朗読や談話は、たいがい先生方の御意見に従って定められてゆくのですが、当日の大きな呼び物となって、来会者の非常に期待しているのは、各級の余興の演出でございました。これのみは全く自由に生徒連の選択に任せて、各自の工夫と案出とに依るものでございます。そして発表の時までは、絶対にどの級でも秘密にして、工夫をこらすのでした。ことに、二年の一、二の組は妙な工合で張りあうようになっておりますので、二の組の苦心は大変なものでした。

一の組は、二学期の始めから、何やかやと相談していますと、二の組の方では夏休みの中《うち》からもう演出の人物まで決めて、少しずつ稽古に着手していると言う有様でした。けれども両方とも、たがいに隠しあっているので、どう言うものをするのか少しもわかりませんでした。

一の組の生徒達の頭には、まずその余興の、選択に悩まされました。少女の対話の載った雑誌の数冊は、教室の中に持ち運ばれて、これにしようかと、あれにしようかと、リボンの匂うお垂髪のお頭《つむり》を集めて、毎日大評定いたしました。

『あら、これが面白いじゃありませんか』と、こう一人が言うと、

『だって、それはただ面白いだけで優美な場面《シーン》が乏しいわ』と一人が反対する。

『じゃ、それがいいでしょう』と他の一人が言うと、

『でも、少し校長様のお目の光りそうな処があるから止しましょう』

と言われる。

こうした工合に数日に渡っての大評定も、ただわいわい言い合うばかりで定《き》まりません。

そのうちに、こう言う事が持ち出されました。

『いっそのこと、どれもこれも同じような喜劇を取り扱った対話をよして、その代りに美しい歌劇を新しく試みようではありませんか！』

『賛成賛成』

たちどころに一決——演ずるものが歌劇ときまって、さてするものは何？　歌劇と言ってもワグナーのタンホイゼルなどをするわけにはゆきません、何があるかと、また一思案しましたが、結局お伽歌劇のドン、ブラコ——と札が落ちました。

『ドン、ブラコなら、帝劇で演った時の蓄音器のレコードが、すっかり揃って家にあるから、それをお手本にしてお稽古しましょう』とA子さんが言う。

『ピアノとヴァイオリンで、私達が管絃楽《オーケストラ》の代りをしましょう、今日からすぐお稽古に取りかかりましょうね』とB子さんが勇み立ちました。

『桃太郎の着る陣羽織は、家のお爺様のお秘蔵のを、おねだりして私持って来てよ』とC子さんが飛び上りました。

『私、合唱隊《コーラス》に入らせて戴いていい？　たいていあの歌なら知っていますよ』とD子さんが大喜びで申し出ました。

一同の者の気が合ったのでたちまち、役割も合唱隊《コーラス》も管絃楽《オーケストラ》も調っていよいよお稽古のできる下準備ができました。

そうして、文芸会も一週間後に迫った時、当日のプログラムを編成するために、文芸会の各組の委員が皆集まって、組から出す余興の題を申し出る事になりました。

その時、一の組の委員は、敦子《あつこ》でした。二の組の委員は呉尾《くれお》きぬ子さんでした。呉尾さんは綺麗な方で二の組でも一番おとなしいひとでした。組同志の競いあっている事とて、敦子も呉尾さんと親しくする機会はございません。

その日、各級の委員連は皆一つの教室に招集されて、先生に級の余興をいちいち申し立てました。別にその余興の内容のあらましを説明して書いたものを添えて出すようになっておりました。

最初に一年の組々で題をいって、それに対する先生の質問に答えて順々に終って二年の番になりました。

一の組の委員の敦子は起立して、

『私の組は、お伽歌劇の、ドン、ブラコでございます。歌詞と筋書きは書いてございます』と、先生の手許に二三枚の書いたものを出しました。

『まあ、ドン、ブラコ、──そして歌劇は学校で初めてねえ』

他の組の委員達も、こう言って囁き合いました。

『お伽歌劇──珍らしくて面白そうですね』と、先生もうなずいて手帳に記されました。

『次に二の組の伺いましょう』と、二の組の委員の呉尾さんの方を先生や他の委員連が見つめました。

その時、呉尾さんの顔には苦しい苦しい表情が現れました。

『二の組の余興は何んですか？』

先生に重ねて、こう問いつめられて、呉尾さんは力無く立ち上ってしおしおと答えました。

『あの──私の組も、お伽歌劇の、ドン、ブラコでございます……』

『あら、同じ？　偶然ねえ』

あちらでもこちらでも、こうした叫びがあげられました。

敦子は吃驚《びっくり》しました。苦心の結果、ようやく決定した題目が、しかも何から何までそっくり二の組と同じとは！

　発表の当日まで、秘密に秘密にと、かくし切ってさて開いて見れば双方同じものとは！　なんという偶然の悪戯《いたずら》でしょう！

『まあ』と敦子は、吐息をついて呆れ惑いました。

『おやおや、困りましたねえ、どっちも同じのを二度繰返して見せても仕方が無いでしょう、――どうしましょうか？』

　プログラムの編成の役に当った先生もこう言って、困っていらっしゃいました。

『先生、くじびきにして、どちらかに決めたらいかがでしょう』

　上級の委員連が、この案を言い出しました。

『そうですな、くじびき、これはいいでしょう。そしてくじに当った組がドン、ブラコを演《し》て、くじにはずれた組は仕方がないから奮発して新たに他の余興を考案して貰う事にしましょう。幸いにまだ一週間の時日があるから、努力してやれば間に合うでしょう』

　先生のこのお言葉で、いよいよくじびきで決める事になりました。

　二本のくじができました。二つの組の運命を定める、二本のくじは、こうして、敦子と呉尾さんの前に出されました。先生のお手に握られた二本のくじ！

息をひそめて他の人達は、そのなりゆきをじっと見つめていました。

『どちらでも、お望みの方を』と先生が仰しゃる。

敦子は不安を覚えました。もしも、我が手に引いたくじが空しいものであったなら、あれほどに級中の人の望をかけている、歌劇は二の組に取られて、新たに何か考えねばならない――一本のくじを引くのも、敦子は重い重い責任を覚えて、胸が轟きました。

同じ思いは二の組の呉尾さんにもあったことでしょう。

弱々しい美しい面《おも》を伏せて、安からぬ胸を抱いて、力無く翔《つばさ》を濡らして動かぬ女鳩のようにいじらしく敦子と並んで、恐ろしい宣告を受ける者の如くに立ちました。そして眼の前に見える二本のくじを敦子は思い切って我が手の方に当たる一本を選んで抜きました。『幸あれかし』と祈って引いたくじ――残る一本は当然、呉尾さんの手に引くべきものでした。

『さあ、取ったら開けて御覧なさい。なんにも書いて無いのは新たにほかのを演《す》るんです、大きく丸が書いてあるのは、ドン、ブラコをやっていい組です』

先生がこう仰しゃるより早く、敦子はくじを顫える手で開きました。

細長い紙の尖《さき》には、鉛筆で一つの円《まる》がしるされてありました。こうしてドン、ブラコは、いよいよ一の組の手に帰しました。

『お気の毒ですが二の組は一つ何かほかのを急いで考えてやって下さい』と、先生が呉尾さんに仰しゃいました。

二年の組のこの面倒な問題が解決されたので、次から次へと進んでいって、間もなく、全部のプログラムの題が、たった一つだけ残って皆決定しました。

委員連は、どやどやと室外へ流れ出ました。室の扉《ドア》の外には、どうしてこの室内の出来事を知ったのか、二年の生徒連が集まっていました。

敦子が明るい顔をして、外へ出る姿を見るや、一の組の生徒達は躍り上って、敦子の周囲に走って来て集まりました。

『万歳！　万歳！』

口々に叫びました。

『驕《おご》る平家は久しからずって、この事ね。これで一の組の勝利の時が与えられたのよ。ごらんなさい、二の組はこれからまた新しく余興を考えるなんて大変じゃあ、ありませんか、いい気味ねえ』

口々にこんな事を言い合います。

『これもみんな委員だったあなたのお蔭よ』と敦子がさも大きい手柄を立てたように、感謝して讃めそやす人もありました。

『皆、神様のお蔭ねえ』とまで言って、感嘆する人さえありました。

かの平和会議の条約発表の際の、仏国巴里《ふっこくパリー》の市民が熱狂する有様も、かくやとばかり思われました。

光栄ある使者として、美事に任務を果したかのように、敦子は級の友に囲まれて呆然とするほどでした。

午後からの授業の鐘が鳴って、教室に生徒が入ってからも、一の組ではまだ喜びやら祝いやらの声々が響き渡りました。

それに反して、お隣の二の組は、火の消えたように静かにひそまりかえっております。耳を澄ますと気の故か時々儚《はか》なそうな吐息が流れて来るようでした。

まったく一週間の余裕はありますけれど、その間にまた余興の選択をしなければなりません。ずいぶん面倒くさい思いをして、時間を費すわりに、ちっとも捗取《はかど》らない相談会を開くのは、思っても大変なことです。

たとえすぐさま相談が定まっても、練習しなければなりません。これがまた一つの難関でございます。

恐らく二の組の生徒達は、午後からの授業を、ずいぶん張合いのない気持で、うけなければならないでしょう。

ともあれ、かくとあれ、日頃の不快さを一度に洗い流した勢いで、一の組の生徒の間には踊り上りそうな活気が、満ち満ちておりました。放課の鐘の音が校内に響き渡って、生徒達は三々五々に校門を立ち去っても、まだ二年級の一の組も二の組も今日のくじ引きの結果から、なかなか帰るどころではございません。

まず一の組の様子はどうでしたろう。

放課後の掃除番の人達は、ともかくお掃除だけしなければなりませんから、型の如くバケツや箒を持って来ましたが、さあ、嬉しくてならないのは文芸会の余興の問題です。

バケツに雑巾をしぼる人は、バケツの中でボチャボチャ水をゆらして、さて歌って曰《いわ》く――ジャブ、ジャブ、ジャジャブ――ジャブ、ジャブ、ジャジャジャブ――と、ドン、ブラコを今演じている身振でいい気持そうに、そこら中一面にバケツの水をはね散らして一切夢中の光景でございます。ああなんという熱狂、なんという喜悦の状態でしょう、次に、お隣の二の組の有様は――

よその見る目も哀れでした。放課の鐘を聞いて、さっさと逃げるように帰ってしまう冷淡な人達の後に、元気の無い顔を、あっちの窓によらせ、こちらの壁にうつむかせ、色とりどりの少女の嘆きの深い息は教室中に満ちました。箒を手にしてもバケツを持って来てもその日の掃除当番にさっぱり力が入らず、ろくにしぼらぬ雑巾をずるずるずるずると――嘆きの曲に合せて床の上を引き摺る始末。

『ああ、夏休み中からの苦心も、あわれむなしく行く水の泡と化して……我れのみにひとりつらきこの秋……』なぞと――詩的な嘆きの科白《せりふ》をのべるひともいました。『私ほんとにどうしましょう、私は桃太郎になるって披露がしてあるのに、皆《みんな》に合わす顔がないのよ。ほんとに、私、私、あの、あの、どうしましょうア――ン、……』と、桃太郎役を演じるはずだった小さい人が手ばなしで泣き出しました。身につまされてはたの人達も涙の露に袖しぼらぬ者こそなかりけれ……と言ったようで、室内に暗雲低くとざして陰々滅々……実際、あの強い鬼ヶ島を征伐した桃太郎が泣き出すなどとは、小波《さざなみ》の小父さんも思いもつかぬ出来事でございましたもの。

『なぜ、あの呉尾さんのおひきになったくじが当らなかったのでしょう。天道非なりだわ』と返らぬことと知りながら、こんなことを言う声も聞えます。この中に、あわれ、この中に、ただひとり影も我が身もこのまま野末の花の露と消えゆけかしとばかりに、身を細らせる呉尾さんの胸には堪えられぬ悲痛の涙のとめどなく湧き出でたことでございましょう。不運な目に落し入れられて、身ひとりを責められるようになりました。

それに引きかえ敦子は意気揚々として我が家へ帰りました。その得意な敦子の胸中には、壁一重置いて隣りの二の組の哀れな様子など思いもつかないことでした。それほど自分達の幸福さに酔い痴れていたのですもの。

敦子の居間の前の小庭には、秋海棠《しゅうかいどう》の花が咲き群がっておりました。あの優しい愁いを、人知れず胸に秘めてうつむいた美しい乙女の姿の象徴のような、柔らかに哀れな花の姿……秋の冷たい空気の中にそよりと打ち顫う葩《はなびら》の淡紅《うすあか》い羞《はじ》らい……敦子と母と二人住む小さい佗び住居には、ひとしおふさわしい花と――母子は愛でているのでした。その秋海棠の花の向こうの竹垣がこの小さい家の門口でした。

もう黄昏《たそがれ》の色濃く地に降りた頃でしょう、あの優しい花のみ地に仄白くさゆらいでおりました。いま、その門口の竹の折戸の前に訪れる人影が立ちました。敦子はこの夕方、寂しいこの家に誰が訪れたのかといぶかりながら、縁近く出て尋ねました。

『どなたでいらっしゃいますか』

竹垣の木戸の前から細い優しい声が響きました。

『……私、呉尾でございます……』

敦子ははっといたしました。呉尾――その声――その姿――あまりに思いがけない来訪者ではございませんか。この夕暮なんのゆえあっての訪れ――同じ学校に学んでも級《クラス》を異にし、また組《クラス》の競り合いから、たがいに一言も交したこともないほどの仲でございますのに――ともあれ、敦子は竹垣の木戸を開けました。

おお、そこには、咲き匂う秋海棠の花の中に歩をすすめて立った嫋《たお》やかな姿――そのひとは呉尾きぬ子さん――今日も今日、あの学校の一室で二の組の運命を定める二本のくじを我れとともに引きしそのひと――敦子は俄《にわ》かに挨拶の言葉も出ませんでした。ところへ、折よく奥からお母さんが出て来ました。敦子の許に美しい少女の訪れたのを知って、愛想よくお座敷へと招じました。

　座敷の上に向かい合った敦子と呉尾さん二人とも心重く黙していました。ややあって後呉尾さんが優しくしおしおとした声音で申しました。

『私お願いがございますの』と言い出して、ためらってか力なく夜露にしめった双の袂をまさぐるのでした。

『あの、我儘なお願いではございますけれども、あのドン、ブラコはもう夏休みの間から皆様がお稽古をなさって、すっかりお仕度のできているものでございます。それが今日のくじ一本で皆ふいになりましたので、お稽古をなさった方達のお力落しとお嘆きをはたで見ておりますす私は、消えてしまいたいほど辛うございます』

　こう言いかけて、呉尾さんの細い膝の上に、ほろほろと綺麗な露が光りました。その時、ああその時、初めて敦子にわかりました、知りました、覚りました。自分の喜んでいる時、傍には悲しむ者のあったことを、二本のくじが吉と凶とを示していた上は我が手に吉が入れば他の人の手には凶が必ず入って悲しみとをつたうということを──それをも知らで、ただ自分達の幸福をのみ知って喜び踊っていた、浅はかな気持ちがいまさらにはずかしいようでした。

『くじで立派に定《き》まりましたものを、いまさらどうにと申されたはずではございませんけれども。私恥を忍びまして切ないお願いを……』

　息を切らして、ぱったり言いよどむ呉尾さんの言葉の奥先も――もうその時敦子にはよく了解されたのでございます。

『よろしゅうございます。ドン、ブラコは二の組にお譲りしたいと私は思います。私の組はまだほんのこの問題だけきめて、これから本当のお稽古にかかるというのでございますから、ですから二の組の方達を深い失望の底に落し入れて、私の組でひとり得意になって、ドン、ブラコをいたすのは、けっして立派なことではございません。明日は級《クラス》の方と御相談してドン、ブラコはいさぎよくお譲りいたしましょう――明日のお昼休みの時間に相談いたしますからお昼休みの時間の終りに、あの学校の図書室の入り口でお待ち下さい、私が相談の結果をお知らせいたします、もちろんできるだけ二の組にお譲り致すようにするつもりでございます』

　敦子は自分ながら呆れるほどの雄弁家に、その瞬間なりました。

『ありがとうございます――。でも私が夕方お宅へよってこんなお願いしたゆえとなれば、クラスの方達は譲られたのを恥のように思うかも知れません――』

　呉尾さんの美しい眼には憂いの色さらに深くなったようでした。敦子はこの時、きっぱりと申しました。

『いいえ、お心がかりなく――けっしてあなたの御依頼を受けてとは口外いたしません。今宵お訪ね下さいましたことなどを、どうして口にいたしましょう。私はお誓いいたします』

涙とともに一礼して呉尾さんは秋海棠の花の垣根を去りました。暮れゆく縁先に立って敦子は呆然と夢心地になりました。かくまで立派に呉尾さんの前に誓った上は、敦子は明日は学校のクラスで、どうしても二の組に譲ることを決議しなければなりません、組の信頼を受けている文芸会の委員として、敦子は親しい級の友の前でなんと言ったらよいのでしょう——思い悩んで、敦子はその一夜をいかに心苦しく悩ましく送ったことでしょう——けれどもあの美しい人の肩に負わされた哀れな嘆きを取り去ってあげることの喜びを思うと、敦子は一心に今宵訪れた佳きひとへの誓いの前に、そのひとを救う手だてを考えねばなりませんでした。

呉尾さんのひそかに訪ね来し、その明くる日、敦子は小さい胸にあまる不安を抱いて学校へ参りました。その日のお昼休みにはもう誰ひとり庭で遊ぼうなどというひとはなく皆どの組でもことに二年の一の組は昨日の喜びをもってさっそくドン、ブラコの打ち合せをいたすことになりました。

『さあ、いよいよ本式に今日から役割の全部をきめて、衣裳を集める相談をしたり合唱をお稽古したり、大変大変一生懸命でやりましょう』ともう浮き立つ級《クラス》の友の中に、朝からただ一人落ちつかぬ寂しい面持の敦子は、蒼白い顔をして黙っておりましたが、この時つかつかと教壇の上に登りました。

『皆様――』とこう呼びかけた敦子の顔色は蒼ざめておりました。敦子がいつになく改まって何を言うのかと不思議な顔をして一同は呆れて見守っておりました。

『――ドン、ブラコは皆様の御存じのように二の組でも夏休みの間から練習して文芸会にはするはずでございましたが偶然に一の組との暗合のために、くじに破れて二の組はドン、ブラコができなくなりました。私どもはくじに勝ったので非常に幸福でございますが、それに反して二の組はどんなに悲しんでおられるでしょう、夏休みからの練習もしたくもすっかり水の泡になったのでございますから……』教場の中は水を打ったように静かになりました。

　こうして敦子は、言葉を尽して、説き立てました。そうしてとうとう二の組に譲ることになりました。

　文芸会はいよいよ校内に開かれました。その日プログラムには左のような表題がありました。

お伽歌劇　ドン・ブラコ……………………第二学年生

　特に二年生の処にだけほかのように組の名が記されてなく、ただ二学年とのみしるしてあるのでした。プログラムが進んで、このお伽歌劇の番になった時、その春お茶の水からいらっしたばかりと伝え言うO先生（二年の二の組受持）が幕の前にお出になって、観衆の席へ御挨拶がありました。

『この二年の生徒一同で致しますお伽歌劇は最初偶然なことから、一、二の組とも同じドン、ブラコをいたすようになりましたので、くじ引きの結果一の組がドン、ブラコをいたすようになりましたが、一の組の方達がそれでは二の組の方達がお気の毒だと仰しゃって優しい少女らしい友情から二の組にドン、ブラコを譲って下さったのでございます。そして二の組の演出を陰でお助け下さるために、合唱隊を一の組の有志の方達がお作り下さって、陰で歌って下さることになりましたので、まったくこの余興の一つには、こうした親切な友情がこめられて演じられるものでございます。私は二の組の受持教師としまして、特にお隣りの一の組の方達の可愛い美しい行為にお礼申し上げたいのでございます』

参会者の席から非常に感動した拍手がいくども起りました。教師の席にいらっした一の受持のA先生の老眼には涙のあとが光りました。やがてお伽歌劇の幕が開かれました。最初の序曲とともに歌い出される声は幕の陰からいく十人の綺麗な可愛らしい揃った歌声《うた》――皆一の組の生徒の声でした――姿こそ見えね、その声の主達の聖《きよ》い優しい心根を参会者の多くは如何に気高く奥床しく讃えたことでしょう、けれども多数の人達は、このドン、ブラコの問題のその陰にある小さいローマンスのあったことを知る者とてありません。ただ敦子と呉尾さんのみの小さい胸に秘められてあるのみでしたから……。

その文芸会も終り秋も深んで、寒い冬がきました。その頃恐ろしい流行性感冒が国土を襲ってきました。女学校もそのために数日間臨時休暇するほどになりました。その時、ついに悪性感冒の魔の手に捕えられてもろくもこの世の花の蕾のままに散らしたのは呉尾きぬ子さんでした。呉尾さん――この名は敦子にとってあの秋海棠咲く秋の黄昏《たそがれ》の訪れの記憶とともに忘れ得ぬものでしたのに……

その年の暮迫りし頃でした、学校も冬休みになって敦子は母とともに小さい家で迎《げい》年《ねん》のつましいお仕度などしておりました。その夜、あの垣根の門に俥の銀輪の鳴る音がしました、やがて飛石伝いに人の入り来る気配――お母さんが雨戸をあけて尋ねると、

『私、呉尾きぬ子の姉でございます、こちらの敦子様にお眼にかかりとう存じます』

その声もその姿も亡き人に生き写しの美しさ――二十ばかりの若い美しいひとはお母さんに導かれて奥の座敷――過ぎし秋の日きぬ子さんの据《すわ》ったその室へ入られました。

敦子が出て挨拶をはじらいながらいたしますと、客は膝をすすめてさも懐しそうに、

『あなたが敦子様でいらっしゃいますか、妹がなくなります少し前の日、枕もとへ私を呼びまして、敦子様には学校で生涯忘れられぬほどの御恩を受けているゆえにどうぞ、この品を私の心からの贈物として、せめてもの感謝のしるしに必ず差し上げて下さいと、くれぐれも申しました。妹亡き後は悲しいかたみのひとつとなりましたこの品どうぞお収め下さいまし、妹の心に代りまして私よりお願い申し上げます』

かく語りつつ客はひとつの紫の帛紗《ふくさ》包みを灯の前に取り出して中をば開きました。中には小さい桐の筺《はこ》に収められた一つの象牙彫の文鎮——白象牙の台に紅瑪瑙《あかめのう》もて細やかに巧みに彫りし秋海棠の一茎——。

敦子の涙は、ほろほろとその瑪瑙の葩の上に散りゆきました。

初出　「少女画報」一九一六―一九二四年、「少女倶楽部」一九二五年
初単行本　『花物語　第一集』洛陽堂、一九二〇年二月
『花物語　第二集』洛陽堂、一九二〇年二月
『花物語　第三集』洛陽堂、一九二一年四月
『花物語　Ⅳ』交蘭社、一九二四年二月
『花物語　Ⅴ』交蘭社、一九二六年三月
＊洛陽堂版全三巻も、『花物語　Ⅰ・Ⅱ・Ⅲ』（Ⅰ／一九二四年三月、Ⅱ／一九二四年六月、Ⅲ／一九二四年九月）として、交蘭社より再刊

河出文庫版は、実業之日本社刊『花物語　上・中・下』（上／一九三九年三月、中／同年五月、下／同年七月）として三巻本に再編集されたものを原本にして新字・新仮名遣いに改めた上で刊行された国書刊行会版（上・中・下／一九八五年五月）を底本とした。ルビは、適宜付し直した。尚、本文中、今日では差別表現につながりかねない表記があるが、作品が書かれた時代背景と作品の価値をかんがみ、底本のままとした。

花物語《はなものがたり》 上

二〇〇九年 五 月一〇日 初版印刷
二〇〇九年 五 月二〇日 初版発行

著　者 吉屋《よしや》信子《のぶこ》
発行者 若森繁男
発行所 株式会社河出書房新社
〒一五一−〇〇五一
東京都渋谷区千駄ヶ谷二−三二−二
電話〇三−三四〇四−八六一一（編集）
〇三−三四〇四−一二〇一（営業）
http://www.kawade.co.jp/

ロゴ・表紙デザイン 粟津潔
本文フォーマット 佐々木暁
印刷・製本 中央精版印刷株式会社

Printed in Japan ISBN978-4-309-40960-3

青春デンデケデケデケ

芦原すなお　40352-6

1965年の夏休み、ラジオから流れるベンチャーズのギターがぼくを変えた。“やーっぱりロックでなけらいかん”――誰もが通過する青春の輝かしい季節を描いた痛快小説。文藝賞・直木賞受賞。映画化原作。

A感覚とV感覚

稲垣足穂　40568-1

永遠なる“少年”へのはかないノスタルジーと、はるかな天上へとかよう晴朗なA感覚――タルホ美学の原基をなす表題作のほか、みずみずしい初期短篇から後期の典雅な論考まで、全14篇を収録した代表作。

オアシス

生田紗代　40812-5

私が〈出会った〉青い自転車が盗まれた。呆然自失の中、私の自転車を探す日々が始まる。家事放棄の母と、その母にパラサイトされている姉、そして私。女三人、奇妙な家族の行方は？　文藝賞受賞作。

助手席にて、グルグル・ダンスを踊って

伊藤たかみ　40818-7

高三の夏、赤いコンバーチブルにのって青春をグルグル回りつづけたぼくと彼女のミオ。はじけるようなみずみずしさと懐かしく甘酸っぱい感傷が交差する、芥川賞作家の鮮烈なデビュー作。第32回文藝賞受賞。

ロスト・ストーリー

伊藤たかみ　40824-8

ある朝彼女は出て行った。自らの「失くした物語」をとり戻すために――。僕と兄アニーとアニーのかつての恋人ナオミの３人暮らしに変化が訪れた。過去と現実が交錯する、芥川賞作家による初長篇にして代表作。

狐狸庵交遊録

遠藤周作　40811-8

遠藤周作没後十年。類い希なる好奇心とユーモアで人々を笑いの渦に巻き込んだ狐狸庵先生。文壇関係のみならず、多彩な友人達とのエピソードを記した抱腹絶倒のエッセイ。阿川弘之氏との未発表往復書簡収録。